一刀斷

春日鳥 著

目錄

一刀破鴛鴦

決鬥

金虎揮刀向上一揚，擋住了敵刀，他感到對方內力並不如想像中那麼強，只要運內力將敵刀震開，再一招將對方逼入死地，第三招即能制勝。

突然，腰間一涼，下半身的重量奇妙地消失，他朝被砍處一看，不禁睚眦欲裂，牙齒因烈怒而咬緊，碎裂出血，齒縫間兀自迸出一句：「欺世盜名。」

金虎死了，弔祭者甚眾。一名身穿低級吏服，毫不起眼，約三十歲的男子，也匆匆的趕來，在門外跟幾個離去的人相遇，那幾人見到男子便側身避開，男子也閃到一旁，待幾人走過才跑進來。

後堂

拜祭畢，接任掌門大師兄韋龍便過來，對男子說：「習師弟，請隨我進後堂。」

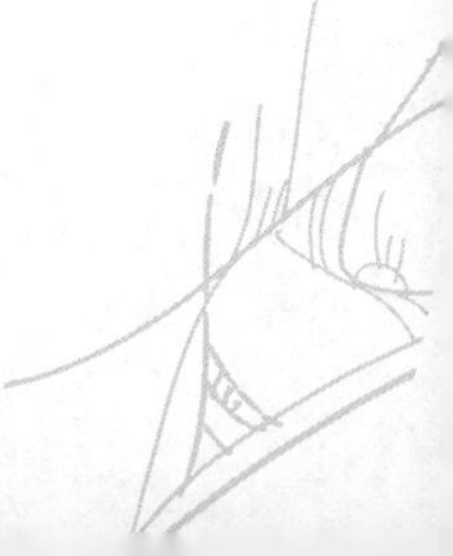

大師兄跟眾師弟說：「我決定派習師弟出戰鴛鴦刀。」二師兄劉猛聞言怒道：「掌門金玉之軀，當然不必去；但應由我這個老二去，排班論輩也輪不到這傢伙去。」

習一刀懶懶的道：「就由劉猛師兄去吧。」

韋龍喝道：「劉猛，噤聲歸座。」

劉猛把刀拋給習一刀：「誰勝了便替師門出戰。」習一刀卻不接，任由刀「噹」的一聲掉到地上。

「你敢小覷我！」劉猛大叫，悍然摧動「濁浪排空」，霎時漫天刀影，籠罩習一刀，習一刀仍然憑几倚坐，提不起勁的樣子，眼看要被亂刀分屍。

「啊」一突然一聲嬌呼，習一刀恍似被這一聲驚醒，長身而起，只一步便跨過刀網，劉猛但覺眼前一花，習一刀已然跟自己對面而立，左胸被推，腳下卻被勾絆，立時以臍眼為軸心打轉，眾人但見燦爛的刀芒倏然消失，下一刻，劉猛已頭下腳上背習一刀而倒。弄了好一會才站起來，訕訕的歸座。

韋龍瞄瞄剛走進來，自己的妻子雲英，即師父的獨生女兒，瞬即收起一絲不快，轉頭對習一刀說：「那便由習師弟你擔此重任吧。」

習一刀搖搖頭：「我不會跟鴛鴦刀決鬥。」

眾人聞言紛紛怒罵，韋龍道：「習師弟，師仇豈可不報，你竟不敢和鴛鴦刀決鬥！」

「師兄，這談不上甚麼仇。師父也説過，決鬥而死，乃是武人宿命。師父是天下第三，他常侃侃談起敗給第一和第二那兩戰，跟武林至尊的九天玄女一戰，師父發動猛烈攻勢，『玄女只輕輕踏了一步，已制住我之死命，一連三次如是，精彩，精彩。』説得興高彩烈。」

此外，習一刀心裡也明白，師兄如此著急要自己去決鬥，乃因自師父戰敗後，登門學藝的弟子有星散的跡象，師兄費了一番心血，將上勝門搞得有聲有色，更得了個「富貴刀神」的外號，如今師父的喪事，刺史大人甚至沒派人來弔唁，怎不教他心焦。

此時雲英款款趨前，自與韋龍成婚後便未見過面，這時已是少婦風韻了，道：「師兄，你們只顧爭論，怎不先帶一刀師弟去瞻仰師父的遺容。」

靈堂

雲英手一揚，將金虎面上的白布掀開。習一刀「呀」地叫了出來，一剎間他錯覺師父未死。

習一刀呆立盯視許久，「我……」他自齒縫中滲出一句話，慢而堅決：「會挑戰鴛鴦刀。」

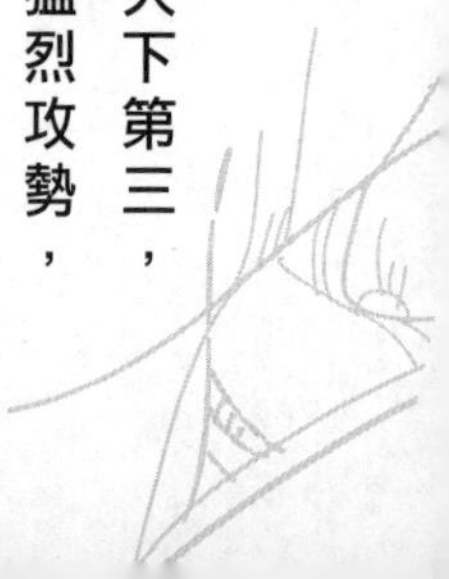

「真的？那，你要小心應戰啊。」

習一刀背著語帶關心的師兄，想像到他眼中漏出來的喜悅。韋龍不明白習一刀何以改變決定，只渴望他能早日擊敗鴛鴦刀。

看著師父仍在發怒的面容，師父一定是敗得不甘心，一定有不公平的事，令師父憤恨到如今。習一刀檢驗過師父最後用過的刀，突然動手脫去師父的衣服。

韋龍及一眾門人見狀怒喝：「無禮，師父可不是罪犯，你這個下流的仵作。」

習一刀頭也沒抬：「我不是仵作，我是一個驗屍人，身份雖然低賤，卻於國於人有益。」

這時雲英勸道：「習師弟一定是為了替師父報仇才這樣做。你們在這裡看著不忍，且先到外面去吧。」

「師妹似乎很著緊帶我來看師父。」他望向師妹的背影，雲英走在最後，回頭帶上門，這個動作，將二人的目光對上，雖然只是短短的一刻。驗屍人的身分，讓習一刀馬上將頭垂低，但他深信師妹有那一剎那，回復了少女清麗的風姿。

他細驗屍身，時而輕按其肌膚，甚至將被斬開的上下半身掰開，湊近去看，眼和鼻幾乎伸入腹腔內。

郊道

習一刀低下頭在走路，這條路上的泥，今天很軟，每一步都不踏實。他的心好虛，今天的決鬥，他一點把握都沒有。

想了三日三夜，都想不透。師父的刀上有個缺口，明顯是中刀使內力消失時被砍破，即是中刀時兩刀正在相交，那麼，斬中師父的那一刀何來。師父跟鴛鴦刀徐淵決鬥，而對方其實只用單刀。之所以名為鴛鴦刀，是因為他的衣著，右手窄袖，而左邊身披闊袍，左右不對稱之故。如果徐淵以雙手出刀，以師父的經驗，怎會應付不來。

習一刀告訴自己，無論那殺著從何而來，儘管隨機應變，然而他掌握不到，一會兒會發生甚麼事。

身為驗屍人，工作間陰濕濁臭，影響了健康，遂拜入師父門下，冀練武強身，想不到卻練出一身好武功，最後送了自己上這條決鬥之路。涼風送來枯葉，一會兒自己的屍身會否被這些枯葉覆蓋呢？「人死了會怎樣？」他突然對死有些迷惑，有點好奇。

一陣風起，枯葉紛紛撲到他身上，他輕巧地一撥，將枯葉悉數拂開，然而仍有一片小葉貼到面上，他拈起小葉端視良久，然後挺起胸膛，大踏步赴戰去了。

秋野荒原

二人對面而立，習一刀故意左右移動了幾步，看不出破綻，又開始有點懷疑自己的推斷。忽地，徐淵大喝一聲，在習一刀未露出破綻前已先行搶攻，他的大刀發出風雷之聲，張開闊袍，一隻高大的白鷲般撲來。習一刀揮刀向上一揚，擋住了敵刀，他感到對方內力並不如想像中那麼強，只要運內力將敵刀震開，兩招之後即能制勝。

此時闊袍大袖之下，竟然冒出一個細小的女子！白衣白巾雪白肌膚，猶如一陣白煙平地升起，又如幽靈鬼魅出自虛無，習一刀小時候玩捉迷藏，小孩子便是這樣藏身樹後，突然伸出頭來嚇他。不同的是，女子手持一尺許短刀劈來，刀長恰巧是腰的寬度。短刀突如其來，快如飛鳥掠過，時機掌握在習一刀的注意力和刀都被引在上路的一刻。女子詭異的笑容，預告著習一刀的落敗身死，鴛和鴦很高興地看到，習一刀的身體立刻縮短了，只餘下上半身。

正當他們眉飛色舞時，才發覺怎麼不見習一刀濺血的下半身掉落？原來短刀砍來時，習一刀已好像一張紙對摺般，收腹縮腰，奪命刀其實只在他身下溜過。在來路上他撥開大樹葉，卻被遮掩在後面的小樹葉襲中面頰，幾日來的難題露出端倪——徐淵身後極有可能藏有另一人，名副其實的鴛鴦刀！故而能早作準備。他避刀的同時，雙腿直蹬，鞋尖噗噗彈出刀刃，刺穿徐淵的胸口和白衣女子的眉心。

徐淵倒地，喘息道：「你……竟然使三把刀！」

「這是我觀鬥雞而悟出來的刀法，確實不是上勝門的招式，抱歉，」習一刀道：「但總不似你卑鄙暗算。」

瀕死的徐淵，聞言乍地豁盡最後一口氣叫道：「你練得成這招才好說我！」習一刀一愣，舉頭細察地上足印，原來女子並不是附在徐淵背上，那會令徐淵行動遲緩；而是站於其後，人隨身轉，利用徐淵的身體遮擋使敵人看不到。真是聳人聽聞，居然有人練得成此招。

習一刀看著地上的同命鴛鴦，感到懨懨疲倦，不是體力上，而是心靈上的困累，好沒來由地決鬥了一場，為秋風徒添兩條幽魂，為了誰？總之不是為自己（師兄今夜會辦盛大的慶功宴吧）。他發覺，手上的刀不知何時已掉到地上。

他甚至沒有拾起來的意思。

九天會

（習一刀破鴛鴦刀後，上勝門重奪天下第三。韋龍貪得無厭，勾結刺史錢亮，貪贓枉法，草菅人命，觸怒了正道中人，誓派高手刺殺他和錢亮，韋龍也請得高手護衛。一場大戰，遂於鳳舞樓頭，歌兒舞女之際爆發。）

「他們在跳武舞嗎？」雲英覺得很好看。

「非也，戰況凶險異常呢。」韋龍定睛看著，說道：「二人武藝委實高明，剎那間已能使出極巧妙的招數攻擊，只是對方也立時想出破解之法，再以奇招反攻。因為實力相埒，倒似配合得妙絕巔毫。」

老者突然張口，一蓬酒箭噴來，胖子料不到他一面呼喝，可以運氣將腹中酒提升上來，猝不及防，眼面一痛，一時不能視物，這等於一隻腳踏入了鬼門關。胖子驚慌之下更亂了套，不迴刀守中，妄圖揮刀劈向老者站立之處，結果盡露左胸空門，老者早已移位，一劍便插入胖子心臟。

劍甫插入，老者面色大變，因為劍捅破表面衣衫後，即不能再進，胖子竟是裝胖，枉自行走江湖大半生，竟瞧不出。

原來胖子不是別人，正是習一刀，身為驗屍人，熟識人體，裝起胖來，竟爾無人識破。此時眼睛已能視物，單刀疾進，再無阻礙，老者眼看無救，嘆氣待死。習一刀倒有些不忍，然而一切為了上勝門，為了昨夜淒然哭訴的師妹。

忽然單刀被震歪，手臂劇痛，誰人身法如此之快？習一刀定神一看，驚詫至極，擋刀者竟是彈奏琵琶的歌女，而琵琶樂韻悠揚不歇。琵琶小巧的鳳尾，擊中刀身至弱之處。習一刀欲揮刀逼開歌女，而歌女巧笑盈兮，輕輕踏前一步，立時使習一刀無論如何移動，都暴露出破綻。習一刀突然凌空拔起，雙刀噗噗地從靴中彈出，踢向歌女，使其知難而退，然而他馬上煞住了，因為歌女衣衫飄飄，往左移了一步，這使習一刀的攻勢看上去很笨，送上門去給人殺似的。習一刀復低頭一竄，靈蛇一般滑向歌女的虛位，忽而頭上弦音傳來殺意，一看，自己背門不知何時已在對方殺著之下。

他廢然棄刀，蹲跪地上，頹喪地問道：「妳……妳是何人？」

突然一陣驚呼，火光烘烘，濃煙自窗外湧至，上勝門人推倒歌姬，跑下樓梯。此時鳳舞樓已然傾斜。

「那狗官竟然想獨吞贓款，放火燒死我們。」「都叫你早點下手，殺了那老狐狸取

而代之。」後面那句居然是雲英說的。

老者卻氣定神閒地望著歌女，歌女素手一招，天外一片白雲飄呀飄的來了，竟爾停在鳳舞樓綺窗之外，歌女以挪移手法，將眾歌姬拋上雲端，眾姬起初很害怕，隨即感到軟綿綿的承托，舒適之極，老者也跨過欄杆自行踏上去。習一刀猶豫，歌女朝他笑笑，捉著他的手：「上去吧。」老者也向他招手。習一刀看著歌女雪白如茉莉花的手，本能地想起自己驗屍人的身分，正待縮手時，感到一道陰柔的力度一扯，一陣茉莉花香飄送，已身在雲上了。

韋龍趕來，身後雲英追著，高呼：「仙子救命。」

歌女：「只能多載一個。」

韋龍：「那麼，雲英，妳上去吧。」

雲英感激流涕：「龍，多謝你。」

白雲上的習一刀，伸手去接雲英。

「呃」，雲英的手突然僵在半空，嘴唇張開吁出了一口氣，然後血自嘴角淌下，習一刀看著雲英杏眼圓睜，瞳孔擴大，無力地呼叫：「小習救我……」，習一刀心如刀割，看著雲英倒下，背心赫然插著一把刀。

韋龍抹去手上血跡，舉步便欲踏上白雲，褲腳卻被抓住，低頭看見怨懟的眼睛，他一腳踢開雲英的手：「小習小習，賤人妳倒叫得親切。」轉頭見白雲已離鳳舞樓，一驚非同小可，他當機立斷，奮身一躍，拼命之下功力竟爾突破極限，跳得極遠，可惜他富貴後長胖了，差半隻手掌攀不到白雲，從樓頭跌墜，長聲慘號，到地府享用財富去了。

雲上老者向歌女一揖：「至尊，請送我下去殺盡那班狗官。」轉頭復對習一刀道：「我知你不是壞人，剛才若不是你猶疑了半分，任誰也救不到我；但你太過感情用事，惟盼你以後懂得分辨是非。」

歌女對老者道：「錢亮的左右侍衛不足懼，但為免節外生枝，你如此如此，即能一招了結這兩個傢伙。」習一刀在旁一聽，心中嘆服：「妙，妙，怎麼我想不到呢。」歌女在老者背上一推一送，老者便落葉般緩緩飄下，也不知是甚麼武功。地上錢亮正在欣賞火燒鳳舞樓，那料到死神從天而降，登時雞飛狗跳，血肉四濺，慘呼聲直達雲霄。

習一刀托著腮，呆坐了好一會才轉頭對歌女道：「這位老人家與我戰成平手，是天下第二項乙嗎？」

歌女點點頭：「他正是項乙。」

「閣下武功遠高於我們兩人，剛才項先生這樣稱呼妳，妳莫不是武林至尊，九天玄女吧。」

「在下就是九天玄女，這武林至尊只不過是江湖中人胡亂叫的。」習一刀但覺恍恍惚惚，如在夢中，今天與武功天下第一和第二的人物，打了一場之後，竟然在雲上相會；而傳說中的武林至尊九天玄女，笑容可親，毫無架子，他不由得多看了一眼。

九天玄女道：「你師妹夫婦所作所為，你即使不知道也應感覺到一點，我勸你忘了你師妹吧。」

「師妹從前不是這樣的……」習一刀沉吟，好像說給自己聽。旁邊眾歌姬在白雲上下眺，早已在嘰嘰喳喳地指指點點：「那條黃的是馳道吧，伸到好遠的天邊啊。」「那條白色的絲巾是秦淮河嗎，好好看。」「下面一片綠，好廣闊呀！」「那真是揚州城？只像一堆棕色的魚鱗。」習一刀坐在雲端，下視江山緩緩飄過，如夢似幻，只盼師妹的死，也是個不真實的夢。「習先生。」突然有人坐到他身旁。「公孫姑娘。」

「你何必悶悶不樂呢，你可以在我們姊妹中，揀一個陪你。」

「我只是個低級小吏。」習一刀道。

「你比那班為富不仁的色鬼好得多了，前年菊彩慘遭虐殺，還多得你用心調查，始能沉冤得雪呢。」

回應公孫的只是沉默，公孫走過去拉著九天玄女的衣袖，請求著些甚麼。習一刀回憶著初入上勝門時見到的那個少女，梳著兩條辮子，捼著衣帶在看花，看見他來，蹦跳著走了。如今這女子已永遠離去，不會復來。

忽然清越的箏聲響起，帶動心靈徜徉於溪流，他抬頭，看見琴箏自鳴，九天玄女率眾歌姬起舞，翠綠衣裳，輕柔的舞姿，如楊柳輕拂，是隨意的春風吹過，撫慰人心，動盪的心融入水中，變成潺緩的溪水。

九天玄女衣裳漸轉粉紅，如花盛放，眾姬也變成花朵搖曳，以蔚藍天作背景，舞到早升的月兒旁，吸引他入神欣賞。

眾女擷取白雲，跳團扇之舞，如白鳥流暢地滑翔，如葵花開合，中間可見眾女美顏，原來九天玄女姿容也是極其出眾，臉如瓊玉，眸似秋水，皓齒如貝，神彩攝人。

舞姿輕靈，符合節拍，與音樂融合，配合著面上的淺笑，使人歡欣。

九天玄女是鳳凰，公孫姑娘如鳥中之丞，率眾姬配合著九天玄女，舞藝已然突破到前無古人的境界。長袖是翼，流水行雲，九天玄女化身成敦煌壁畫中的飛天仙女，任意地飛在雲間，衣袖飄揚，展現和風的形態，白鶴也來展翅拜舞，眾姬也舞在空中，與百鳥穿插點綴，熱鬧非凡。

各種樂器也來參與，忽而鼓聲加入，慷慨激昂，提升內心活力，使肌肉顫動，習一刀按捺不住也站起來舞，踢腿、扭動、騰躍，勁力狂野，回復率真，此天上之舞，實非今人之舞。

悲愁完全消失，神歡體輕。

舞畢，九天玄女殷勤地招呼他們往雲的另一端，那兒已擺設豐富筵席，紅色的酒散發葡萄醇香，菜餚有著前所未有的滋味。習一刀心想，《神仙傳》、《搜神記》等玄幻世界果然是存在的。

眾人皆有醉意，習一刀見公孫臉如胭脂，朝自己嫣然一笑，然後便不勝慵懶，伏案而睡。習一刀臥倒時，以手按脖頸上的穴道，那是他檢驗人體時發現的新穴道，他朦朦朧朧地保持著一絲清醒。

只聽得有一把聲音與九天玄女說話，二人說的，很多並非中土語，也不似西域言語，難道是魔法咒語？

一句話中，只隱約聽到個吳字，難道九天玄女姓吳？

「要幫這個男子消除一點不愉快的記憶嗎？」

「不需要，剛才跳到炎之舞時，他已完全恢復過來，這舞的神緒以後會伴隨他，激勵他。」聽到這裡，習一刀便沉進溫暖的睡夢中了。

關於大俠習一刀的故事有很多。有一事很奇怪，他常常入神地凝望天空，彷彿心已飛往那兒，人家問他「天上空無一物，有甚麼好看？」

他只淡然一笑，道：「是嗎，真的甚麼都沒有嗎？」

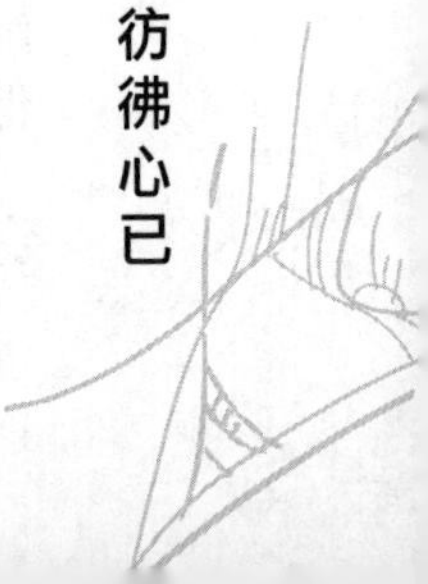

金步搖

習一刀依例為橫死的刺史錢亮檢驗，解開他的衣裳時，跌出一物，他小心檢起。此物金光閃閃，卻是一件婦女的頭飾，金步搖，上鑲一粒非金非玉，卻是晶瑩剔透，閃閃生光的細石。他看著這枝金步搖，心內百感交集，呆了不知多久，直至旁邊的啞吧僕役朱默，拿鐵兜碰碰他。

他怎會忘得了這支金步搖，當年他在半月一次的墟期上，第三十六次，「偶然」離遠看見小師妹雲英。雲英對這枝金步搖凝望良久，帶點不捨和無奈離去。他趨前一看，那要售一兩銀子，是他兩個月的月餉。他也忘不了，雲英看見這支金步搖突然出現在眼前時那種歡欣雀躍，這金步搖怎麼會在錢亮身上出現？「不一定是這枝。」他心內這樣說。

差不多結束時，公孫芷來邀他去觀看排舞。他外出，對公孫芷道：「請你在山前的桃林等我，我回去執拾好就來。」

誰知回到小屋外，赫然見到濃煙湧出，小屋起火。他慌忙叫喚衙門內眾人來滅火，突見煙霧中有異動，屋後有人影飛掠而去。他也飛身追去，對方身穿大黑袍，輕功快絕，好像一隻黑鷹，不巧這人飛向桃林，公孫芷正待在那兒。

黑衣人見到公孫芷，出手一拋一擲，習一刀慌忙躍前，抱著公孫芷跳開，黑衣人趁機逃逸。

習一刀心內暗嘆不忿，良久，只聽公孫芷輕輕的道：「習先生，謝謝你，我沒事了。」他這才驚覺還抱著公孫芷，慌忙道歉放開公孫芷。

小屋內一切盡被焚毀，錢亮不仁，但到底曾為其下屬，也頗不是味兒。也不知怎的，這天他想去找公孫芷聊聊天。

到了梨園門外，離遠見公孫芷在門外打掃。青青的柳樹下，白皙的肌膚顯得雅淡，舞動掃帚的身形，也婀娜多姿。他遠遠站著，猶豫著沒有步近。然而這美麗的圖畫，被黑衣人的出現完全破壞。黑衣人就像一隻大鳥般，突然從柳樹上撲下，白光一閃，方刀便向公孫芷斬去。

這時習一刀欲救無從，他猛然大叫：「跳雲上之舞。」原本方寸大亂的公孫芷聞言，竟爾跳起舞來，身段優美，如落花迴旋，如弱柳斜擺之間，方刀刀招便盡皆落空，頭飾上的吊墜活潑地搖曳，繚亂了白日的金光，若單看舞蹈可真醉人。原來天下百藝，到了最高境界，原理盡皆暗合。九天玄女傳授的雲上之舞，更是與武道有相通之處；所以公孫芷一舞，雖不能擊敗敵人，片時之間足以自保。

習一刀正欲拔足奔去，身旁一陣風捲過，一名老者的身形已閃電般飛奔過去，此身形頗為熟識。

黑衣人見竟然奈何不了一個女子，悍然使出十成功力。殺著一下，公孫芷不能當，眼看要命喪刀下。突然公孫芷被拉開，老者及時趕到，噹的一響，劍尖擋住斷山一劈，老者身型未定，便摟著公孫芷被迫得後退，雙腿在地上劃出兩道深深的坑痕，刮刮有聲。老者救得公孫芷，背心卻成空門，任由黑衣人宰割。

黑衣人卻不施殺著，待習一刀趕到，黑衣人已然遠颺而去。

「項先生!?」習一刀一看，此人不是項乙是誰？

項乙卻不理他，左手抵著公孫芷後心，暗運氣勁。公孫芷在項乙臂彎中緩緩回過神來，頭上插著的金步搖微微顫動。

「習先生，又在你面前出醜了。」項乙道。

「快別這樣說，多謝你救了公孫姑娘呢。」習一刀問：「好在你剛巧在這裡。」

「別客氣，我留在揚州，明查暗訪看繼任的是否貪官，碰巧來到這兒。」項乙道：「從使用的方刀看來，這個黑衣人極可能是西域胡人。」

習一刀道：「不錯，塞外煉刀術自古不及中土，只能鑄成粗糙的方型，至今仍有很多西域高手使用。」

「他整個人藏在黑袍裡，猜不到他到底是誰。」

習一刀道：「我也不太肯定，然而，看不見有時即是看見……。」

「黑袍人所為何來？」項乙問道。

習一刀卻牛頭不對馬嘴，問道：「公孫姑娘，妳頭上的金步搖從何得來。」

「在桃林拾到。」公孫芷低頭羞怯的道；其實公孫芷那天被習一刀抱過之後，翌日也不知怎的，走著走著，又到了桃林去。

項乙道：「妳不要住在這兒了，我找個安全的地方給妳們暫住吧。」

眾歌姬不敢隨便上街，習一刀每天便買些糧食送去。數日後，由於衙門工作繁忙，便請賣菜的周大媽代為送去。

周大媽到達郊外的農舍時，突然一名黑衣人從身旁掠過，推跌周大媽，便要破門。豈料門口那沉默地伏著的石獅子，突然有了生命般，揮起閃閃寒光，一刀斬向他。這一刀突如其來，又快又急，他大驚後退，雖僥倖逃過，黑袍已被斬破。

習一刀從石獅背後站起，刀指黑衣人道：「看你身型，便知你是朱默。你焚毀小屋，

是為了不讓人知道，金步搖已被盜走，不料我臨時轉回。你逃得匆忙，金步搖失落在桃林中。在梨園門外，你不敢殺人，只因熟知我的功力……。」

習一刀說這些話時，停頓了兩次，因為有另外三個幪面人出現攻向他，他一招了結了第一個，再一招殺了第二個，第三刀……居然被擋住了！

他這時才知道犯了一個多麼大的錯誤。第三個幪面人武功不俗，而且根本不與他硬碰；朱默已好像探老朋友一般，從容地推開農舍的門，舉步而入。他一急，一刀揮空，背門便被一刀削過，雖閃躲及時，也痛入心脾，反手一刀由下向上撩去。這一刀巧妙異常，幪面人迴刀一擋，刀又劃了一個美妙的弧圈，從另一死角攻來，一連幾刀，此人不禁大讚：「好刀法！」

然後此人才發覺自己傻瓜一般對著空氣說話，刀不錯是攻來，但根本無人執刀！原來習一刀硬受一招，將幾道勁力灌於刀身，再擲向幪面人，借對方之力使刀，反跟對方纏鬥。

此時農舍之內，形勢已異常凶險。

朱默一刀斬向公孫芷，突然公孫芷頭上的金步搖無翼自飛，在空中飛向斟茶大叔。

朱默方刀也不慢，反手已斬斷繫著金步搖的魚絲，再伸手便要撈走那金步搖。

忽然噹的一響，一把短刃將金步搖擊開，仍舊飛向斟茶大叔，原來習一刀到了，凌空使出雞爪刀，腳比手長，終於奪回金步搖。

「我想，你真名不是叫朱默吧，你不說話，是不想人聽出有外番口音吧，你到底是誰。」

朱默持刀傲立，道：「在下沙陀大將軍赤元，此來只為取回本國之物金步搖，此物於你們無用，還請賜回給。」果然帶西域口音，文法也不全對。

習一刀沉吟：「真是貴國之物？」

「你看上面鑲著的寶石便知，那可是由我沙陀西面買來的大文石。」

「斷乎不可！」卻是項乙的聲音，習一刀愕然回頭，斟茶大叔卸下易容，正是項乙，他說：「沙陀覬覦我大唐疆土，於沙陀有利者即為對大唐有損。況且你我聯手，他也不能強搶。」

赤元道：「我自問敵不過你二個人聯手。我乃亦沙陀第一高手，今日斗膽敢跟中土第一高手挑戰，勝者得此物。」

項乙道：「我們為甚麼要答應你。」

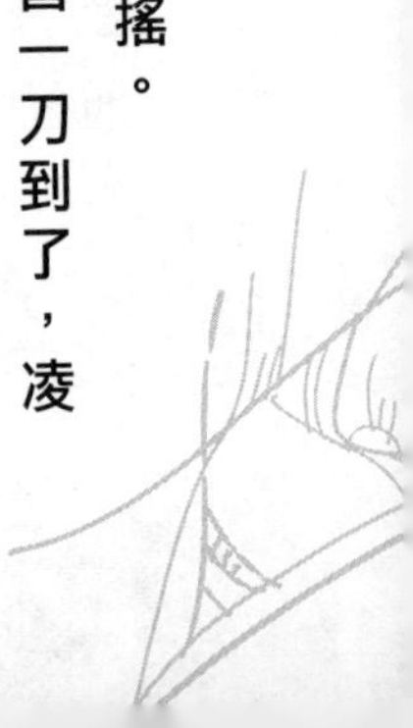

「你不答應，我們天天來搶。我勝了，即你們中土無人，久後也保不了此物；我敗了，我國從此不爭此物。你們自知必敗的話，乖乖將金步搖給來。」

這時門外那名幪面人已進來，衣衫破損，竟沒受傷！他左右手同時振筆疾書，已將剛才條款寫成兩份文書，龍飛鳳舞，鐵劃銀鉤，而字字清晰，不想沙陀也有此人才。

項乙便道：「好，我們應承你。」

習一刀道：「如此也好，項先生，你要全力而為啊。」

項乙聞言，望向習一刀，著實地瞪了他一會，突然哈哈大笑：「喂，人家要挑戰的，可是你習一刀啊！」

習一刀一愣，道：「怎麼會是我!?你本是天下第二，九天玄女退隱，你順理成章便是天下第一。」

「你忘了鳳舞樓一戰麼？」

「那怎算，那時我是使詐。」

「勝便是勝，況且你於武道上的領悟，確在我之上。」

赤元已簽好文書，有點不耐煩的道：「習一刀，請賜招吧。」

項乙也簽好，正想提醒習一刀小心方刀的尖角，赤元的刀勢已起。他顧慮到雞爪刀厲害，一出刀已封住習一刀雙腳，刀勢綿密，也遏制上勝門的八十一路絕招，然而主力一擊，偏偏刺歪了。

這正是塞外方刀陰險之處，中土幾許高手，以為方刀自脖子旁錯過，準備發動攻勢時，便覺脖子一涼，已被刀身特寬的方刀銳角劃破頸動脈。項乙大急，他一看便知，習一刀也瞧不出這點。

赤元心下大喜，方刀的銳角向習一刀光滑的脖子削去，果然噗的一聲悶響，血花便濺起了。

突然四周的人啊、窗櫺啊、桌椅等物急速旋轉起來。他看見自己沒了頭的背影，兀自堅強地立著；而習一刀正在收刀（我不是已封住他所有出刀的角度了嗎？）。原來習一刀突然如木雞般佇立，再劈出一招，猶如法場上劊子手所斬那一下，非常簡單，正因為簡單，所以不在赤元那複雜的考慮範圍之內。赤元驚嘆習一刀隨機應變，刀速勝電，也禁不住讚：「好一刀。」

沙陀人留下文書退去，項乙道：「習一刀，你應以公孫姑娘的安全為重。」

習一刀被說得耳根發熱，道：「我以為只要盯緊朱默便可。」

公孫芷道：「不要緊，反正現在大家無事便好。」

習一刀道：「我著人通知姚大人，你和公孫姑娘先走。」

新任刺史姚大人見多識廣，一看桌上的金步搖，便知是寶，對習一刀道：「各項物件都交給本官吧。」。習一刀看見姚大人貪婪的目光，心裡直犯嘀咕，但對方是上司啊。「姚重名別來無恙！」突然有人直呼其名，眾人連忙望去，卻是項乙，他這時面泛紅光，細看只是年近四十，哪裡還有老態?!原來他只是安頓好公孫芷與眾女於屋後，並未離去。

「呀！項大人，你怎麼在此？」姚刺史立刻站起來作揖。習一刀這才知道，項乙的官階遠比姚刺史高。

項乙卻不回應，逕自從懷內取出一塊黃絹，口宣：「聖旨到。」眾人慌忙跪下。

「奉天承運，皇帝詔曰：有關探尋揚州寶物一項，著一品持劍侍衛項乙主持，得便宜行事。欽此。」

「請起請起，文書和證物，還有幾位重要證人，交由我帶回宮中可矣。」

玩偶的攻略

眼前的建築華麗之極；但不知何故，就是瀰漫著濃重的陰森之氣。公孫芷機伶伶地打了個寒顫。

金步搖一案中，那神秘的金步搖，正是公孫芷頭上飾物，因此，御前帶劍侍衛項乙，便將公孫芷從揚州帶了來長安。

剛才，項乙剛巧外出辦事，太監小高子來宣自己進宮為皇上表演劍舞。只是，進得宮來，拐了幾個彎，卻不見了小高子。公孫芷胡亂走了一段，便來了這兒。

公孫芷常隨歌舞團到富貴人家中表演，故而認得這兒一磚一瓦，俱是上等貨式。一盆牡丹，價值更是十戶中等人家的年賦。

適逢亂世，常有農民餓死，也有很多商人破產，人豈不該羡慕這兒的富貴？尤其是公孫芷離開揚州時，歌舞團的生意已呈不景。幾位姐妹為窮所迫，已幹起了暗娼的勾當。一位親密的妹妹，嫁人作妾，卻受虐而死。

京城卻依舊繁華，宮闕仍是那麼巍峨。公孫芷常凝望著這一切出神。以自己的美貌和身段，能否在此找到出路呢？不過，自己就只有這點本錢，也許只能押一注。若押錯

了，恐怕下場淒慘。

這段日子來，公孫芷時刻思考著自己的前途，以致才會迷迷惘惘地繞了來這兒。

這兒的陰寒，壓迫得公孫芷心裡發慌。

是死寂。

雕欄玉砌的建築，一塵不染，顯然有人住。

卻沒有聲音，一點兒也無，連草際秋蟲也似沾了那死氣，噤了聲。

公孫芷前行，來到第一間小屋。

繡簾後面，坐了一位濃妝艷抹的女子。這女子若到揚州唱一曲，收到金銀絲絹的打賞，保證能盛滿十籮筐。

然而公孫芷見到這女子的眼睛時，嚇得幾乎叫了出來。

那黑白分明的俏目，呆滯前望，不轉不動，簡直是死人的眼。女子也像是死了般，木然不動。

跟著幾間，也住著同樣美麗的女子，也是呆滯枯坐，了無生氣。

有一屋內，兩位女子相擁著。細看之下，原來二人淚流滿面，連鼻涕流出來了也不抹。似是啜泣得久了，竟爾悄然無聲。

來到一屋，屋內女子在看書，卻似是在苦苦背誦，毫無看書的喜悅。

這女子突然發現了公孫芷，拋下書，走出來，指著公孫芷就罵：「哪來的妖女，想來迷惑皇上嗎!?」

別的女子也聞聲跑出來，霎時間把公孫芷包圍住了。

「又一個狐狸精。」

「這狐狸精進了宮，皇上更不會理會我們了。」

「先抓破這女子的臉。」

眾女就朝公孫芷的臉伸出指爪來。公孫芷大驚。

「住手！」一聲威嚴暴喝，正是項乙及時趕到了。

「快放開這位姑娘，否則我稟明皇上，以後都不寵幸妳們。」

圍住公孫芷的女子立刻跑了個乾淨——卻跑了去圍住了項乙。

「項大人，請你稟報皇上，來看看我啊。」

「項大人，我以後服侍皇上時，會熱情的了。」

「我連《玉臺新詠》都已經背熟了，不再是徒有美貌，你叫皇上來考考我啊」。

這班女子七嘴八舌地說著，一面將一些金銀塞進項乙懷中。

「好的好的，我有機會便會轉奏皇上。」

好不容易携同公孫芷脱困出來。小高子已候在門外，向項乙連連鞠躬請罪。

「這兒就是冷宮。」項乙對公孫芷道：「都是一班可憐人。剛才塞給我的財物，我會差心腹送還的。」

「項大人。」有女子在後面呼喚，聲音好像琴箏般優美。

回過頭來，公孫芷見這女子比剛才的女子美得多了，直如從天上降下的仙子。

女子輕移蓮步，來到項乙跟前，道：「請你轉告皇上，與其囚住我空對紅樓綠竹，虛度一生，不如讓我出宮吧。」

項乙搖首道：「梅妃，要知道妳們皆是天子妻妾，身分尊貴，豈可讓妳們流落民間。如此也於禮不合啊。」

梅妃點點頭，從懷中取出一條珍珠項鍊，遞給項乙。項鍊上每粒珍珠都是價值連城。

梅妃道：「那麼，請你代我將這條項鍊，還有這詩箋，送交皇上吧。」

項乙為難地道：「這項鍊可是皇上自覺冷落了妳，差我送給妳的啊。」

梅妃道：「哼，他沒有腳的嗎，不會自己來看我？送項鍊來是甚麼意思，一條項鍊就能鎖得住我？」

「梅妃，守得雲開見月明……」

項乙還想寬慰梅妃，可是梅妃已轉身離去。公孫芷凝望著那背影，正如雪中梅，孤高清絕；但落寞。

轉過一面高牆，便是雕樑畫棟的長生殿，皇帝就在那兒……其實離冷宮也不甚遠。

進殿叩見天子，天子命平身。當今天子正當盛年，略長的國字面頗為英俊。想不到的是，他還和藹地問候了公孫芷幾句，令公孫芷頓時輕鬆了下來。

接著拜見貴妃。貴妃之美，連身為女子的公孫芷也喘不過氣來。剛才的女子雖美；但完全不能跟貴妃相比，甚至梅妃也是差了少許。貴妃的坐姿看似自然，卻永遠以最美的一面讓皇上看。酥胸微露，恰好傳遞出若有若無的誘惑。

樂聲漸起。公孫芷先是盈盈佇立， 然後緩緩起動，是少女在花間尋覓、長劍恰好襯托著少女修長的身形。徐進徐退，如仙鶴閒步江邊。

踏幾個輕快的舞步，人如被和煦的春風吹拂著的辛荑、芍藥花。

輕輕一躍，化作蝶舞翩躚，長劍優雅地帶動著在花間飛。

愈飛愈快，衣衫曳動，婉若鳳凰翱翔，又如綿延流水、風吹彤雲。

素手轉動，挽起無數劍花。劍花映耀日光，恍如雪花。雪花之下，紅裙隨人的旋轉

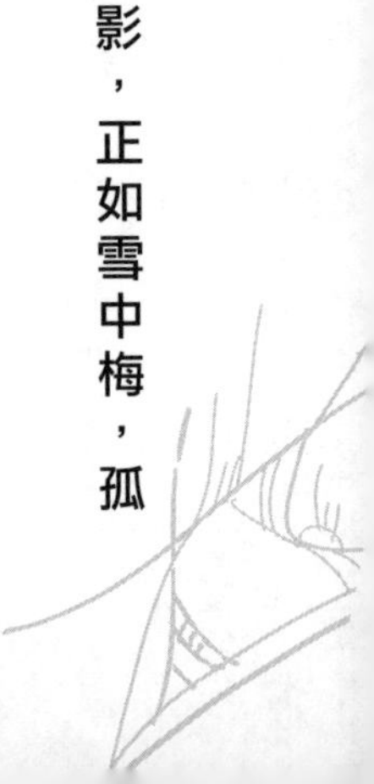

飄揚而起，生出朵朵艷紅的花來。

其中一個動作，是彎腰後仰。要知歌舞團早期收入頗豐，成員食用甚佳，加以經常運動，其實公孫芷的身材甚是驕人。這如月半彎的動作，是歌舞團中教習所編，正好盡展公孫的驕人身材。

如月半彎動作一完成，公孫芷立時感到皇帝眼中已升起色迷迷的眼神；另一邊，一股寒光如刀刃，從貴妃眼中削過來。公孫芷不由得想起剛才冷宮中的女子，脊樑寒意頓生，心中暗暗叫糟。這後宮是吃人的虎穴，自己實在不想成為皇帝隨時棄用的玩偶。

公孫芷能守身如玉，自有一套拒絕豪強的手段。

本來，依原先編排，接下來公孫芷會略展朱唇，微露珍珠貝齒，扭擺纖腰，回眸嗔怨，以此博取貴人公子多作打賞。

公孫芷立刻暗示樂師轉調作破陣子。

銅鑼聲如叱咤，參差吹得肅殺。長劍一揮，大軍衝殺，如波逐浪。鼓聲綿密，鋒刃翻飛，公孫芷如神龍穿梭敵陣，左右劈殺。只見寒光亂閃，片刻間虜賊崩摧。敵酋欲逃，公孫芷平地拔起，如跨駿馬。長劍刺出，從背後將敵酋狠狠刺透。

皇帝正看得入神，身不自覺略向前傾，正感到驚心動魄，突然一道寒光，如電奔至，直刺眉心。嚇得他趕忙往側一閃。這一閃，眼看就要跌下寶座來。

「啊！」卻是旁邊的項乙驚呼跌倒。這一跌，卻剛好抵住了皇帝的跌勢，讓皇帝安坐龍椅。

「皇上，想不到一舞之威，竟至於斯呢！」項乙道。

「公孫姑娘，舞得好！」皇帝拍手稱讚畢，轉面向項乙道：「項乙，你剛才也算是護駕有功，朕封你往北邊作朔方節度使如何？」

項乙躬身道：「如今天下承平，當了節度使也是飽食終日，無所事事。卑職情願留在皇上身邊，事奉皇上呢。」

公孫芷聽了，大感愕然。節度使是官場中人競相爭逐的職位，項乙竟然推卻！

想想項乙今天也有點怪。自己被宣進宮，他怎會不知？知道了就一定會相伴前往。呀，對了，從揚州來此，項乙帶領著大隊人馬，一直保持著嚴肅的樣子，跟自己也沒甚麼交談。不過有事發生的時候，他一定會適時出現。

自己也曾朦朦朧朧地想過，項乙說因為那重要贓物金步搖是自己髮上飾物，所以要帶自己來京；然則偵破此案的習一刀，何以又不用來呢？

小高子在帶路時竟讓自己走失，馭下極嚴的項乙卻只是責罵了幾句。自己在冷宮耽誤了個多時辰；但到長生殿時，皇帝卻沒有怪責自己遲來。即是說自己沒有遲到，有人早預留了時間，讓自己走一趟冷宮！能如此安排的人不多，項乙正是其中一位。

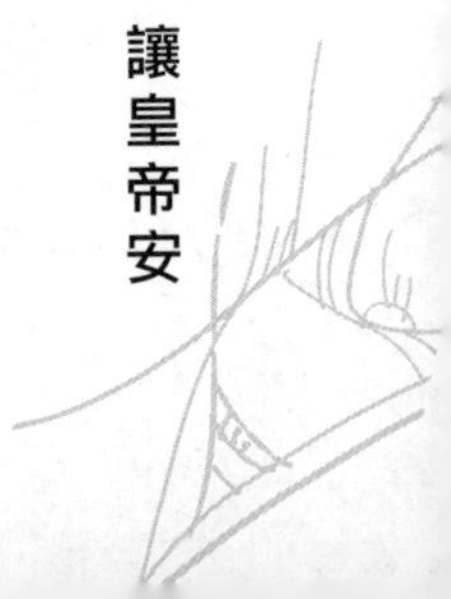

項乙善能觀人於微，他一定了解到，自己看過一遍冷宮之後，必然會絕了當妃嬪之念。可是，他為甚麼不願自己當妃嬪呢？

他為甚麼不當節度使？難道……難道是為了不想遠離自己？節度使實際上是一方之王，何等尊貴，項乙竟然捨棄。他竟真有這份情意?!

想到此處，公孫芷不禁偷偷抬目朝項乙望去。

卻不料項乙也正朝自己望來，眼中盡是溫柔之色。公孫芷霎時滿臉飛紅，連忙垂下頭去。

在揚州時，其實自己是想跟隨習一刀的。習一刀極其仁厚善良，可以說是有點呆。正因此他絕不會找別的女人作玩偶。可惜習一刀太死心眼。他的師妹其實狡詐貪婪，人已死了，他還是要那麼痴心。

項乙雖然野心大；但人品不會太壞。一路赴京，看他對待下屬雖嚴卻合情理。他將來好可能會像其他的男人一樣，有其他的玩偶，但應該不會虧待自己。項乙聰明能幹，今日不當節度使，他日也必能位極人臣。世道漸亂，項乙是個絕佳的、穩固的倚靠了。

想到這裡，公孫芷很慶幸自己剛才沒有對項乙笑。

一定要好好拿捏住若即若離的火候，令項乙將來更珍惜自己。起碼，將來自己要穩坐正室之位。別的女人？就當項乙的玩偶吧。

蟬愛蝶的方式

蟬與蝶

群盜求財心切，雖知高鳴鏢局當家林之炎威名，也一擁而上，欲以人多取勝。

眾鏢師拔刀應戰。林之炎不動則已，一彈離座，快若飛鳥流星，流水繞石般在群盜間穿梭，雙手揮舞鞭鎚。群盜未及看清楚，已遭重擊。他們來不及後悔，耳中只聞不斷的骨折聲，是同夥的也包括自己的，已然痛極倒下。

馬車上一位穿粉紅衣裳的美人，悠然閒坐，一對清澈的鳳目看著戰陣，正是林之炎的妻子于小蝶。已數不清夫君第幾次被迫出手，應該很快結束了。今次之炎出手比以前快。

林之炎身穿綠色披風，就像在林間飛舞的一隻蟬。不錯，他的外號就叫鐵翼蟬。繼承了師門秘傳的橫練鐵翼神功，巧妙地結合了快絕的輕功，臨陣時化身為令人喪膽的鐵翼蟬。

此時場中除了首領羅熊外，強盜已悉數倒下。羅熊一刀劈下，被林之炎閃入空門，

鐵拳橫掃，擊中他的胸骨。同一時間，小蝶飛身而起，長劍直取羅熊。小蝶修長的身形，化作翩翩粉蝶，閃電般掠過對手，劍如飛霜，削斷羅熊持刀手的筋腱，使他以後不能再作惡。

林之炎對敵時，小蝶出手，這是第一次。小蝶今次竟要出手，發生了甚麼事？

「發生了甚麼事？」回到馬車上，小蝶又急又驚又不解地問。剛才之炎最後一擊，竟如蜻蜓撼柱。若非羅熊自以為必死，一時回不過神來，死的是林之炎。

「回去再說。」林之炎冷然道。

「甚麼，鐵翼神功的內勁經常無故消失！」小蝶急得頓足：「你怎麼不對我說，我是你妻子啊。」

「哼，我自有安排。」之炎道：「還有，回來這麼久，妳還不去抱抱平兒，我們每次遠行，他都會想念娘親的。」

「之炎……。」

「去吧，別煩我，我歇一會兒還要煉功。」轉過頭去不看妻子。

這段時間，林之炎除了練功，就是關在房內處理公務，小蝶很擔心夫君的健康。

這天，慶王府派人來委託運鏢往盧龍，酬金極豐，只是要路經冠豸山。

「之炎，不可承接啊，冠豸山百義寨的龍、獅、虎和豹，武功極高，又擅長合擊之術。若是以前，當然不怕他們，只是現在你……。」小蝶道：「結束鏢局吧，這幾年賺了的，節儉一點，足以過活。」

「小蝶，就最後這一趟吧。至少，要給各位鏢師遣散的費用。」

「不是已預備下來了嗎？」

「我將銀兩投資了榆林的木材生意，以為可付他們豐厚些……如今朝廷的賦稅愈來愈重了。不想這幾年北方不靖，生意都虧蝕了。」

「啊！」小蝶道：「我都說皇上寵信奸臣，國家遲早不安寧。罷了，你原也是為大家打算的。」

小蝶突然道：「之炎，不如……不如執拾細軟溜吧。」

之炎「呸」一聲道：「妳這是甚麼話，大丈夫在世，豈能做出此等事。眾鏢師跟我出生入死，早已像兄弟一樣。」

小蝶垂首無語。

冠豸山下少人行。

敢行走的只有身懷絕技的亡命客。

懸著金蟬旗幟的車隊，沒有趕急，徐徐而行。林之炎神威凜然，叉手坐在馬車前座。

小蝶藏身車內，打扮成相貌平庸的村婦。小蝶透過車幃的縫隙外望，陽光照得翠綠的山巒柔和好看，山脊的輪廓分明，好像用水墨描畫。山之上，飄浮著片片白雲。

「由早奔波至今，鐵翼蟬如此辛苦，怎不歇歇？」空蕩蕩的路上，出現了四人為首的賊匪。說話的正是百義寨的喪獅。

「照規矩，在下以這趟鏢的酬金十分一，即一百兩，向各位買個方便，免傷和氣。」

「錢，我們不缺。那本名冊，借來一用可矣。」

「沒有甚麼名冊，從未聽過。」

「讓我們搜一搜，若無的話，自當謝罪。」喪獅說罷，便欲登車，猛然一陣勁風刮耳。他早知鞭鎚利害，急忙中手臂一格，竟然反震擊中臉頰，痛入心脾。

老大長龍立刻舞雙刀來攻，他身法矯捷，果然像雲間翔龍，雙刀時而自左攻至，忽而從右咬噬。林之炎倚仗輕功，燕雀般翻騰閃避。突然雙刀化作漫天銀雨，意欲迫林之炎支絀之間露出破綻，好送上致命一擊。

林之炎至此卻不再閃避，運起十二成鐵翼神功，鞭鎚如巨靈之杖橫掃長龍。長龍萬料不到林之炎可於頃刻之間集中功力，鐵拳猶如怒象，將銀雨刀影衝散淨盡，欲再度凝聚內力已然不及。一招失算，眼看就要遭逢首敗，也就是此生最後一戰了。

突然兩人之間冒出了一個人來，鬚髮在勁風中飛揚，卻是喪獅以己身承受了這一擊，百義寨四獸竟如此義氣!?林之炎暗呼可惜，若這一招了結長龍，即能鎖定勝局。

喪獅整個人被擊撞中長龍，長龍跟直接中拳好不了多少。林之炎衝前欲再一拳將長龍打成內傷，長龍卻借被撞之力滾開去，勉強躍起，虎和豹也趕到。四獸合擊林之炎，他再提升功力，轉瞬間四獸各已負傷。林之炎務求速戰速決，但四獸互補之下，往往有機會下殺手時，被另一獸拼死擋住。

突然林之炎躍上駿馬，與眾鏢師走了。「有古怪，他的力度似乎弱了。」長龍說道，四獸與眾嘍囉立刻上馬追奪名冊。

待蹄聲遠去，于小蝶從馬車內悄悄走出來，騎上另一匹快馬走了。

林之炎佔盡上風時，突覺內勁開始不聽使喚。若是少年時匹馬闖蕩，一定會繼續死拼；然而這次他出奇不意地棄陣而走，轉眼擺脫了四獸。四獸佩服他當機立斷，但他會永遠記得這第一次的臨陣脫逃，而且逃得是那麼快。

到了約定地點，卻不見小蝶。他等了幾天，又與眾鏢師四出訪尋。未幾聞得官軍攻破百義寨，立刻前往打聽，山寨卻被封鎖。他花了不少銀兩才從官軍口中打聽到，山上盜匪悉數被殲。他別無良策，只好著眾鏢師擴大搜索範圍，自己則回高鳴鏢局去主持大局。

兒子見到他，便纏著要媽媽，被他一掌推開，眾人連忙抱開平兒。他們知道，原本這次計劃十分成功，四獸一夥人都被引開了；但最後林夫人卻不知去向，當家的怎不懊惱。林之炎在鏢局中，鬱悶無緒，於是每天旭日初昇，便跑上山崗極目遠眺，務求妻子一出現便可見到。

這天凝望之際，脖頸痕癢，他捉住一隻甲蟲，厭煩地把牠搓碎。

「獻出身上銀両。」一個毛賊拿尖刀抵著他的胸口。

那賊突覺雙頰火熨，已被摑了兩記耳光，慌忙連爬帶滾跑了。林之炎本想將他斃了。只是，他鐵翼蟬的掌，難道只能用來捏碎一隻甲蟲，打殺一個毛賊？妻子孤身犯險，如今下落不明，自己只能在這裡空等。當時小蝶說：「你們要引開四獸，才是最危險，就讓我做輕易的部份吧。」自己真不應該答應。

第二十八天破曉，一匹跑累了的駿馬，從晨曦的黑暗裡跑進城中，騎者正是風塵僕僕的于小蝶。剛進城，一條人影箭般奔來。

「小蝶！」是林之炎，小蝶立刻下馬，兩人的手緊緊握在一起，馬兒此時也不支倒地。

「啊喲。」小蝶嬌呼，站立不隱，之炎這才發覺妻子腿上有三處傷口，還在滲血，急忙扶著妻子回鏢局。

小蝶回來，帶著慶王府交付的巨額銀票。由於小蝶負傷，住到另一間房中由侍婢照顧，林之炎則埋首安排一些事務。多年的走鏢生涯，讓他對白銀的交易深有認識，自己擁有鏢局，何不因利乘便，做起白銀的生意來。可以揀較為太平的路來走。

這天深夜，他完成了一大堆工作，信步走到小蝶的房間外，發覺還有燈光。他走過去，婢女剛巧捧著空碗出來，碗中殘留著藥味。婢女躬身退下，他望向房中，小蝶支著俏麗的臉，坐在桌邊，發呆出神。之炎看著妻子，白皙的臉襯著端巧的鼻子，在燈光之下，白玉般晶瑩，透露著艷紅。他推門入內，想吻吻妻子的鼻尖。

小蝶抬頭，之炎眼睛紅紅的，似是渴求著甚麼。果然之炎貼著小蝶坐下，小蝶移開，道：「今晚不行。」

「只是想吻吻妳。」

「我是為你好，你身體不舒服啊。」說著推開之炎。

妻子扭動著的纖細的腰肢，微妙地挑起了丈夫的一些慾念。小蝶的拒絕，也使這段日子裡，埋在忙碌底下，自卑與自強的心，一下子爆發：「我真是個沒用的男人嗎？」說罷伸手去點小蝶的穴道，小蝶出手一格，之炎內勁一吐，盪開小蝶的手，疾點氣海穴。小蝶身子便一軟，倒在丈夫懷中。

當丈夫粗壯的手指觸摸到自己的胸前，小蝶也泛起了一些感覺，旋即哀求道：「之炎，別這樣，求求你。」

「我是妳丈夫，怎麼不行，難道妳向官府告我強暴妳？」說著就解小蝶的衣裳。

「之炎，我有病。」

之炎的手霎時凝在半空。「妳有甚麼病？」他猛然想起剛才那碗內的藥味。

「我最近經常服用女貞子、金銀花、苦心蓮。」

之炎反覆念著藥名，一顆心如墜冰窖。

「賤人，妳怎麼會染上花柳！」他一掌拍下，擊向小蝶，掌在臉頰旁落下，木床轟然粉碎。

小蝶躺在破床上，髮鬢凌亂，涕淚交零，斷斷續續地說出那二十八天裡，不堪重記的事。

原來那天小蝶跑不多遠，便掉進陷馬坑中。小蝶在半空一個翻身，雙足輕巧著地。豈料四獸卑鄙至極，竟在坑中佈滿迷香，一時間迷香紛飛，小蝶未及反應，已然昏迷。

醒來的時候，一張男子瘦削的臉孔貼著自己，那男子眼神陰沉憤怨，好像人人虧欠了他似的。此際柔情地對小蝶道：「小娟，妳醒來就好了。」

「豹哥，怎會是你，我是發夢嗎？」

于小蝶當然不是發夢，而是一早知道邪豹有個失散多年，青梅竹馬叫小娟的情人。小蝶不獨查清楚小娟的事，還易容成小娟的樣子。

「我取得邪豹的信任後，便挑撥四獸，使他們內訌。」

「他們可是立了投名狀的兄弟啊。」

「甚麼投名狀，説穿了只是自欺欺人的小把戲罷了。邪豹重遇小娟，便想帶著小娟開溜，我暗地裡安排讓三獸發現。三獸責罵他背信棄義。

龍怒道：『當初結義，誓同生死，今日你竟背盟，實在不可饒恕。』

豹：『我不過想退出，我只取回小部份屬於自己的黃金。』

虎：『你這樣一走了之，等於削弱了我們的實力，陷我們於危險之中，你不能這樣自私，入了黨便不能退黨。』

豹：『你們不讓我走，難道想我説出香囊，大豐錢莊，血書的事嗎？』

他每説一樣，其中一獸便面色一變，另外二獸卻茫然不知他説甚麼。

龍怒吼一聲，龍爪便向他抓來。

豹的武功雖遜於另外三獸，然而卻最敏捷，他一閃身，撕破了龍的外衣，立時有兩個香囊掉了出來。

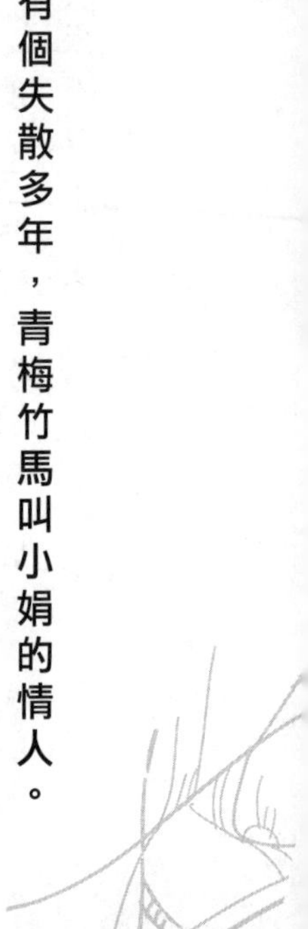

這兩個香囊，獅和虎最熟識不過，因為是自己妻子貼身之物。

豹又雙手一揮，把兩張紙揚在半空。

一張是大豐錢莊的存款收據，銀碼是二十萬両黃金，正好是三個月前獅押解的贓款的數目。據獅自己說，黃金都被官府奪回去了。

另一張是一封血書，內容是擁戴虎當首領，上面有虎和幾個頭目的畫押。

三獸怒道：『你竟然調查自家兄弟！』

豹說道：『當初立投名狀時，大家做過些甚麼？這百義塔上的，就是立投名狀時所殺百名無辜者之右耳，那不正是顯示了各自的本性了嗎？既然知道，我怎可不預先作些準備呢？』

三獸大怒，掄刀就向豹撲過去。

三獸武功比較高的，但豹卻很鎮定。

果然，刀劈至半途，都神奇地轉了方向，劈向旁邊一獸。

豹笑了，心裡道：『你們各懷鬼胎，自然是想著先解決另外兩個武功比較高的，再來慢慢收拾我。』

可惜他笑不了多久，便笑不出了。

三獸竟然都擋開了另外兩獸的暗算，同時喊道：『早知你們會如此！』然後便揮刀打了起來。

混戰之中，又有一把，兩把，三把刀斜刺裡向豹襲來，豹也陷身刀網中。

好一場別開生面的打鬥！

每一匹獸都要殺另外三獸。刀劈到半路，往往拐彎劈向另外一獸。正鬥著前面敵人，後面的刀又到了。只要一獸身上露出破綻，三把刀立刻向那兒招呼。

不知是誰一刀劈去，誰閃過一刀，刀劈在百義塔上，百義塔立時倒塌。

某將一堆耳撒向某，趁著一陣耳雨，乘亂一刀捅去。

某索性以耳作暗器，射向某以取其性命。

某將耳踢向某的腳底，使其滑倒，再衝前補上一刀。

互鬥之下，三獸死亡，邪豹重傷，被我一刀閹掉，然後碎屍萬段。之炎，我對不住你，所以在腿上自刺三劍。若不掛念平兒，我會一劍往自己脖子上抹。」

小蝶淚眼模糊，之炎不知何時離開了。小蝶哭得疲累半昏半睡，只由得穴道自行回復暢通。

林之炎聽了小蝶的憶述，如遭雷殛。他跑出高鳴鏢局，不住狂奔，冀望狂奔可使腦海變得空白。他跑進夜雨中，豆般大的雨撒在身上，好幾次以為雨點要射穿心窩，感到莫名痛快。

跑出了滂沱的雨幕，定下神來，竟到了百里外的秦淮河畔。「對，我要狂嫖，狠狠地嫖。」

也是命運使然，他尋到最大的一間妓院時，龜奴剛巧吹熄了大門上的紅燈籠，而後巷「專治奇難雜症」的白燈籠卻亮了。他呆立了好一會，思前想後，改變主意，調查了數名大夫的口碑，知道有位張大夫是箇中聖手，遂將他擄回鏢局。

他以黑布幪面，刻意改變聲調，著小蝶嚴密掩蔽臉孔，不要說話。然後厲聲道：「張大夫，你為這個女子治病。記住，今夜之事，只有這房中三人知道，若有第四者得知，殺你全家！」

張大夫對症下藥，果然不數日，藥到病除。之炎付予厚酬，依舊點了他的昏睡穴，從屋頂將他送走。

「揹著人在瓦背行走不難；他竟能如此矯捷，直像隻飛蟑。」林之炎覺察不到暗處有人，此人穿著一襲樸素的布衣，樣貌平凡，卻是衙門的驗屍人習一刀。

習一刀還見到另一邊，後園的小門被悄悄推開，一個人鬼鬼祟祟地竄了出來。「看這身形和動作，不是師爺百里洪日的手下嗎？他果然動手了。」

小蝶痊癒，二人復為夫婦如初，起碼跟接慶王這趟鏢前一樣。

只是這段日子之炎總是很忙，同居一家，相會相聚的時間竟爾不多。這天小蝶散步到了附近小溪邊，卻原來之炎獨個兒立在那兒。他們沿河漫步，之炎雙手互握，邊笑邊說著些輕鬆的閒話。走著走著，小蝶的手碰到之炎的手，之炎才慢慢的拖起妻子的手。小蝶的心很亂，這握的力度跟以前有種說不清的分別，就像兩隻手之間隔著些甚麼。

「啾啾」鳥鳴聲清脆地傳入耳際，原來之炎靜了下來。他望著水池，水裡的龜伸手舒腿地游泳，瞇起眼睛，好幸福的樣子。之炎似是向自己說了一句話，然後回過頭來如常談笑。他不知道，小蝶其實知道那句聽不到的話是甚麼。

「在百義寨的是小娟，不是小蝶；還有，那萬惡的寨子已灰飛煙滅，這件事就等於沒有發生過。」

幾乎是每夜，枕邊人在夢裡咬牙切齒地說這番囈語。

一刀蟬蝶飛

「我總不能拋下兄弟不管。看跡象中土將亂，他們必須多儲銀兩傍身。」林之炎說話時，小蝶垂首不語，蹙起雙眉。

「小蝶，別這樣不高興。」林之炎繼續道：「這次運白銀到廣州，再不回來了。在廣州，也不經營鏢局，做些小生意吧。」

小蝶的黛眉逐漸舒展，回過頭來道：「跟你和平兒，一家人歸隱田園已心滿意足。」

「到了那兒再說吧。」想起妻子這段日子的遭遇，乘馬歸來時的狼狽，林之炎一心想妻子過好日子。

二人正商量行程，突然便聽到鏢局外面的腳步聲。大約二百來人，將鏢局包圍了兩匝。二人立刻跑出大廳，功力較高的鏢師已然警覺，安排不會武功的家人避入密室，然後聚集到二人身旁。同一時間，兩扇大門轟的一聲，紙片般被震飛起來。新任的三位武將領官兵衝進來，為首的將軍喝道：「拿下了，不要走漏一個。」

「慢著，馬將軍，我們所犯何罪？」

「你們勾結慶王，為他將反賊的結盟名冊送往盧龍，單這條罪，足以誅九族。」

「別冤枉好人，你有何證據？」

馬追風高舉一張收據，赫然列有當日托運貨物的內容。

「很驚訝了吧，你們聞得慶王造反，急忙燒毀罪證，可惜你們燒的，只是謄本，原來這張早被我們取出來了。」

林之炎心裡叫苦。如今吏治腐敗，無法無天，一旦被拘到大牢，決無生理，還得先受一輪皮肉之苦。他暗地裡對小蝶道：「我擋住前面，你抱平兒翻後牆走，在送客松下會合。」

官兵已然一擁而上，他們擋了一陣，讓密室中的人沿秘道撤走，然後林之炎喊道：「諸位，各自逃生吧。」

官兵衝過來，招招殺著，林之炎卻不欲開殺戒，一味打飛他們的兵器，真覺綁手綁腳。輾轉逃出鏢局，與小蝶會合。眾鏢師星散，只有施得貴跟隨。沿小路奔到河邊，便可乘上預先備下的快船。不料一隊官兵轉出來，領兵的盧蛟喊道：「等你多時。」

官兵張弓搭箭，林之炎擋在前面，喊道：「快走。」

突然小蝶一聲驚呼，林之炎腦後勁風大作，卻是施得貴一掌拍來。小蝶撲過來硬受了一掌，被擊得直墜河中，小蝶將手中兒子拋給之炎。咚的一下水聲，夜裡波光迴盪，迅即沒了小蝶蹤影。

林之炎大怒，欲擒施得貴，施已奔向官兵，大叫：「盧將軍，我是施得貴，為你們偷單據的就是我，百里大人知道的。」

弓弦拉響，發出難聽的簌簌聲，施得貴首先被射成刺蝟。林之炎內勁猛吐，震碎最先飛到的箭，運氣將碎片組成一堵牆，擋住後來的箭。他轉身抱著平兒便逃。突然一枝箭穿越屏障，直射背心，他反手一拍，才驚覺還有另一枝箭藉著第一枝箭的掩護襲至。射者躲於暗處，膂力絕非盧蛟此等庸材可比。林之炎慌忙扭身閃避，噗的一聲，懷中平兒震了一下，卻沒哼一聲。他一顆心冷了一截，更催輕功，沒命奔逃。

逃到荒野，看視平兒，他的腿被一枝粗大的箭透骨穿過。他的心又悲又痛。次晨，平兒發起熱來，他不敢到鎮上求醫，一味用溪水為平兒抹身。彷徨四顧，可憐只有草木蕭颯。這時一位麗人扶著一位長者沿小徑步過，長者看見平兒，慈聲道：「小孩子邪風入體，要趕緊治理。」林之炎央道：「先生請救救他。」

長者用一連著小筒的幼針，為平兒針砭，不數個時辰，平兒便退燒。

那麗人笑時樣子很甜，落落大方，與林之炎交談，道：「欲速則不達，練武嘛……。」突然不知何處發出呲呲聲。

那長者道：「玉京，這聲音是叫妳靜靜呢。事情好壞對錯，早有定數。」

玉京被長者說得難為情，對林之炎歉然一笑。林之炎道：「我枉自練得神功，到頭來連妻子也保護不了。」

玉京道：「你不妨想想，揚州城內，誰最有能力找到你妻子。」

長者假咳數聲，道：「玉京，天機不可洩漏，再說下去，恐會影響天道運行。」

一群蓬頭垢面的逃荒者中，混雜著林之炎，他不時朝衙門望去。他聽了玉京的話，便謀混入衙門打聽妻子消息，卻苦無門路。

一名穿著低吏服，樣子平凡的男子從衙門走出來，指著他道：「喂，你啊，想吃飯嗎？隨我來。」那男子正是習一刀，他對同僚說找來了一個逃荒者當驗屍助手。

晚上的瓦背簷底，猶如為輕功絕頂的林之炎而設，他藉著這通道打聽消息。

潛到一華麗的房間外，但聽得屋內有聲。

「女犯人被撈上來時，已經死去。」林之炎一顆心往下沉。

「那麼屍身呢？不是循例要給習一刀檢驗的嗎？」

「因為已沖到肇興，由當地仵作檢驗過收殮了。」

林之炎的心死了。腦海一片混亂，周遭的世界好像破碎淨盡。

突然，先前說他妻子已死的人打著哈哈，發出一串諂媚的笑聲。旁人會覺得這笑聲

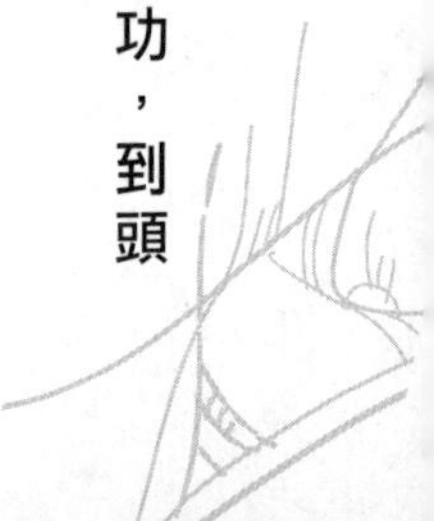

極難聽，林之炎卻覺得很熟識。

「姚大人，那婦人真的美呀，原打算綁來給你樂樂。可惜死了。」

林之炎窺見那人在背後搓著手指，登時高興得幾乎叫出來：「小蝶未死！」那人正是他的師兄百里洪日。不見多年，他說謊之際，若背後無人，還是會將手指放在背後搓。

百里洪日的宅邸內。

「小蝶，林之炎算是完了，你以後不如跟我，我可向姚大人說妳兩母子不知情。」

「你好人做到底，你對姚大人說之炎已死了，讓官府不再追緝他。」

「沒問題。但妳要先跟我成親。林之炎能給妳的，我都可以給妳，甚至更好。我比他聰明，又懂得變通，有大好前程。來，快要成親了，先親個嘴兒。」

「洪日，不得無禮。」林之炎跟縱而至，看見妻子哀怨之色，恨怒之極，翻窗而入。

二人就在房中打起來。房間畢竟不大，三十合之後，洪日被迫硬接一招，卻被轟得向小蝶撞去。林之炎見妻子身形凝滯，顯是給點了穴道。他慌忙衝前推開洪日，豈料洪日半空中尺蠖般弓身，扭擺身軀，擊向林之炎。原來林之炎發現只要功力發揮不超過九成，內勁便不會無故消失；但洪日這招來得陰險，他被迫全力應付。

他一拳擊中洪日掌心，竟然像擊中柔軟的水，無著力處。更糟的是，拳中的內勁，猶如一腳踏空了的行人，被誘發著不住地發力，欲找尋落腳點。鐵翼神功因此催動過度，又告失控，自行消失。轉瞬間，全身功力便如流水消逝。他心不甘情不願地癱倒地上，愧疚地看著小蝶，想不到剛重見妻子，自己便失手落敗，只怕下場淒慘。

「之炎，你怎樣了。」小蝶雖不能動，仍關切地問。

「無可奈何散功大法！」林之炎道：「師父結果還是教了你這招。」

「師父師娘還教了我很多。始終還是我最討他們歡心。」

洪日一掌按在林之炎腦門，緩緩發力，林之炎痛極，額角冒出汗珠，咬緊牙關不叫痛。洪日道：「小蝶，此人現在已跟一個廢人無異。我可以斃了他，不過，若妳以我妻子的身分求我，我也可放他一條生路。」

小蝶淒然道：「之炎，天下好女子多的是，你去找個能善待平兒的。洪日，你放了他，我依你就是。」

「哈哈，咱倆永為夫妻。」洪日仰天狂笑。

「你不會與于小蝶永為夫妻，你玩膩之後，會殺了于小蝶。」

一人推門而入。林之炎大奇，來者不是習一刀是誰？他於一群逃荒者中，單憑身型動作便認出林之炎來。原來習一刀不擅輕功，故此聘用林之炎，讓他在衙門中打探消息，然後跟蹤而至。

「你是因為得不到才更要得到。你這是在勉強他人從你。」習一刀道。

「我為甚麼要殺小蝶？」

「因為要滅口。」

「滅甚麼口？說來聽聽。」洪日雙手環抱胸前，饒有興味地問。

「因為你冒領軍功。我一看文書，就奇怪憑你那幾個飯桶手下，怎會是百義寨四獸的對手。」習一刀道：「你好狠，殺人滅口，連寨內的肉參也不放過。」

「嘖，那真是死無對證。」洪日道。

「可惜你殺漏了一個。」

「哦？」

「就是這個。」眾人隨習一刀手指望去，原來有一人靜靜地坐在桌邊，他面上毫無表情，能神奇地與四周環境融合，就像桌布，窗子的一部份。其餘三人努力搜尋記憶，才依稀記得習一刀進來時，好像有另一人在旁。

「他名叫石無心。洪日，此時你大概明白，何以當日殺漏了他吧。」

「哈哈，果然天生異稟。有些人平凡得就是你面對著，也感覺不到他的存在。他這麼坐，再這麼悄悄躺到地上，任誰都會遺忘了他。」

「石無心可以作證，真正滅了百義寨的，是于小蝶。你凶殘涼薄，怎會留此活口。」

習一刀道：「百里洪日你身為大師兄，眼看師妹愛師弟，怎不成全他們？愛情還須兩情相悅。你看我師妹嫁了給我大師兄，我也沒怨恨。」洪日聽得眉頭大皺。

習一刀繼續道：「林之炎與夫人一心退隱江湖，石無心苟全性命，至於我，只想成全他們。不如大家就此散了，當沒事發生過，否則，我也只好……。」

洪日背負雙手，悠然道：「聞説習一刀功夫了得，只是我再也無緣見到了。」

「這傢伙怎麼如此輕鬆!?啊喲，不好！」習一刀突地面色大變，拔刀就砍，還是遲了！

刀出似長虹，盛放如春花，這一刀如能劈實，受刀之人必死無疑；只是這花的生命旋即枯萎。閃電般的刀劈至半途，便頹然下墜。

習一刀倒地，林于二人對望一眼，甚是黯然。

「你幾時用的毒!?」習一刀疑惑。

「哈哈，此藥無色無味，兼且對人無害，故你不察覺。此藥只是令人原來的功力消失。」洪日意氣風發地説道：「先殺你這個熱心得過了頭的習一刀，再斬這廢人手腳，讓他看著我跟師妹尋樂。小蝶，妳看我多愛妳，一直沒有用這藥來對付妳。呀，差點忘

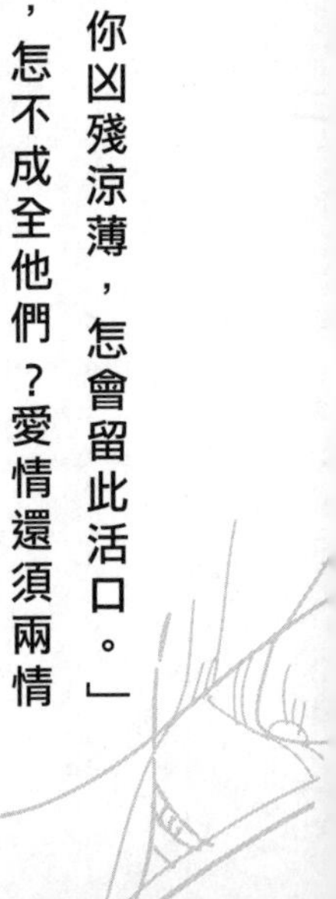

了還有塊小石頭。」

林之炎面向洪日，人在習一刀之前。此時習一刀看見他背部衣裳沿任督二脈微微鼓動，便躺下身子，伸長右腿，噗的一聲，雞爪刀自靴底彈出，刺中林之炎任督二脈之間。林之炎好不容易聚起的真氣，登時一洩如注。

「且慢，你看我為你刺得他流血，你放過我，我今後誓死追隨你。」習一刀說道。

小蝶眼看丈夫腰背間一片血紅，罵道：「習一刀你貪生怕死，豬狗不如。」

習一刀又說道：「我還知道百義寨收藏的財物在哪兒。」

「在哪兒，說出來，我可以放過你。放過他們也可以。」

「咦，不對，你在拖延時間。真是怕死。」洪日說罷，舉刀走向習一刀。習一刀掙扎著退後，卻被冰冷的牆擋住了。

利刀已高架頭上，習一刀嘆了一聲，道：「罷了，你二人若逃得性命，以後要相親相愛，林之炎切記珍惜你師妹。」

利刀劈下。

「你跟師娘上床，不要臉。」林之炎突然罵道。

洪日聞言，轉頭怒喝：「先搗碎你這張臭嘴。」奔過去揮刀捅向林之炎。

突然一股巨力將刀反捲過來，刀背硬生生切入自己腹際，餘勢更將胸骨撞碎，卻是林之炎的鐵拳轟來。鐵拳挾著盛怒，一下接一下的轟來，每一拳都粉碎洪日身上的一堆骨肉，從骨髓傳來劇痛。洪日後悔修練了萬壽狡蛇功，練此功的人能將身體死穴分散，不易死亡，非全身毀盡不斷氣，此時洪日直如落在地獄裡承受著刑罰。

他聽到習一刀對林之炎說話：「洪日的毒藥使人的功力消散，可是你現在的功力，卻是中毒之後練成的，其時毒性已過。

你練鐵翼神功練得太急，氣勁往往堵塞於任督二脈之間，剛才這堵塞了的氣勁，卻恰好沒有被毒藥波及。我任督之間刺了一下，試試看氣息可否循其他經脈運行，果然給我賭贏了這一鋪。」

洪日的頭顱（他幾乎只剩下頭顱），看著小蝶夫婦恩愛相擁，習一刀在旁撫著腮幫子，欣慰地看著。

習一刀憑豐富的辦案經驗，將現場收拾妥當，漏夜便送林之炎一家上船，彼此依依而別。

廣東花縣，田邊的小林中，林、于依偎而坐。林之炎舒展雙腿，頭枕於小蝶柔軟的大腿上，仰面貪看著小蝶的臉蛋，耳朵貼著小蝶的肚皮，聽裡面小生命的心跳。上半天

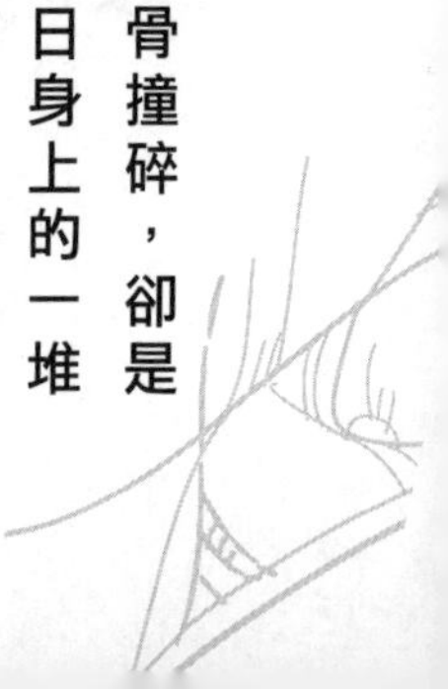

的耕作，使他有點倦意，行將入睡時有種薰然如醉的感覺，他輕舒了一口氣，又一次道：「我從前做得不夠好，現在的生活才叫快活啊。」

一串花蕊掉在之炎的眼瞼上，小蝶輕輕吹開花蕊，再細心地將之捻走，微笑著柔聲道：「有甚麼做得好不好的，只要你有心，心裡常有我們。」

大片的油菜花田上，蝶舞翩翩。悠長的蟬鳴聲中，于小蝶湊近丈夫的臉，不覺也有點睏意。

林中習習的涼風輕拂，的確能催人安眠。

貔貅戲 註1

好大的雨。

雨從天上傾倒下來，天與地之間，是瀑布。叢林中的樹木被打得顫抖亂舞，雨在地上匯成河流。衣服吸滿水變得厚重。

在雨的喧鬧中，習一刀隱約聽到馬蹄聲，便站到路旁閃避。蹄聲亂而不急，顯見騎者不是趕路，而是一心疾馳，可能在宣洩不快的心情。不久一人一騎狂奔而至，是一名女郎，可能因擋雨而面上罩著紗巾，仍可見肩膀氣呼呼地起伏著。

習一刀突然飛身躍上馬背，跨坐女郎身後。如此輕薄行徑，女郎驚怒反掌切向習一刀，卻突然花容失色，只因一叢飛箭射向女郎。箭密集如飛蝗，粗如槍桿。習一刀運刀成盾，將之盡數擊落。不料女郎劈出的一掌，餘勢未盡，擊中習一刀肩頭。他手中刀一慢，便被最後的一箭在肩膀上劃出一道血痕。習一刀頓覺暈頭轉向，箭頭淬有毒藥！幸好第二波的飛箭未有即時襲至，駿馬腳下不慢，轉瞬將二人帶離險境。出得樹林，習一刀眼前一黑，便沒了知覺。

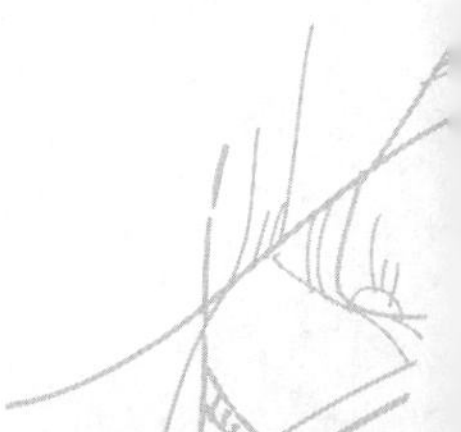

習一刀醒來，聞到的是一陣奇怪的香氣。聽到少女燕語銀鈴的聲音：「爹，讓我來餵藥吧。」

「妳是女兒家，讓爹來吧。」是一把中年男子低沉的聲音。

習一刀聽到那男子「哼」了一聲，然後離去。之後他又暈過去了。

又過了一段時日，習一刀漸漸康復。原來自己躺在一張繡榻上，那奇怪的香氣便是女兒家的脂粉香混和藥香。那騎馬的少女，靈芝，見他醒轉，十分高興，寸步不離看護他。習一刀深感不便，說不必如此。靈芝道：「不，你救了我，我怎能不救你，看著你死。」

習一刀的身體逐漸復原，間中可與靈芝閒聊。靈芝擅長詩詞音律，雖然這方面習一刀不精通；但聽著靈芝彈琴詠詩，甚覺心情舒朗。兩人談得甚是投契，習一刀渾忘了身體的不適。

只是靈芝始終沒卸下面紗，只露出一雙黑白分明、澄澈如水的大眼睛。習一刀心想每人各有難言之隱，也沒追問。

「到底是誰要殺妳，妳們有甚麼仇家呢？」

「家父是位大夫，濟世為懷，我也想不到有甚麼仇家。」

「想來真險，那天如果再來一陣箭，我和妳都沒命了。」

正説著，外面傳來混亂的金鐵錚錚交鳴。

「妳們的仇家來得真快。」習一刀説著，靈芝已飛奔而出。起落之間，身法煞是好看。然而外面來的八個高手，絕不是靈芝對付得了的。想到這裡，習一刀顧不得未完全復原，立刻追出去。

此時園中打得激烈，七個強手摧枯拉朽，已將大部份方府家人擊倒，靈芝也被逼得險象環生。另一個武功最高的正與靈芝的爹，方洪是對陣，而且佔了上風。

「陰世八大王！你們作惡多端，官府正要追捕你們，你們居然來殺方大夫。」習一刀喝道。

「我們要殺的人，他居然敢救，我們就要他死。」

「今日就要你們還清血債。」習一刀動了義怒。

「哈，習一刀，看你站也站不穩，今日正好將你一併收拾。」

習一刀搶入陣中，靈芝驟覺無數張兵器織成的網罩向習一刀，寒氣森森，刺的、削的、劈的兵器從各處攻擊。傷勢未癒、內力未復的他，頓成陷於浪濤中的一葉孤舟；屠夫砧上的肉塊還不及他可憐。靈芝不禁驚呼起來。

甫入陣中，七股兵器一起往習一刀身上招呼。只差一兩天，習一刀便能完全恢復，可惜就差了這一點點，他現在內勁全無，怎樣應付？

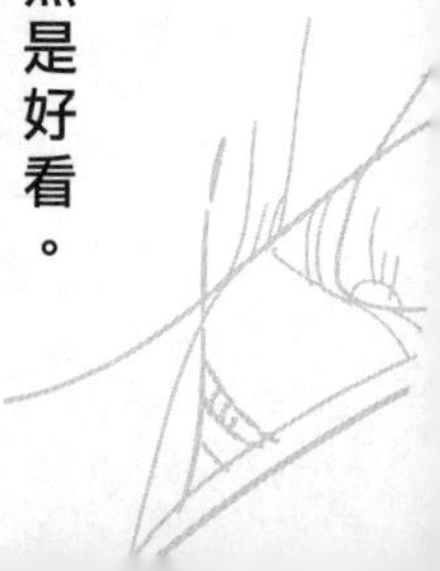

他突然變成風中翻滾的葉片，沿兵器形成的一條看不見的甬道，全身放軟，順著七股兵捲起的氣流，飄至三德王跟前，利刀一刺穿心，三德王的鷹爪棒反而被同伴的兵器絆住，回救不得。

習一刀遊刃於複雜的陣勢中，好像解難題、拆繩結一般，每於不可能的角度閃入，絞殺五昌王，腰斬六平王……。轉瞬死剩二廣、四水、七泰王。水、泰二王怒喝一聲，放棄防守，分左右攻向習一刀，二廣王窺準他不得不應付夾攻的一剎，流星鎚瘋狂砸去；這就是三王的必殺絕技「三世輪迴」，受招之人下場只有一個……死三次。

卻見習一刀平地躍起，半空中踢出一字馬，雞爪刀自靴底如舌吐出，沒入兩王咽喉。緊接著向著二廣王朝拜般俯伏，避過鐵鎚爆裂一擊，以肩背受了鐵鏈之力，同時，腰、手、指尖盡量前伸，利刀向前遞出，割斷二廣王喉管。這破綻連三王自己都想不到，而習一刀立刻就看到，而且把握住了。

此時方洪是的情勢極為險峻，習一刀著地後不停歇，立刻向前衝。突然他不得不停頓，只因無數飛箭射向大閻王，箭身粗如槍矛，勁力足以碎石。他這時看清楚原來射手只有五人，其威力無儔，全仗手上可以連環發射的強弩。

誰知大閻王袍袖翻動，竟以挪移手法，撥轉弩箭，射向方洪是。方洪是勉強避過，大閻王的破關斧已然劈到，此時方洪是身型已然去盡，欲變無從，自料必死。

橫裡突地一刀斬向大閻王頸項，大閻王迴斧一擋，同時將方洪是踢翻。

大閻王舞動破關斧，攻向習一刀。這一輪舞動，滴水不漏，毫無破綻，戰車一般輾過來，習一刀欲退已然不及，眼看要被輾碎。

習一刀突然化作高樹落花，旋轉著，衣衫飛揚，猶如舞蹈。大閻王的正面的確沒有破綻，但習一刀這一轉，便向側移了一個身位，時間拿捏得恰到好處，看起來倒像大閻王配合好向前衝刺，故意讓出身後空門來。旋轉中鋼刀豹子擺尾般一劈，大閻王身上便傳來沉悶「噗」的一響，腰椎橫斷，結束罪惡一生。

「我先前就奇怪，林中遇襲時，何以沒有第二輪的箭射來，」習一刀跌坐地上，喘著氣道：「原來要射的目標是我，靈芝只是騎馬恰巧衝到，我便以為是靈芝遇襲。你當然不會再發箭射自己的女兒。」

「小女任性，那天較早時又跟老夫嘔氣，料不到會在大雨滂沱的時候，騎馬外出。」

「如此說來，鄰縣那具離奇死亡的屍體，是你所為，目的是引我去檢驗，路過樹林。」習一刀道。

「不錯是在下所為，但死者早已患有痛苦絕症，我讓他死得舒適。」

「為甚麼要殺我？」習一刀問。

「老夫不姓方，實是姓百里。」

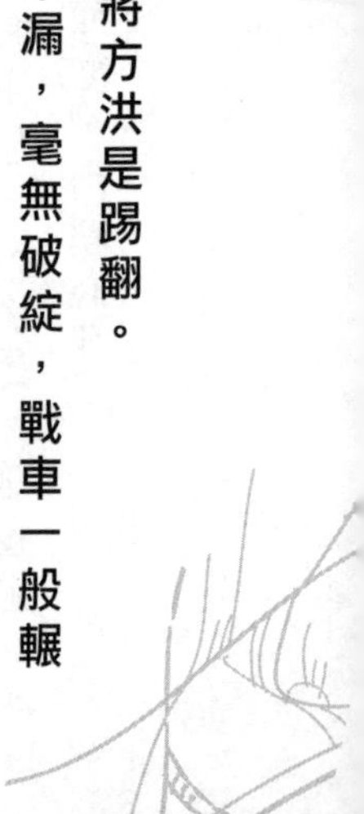

「啊，揚州衙門的縣丞百里洪日，是閣下的……」

「正是家兄，為你所殺。」

「啊，怪不得靈芝寸步不離我身邊，原來是怕你暗算我。」

「你剛才救了我，我不會再暗算你。」聽得洪是如此說，習一刀心下一寬，誰知洪是繼續道：「你傷勢已無大礙，調息七日之後，我便要跟你來一場堂堂正正的決鬥。」

「爹，伯父做過些甚麼，難道你不知道！何以硬要針對習先生。」靈芝站在洪是身旁聽了良久，忍不住道。

「百里大夫，單就殘殺百義寨肉參一事，我殺令兄實不為過。你莫要黑白不分。」

「手足之情，親而且愛，幼年家貧，更遇飢荒，我被賣了給人吃，我的左手就是那時失去了的。危急關頭，家兄不知從哪裡弄來銀両，救了我。」百里洪是勾起了當年情景，表情沉痛：「自此，我與家兄實為一體，家兄所為，可算我一份。」

「但…… 百里先生，實話實說，你可不是我對手啊。」

「這我知道，但兄仇不可不報，我惟有『知其不可而為之』，勉力一搏。」洪是雖如此說，但不自覺露出害怕而缺乏信心的神色。

習一刀看在眼裡，卻是心中一凜，寒氣自心底冒起，機伶伶地打了個顫抖。

因為他感覺到，洪是最後那個表情，是裝出來的！

這時百里靈芝才發覺面紗在打鬥時掉了下來，慌忙繫好。

靈芝略掀面紗，為習一刀將藥吹涼，習一刀道：「百里姑娘，何必如此麻煩，請除去面紗吧。」

沉默。

「你……你不介意？」良久，靈芝才輕聲道。

「朋友相交，貴在相知。妳談論時政得失，甚有識見；又深憐民間疾苦，妳念樂天先生的〈賣炭翁〉時，那悲憤之情在下深感共鳴。姑娘精通詩書音律，也不嫌棄在下粗鄙，我也很感激。」習一刀道。

「我……我這個樣子……。」

「人哪有完美的。我就不懂怎樣討人好感，在衙門受盡上司同僚的氣，連師妹都……。」習一刀突然住了口。

百里靈芝眼裡閃過狡猾的神色，道：「你師妹，你師妹怎樣？你告訴我你師妹的事，我便脱下面紗。」

「好，我說；但妳答應我，以後要勇敢面對自己。」

靈芝去了面紗，露出爬滿疤痕麻豆、猶如夜叉的下半張面。習一刀便與靈芝對坐，

從初見師妹的那一天說起……，時而歡喜，時而悲嘆，說到師妹被丈夫，即上勝門大師兄韋龍殺死那一幕，肝腸寸斷，不覺淚流滿面。靈芝吁了一口氣，默默遞上一條紗巾。

還有三天便要跟洪是決鬥，習一刀躺在床上，不能入寐。明知不敵仍要挑戰，天下間應該沒有這樣的笨人。洪是還要裝作害怕的樣子，到底憑甚麼他如此有把握。想不透，想不透……。難道三天後，自己便是個死人了麼？

這時靈芝到來，向習一刀道：「習先生，請隨我來。」

靈芝帶他走的，都是日間經常走過的地方，突然，習一刀道：「嗯，停停，前面沒有路，要撞牆了。」

靈芝卻不停步，向左移，路便露出來了。原來這是前後兩道牆壁，只是顏色一樣，看起來就是一堵牆。跟著他們又穿過一棵原來是空心的樹，搬起一個看起來千斤重卻是浮石造的缸……盡是些匪夷所思而又非常簡單的設計。

來到一間小屋前，靈芝推開房門。只推開少許。「靈芝。」從假山石影後傳來洪是的聲音，暗夜裡聽來竟有點悲涼蒼老。

「習一刀的命是命，難道爹的命就不是命了嗎？」

習一刀聽了，便知誤闖了人家的禁地，連忙轉身背對房門。

靈芝低頭默然良久，然後掩面「嘩」的一聲，大哭而去。

習一刀茫然又帶點尷尬地呆立。好一會兒，才道：「請老先生領我出去吧，我認不得路。」

明知看了不該看的，習一刀就是忘不了。

牆壁上畫著如大狗的猛獸，尖牙長得露出嘴外，身和腿粗壯有力，爪如鋼刀。圓球大眼，暴射著紅光，如烈火在燒。這是隻貔貅[註2]。

貔貅踏著隻如大貓的獸。那獸尖嘴雞爪，身軀頎長，看上去很敏捷，獨角如錐。雙眼發射著鬼火般的光芒，似是剛從地獄爬上來，名喚曰獨角狻猊。

兩獸的背景一片暗紅如血，令人看了心裡寒滲滲的不舒服。習一刀剛竭力忘了，又重新想起，身體原本就不舒適，這景象使他昏昏沉沉的躺了一天。

突然沉重的鼓聲響起，似是從幽遠的太古，暗暗傳來。他起來循聲而去，便到了那間小屋，看見兩隻異獸從畫裡走了下來，在鼓聲中殊死相鬥。

貔貅舞動雄渾的爪撲殺狻猊。後者騰挪跳躍，躲過綿密爪影，長毛飄拂，如火在風中搖曳，卻漸漸被逼入角落，貔貅見狻猊無退路，張開血盤大口咬去。狻猊卻趁兩排牙齒鍘下的一剎，一竄而逃，就像魚從漁夫手中滑走。狻猊還趁勢滑到貔貅下腹，張口便在柔軟的肚皮上咬出個大窟窿。

「嗚」哀鳴的卻是狻猊。原來貔貅渾然不覺痛，一扭頭咬住狻猊，嘴巴突然變得很大，將整隻狻猊吞下，發出喀嚓喀嚓的咀嚼聲。不一會，在貔貅肚皮的破洞露出狻猊的頭，一雙沒了生命氣息、死魚似的眼睛，正好瞪著習一刀。習一刀禁不住呀地叫了出來，貔貅用舌舔肚皮，便神奇地愈合了。然後貔貅猛地抬頭，眼神凶惡異常，後腿一蹬，便跳過來要吞噬習一刀。

習一刀驚出一身冷汗，從夢中醒來。原來夢裡鼓聲，是雨打屋頂咚咚響……又是一場大雨。貔貅天性愛吃，不須排洩，身體復原力極強。狻猊那死魚般的眼珠，令他想起也胸口作悶。

明天便要決鬥，他決定開溜。跟鴛鴦刀那一次決鬥，勉強可以說是為師父討回公道，因為鴛鴦刀使詐（其實他壓根兒不認同為爭武林排名而決鬥）。百里洪是贈醫施藥，是位好大夫，死了是病者的損失；自己更不欲不明不白的死在這兒。

出得莊園，過了小橋，便離開百里莊範圍，他腳底抹油，加快腳步走。

小橋不是直的，依地勢呈彎曲狀，因此他走到橋心，才見到洪是早已坐在那兒。洪是見到他，緩緩站起。

「你既然想逃，老夫也就不須信守七日之約，提早一天領教習先生高招吧。請。」

隨著那一聲請，洪是便進招了。他使的是一把藥秤，秤錘呼呼作響，內勁雄厚，秤桿認穴甚準，真是一招也不能給他打中。洪是攻勢綿密，小橋狹窄，秤與錘利於近攻，一時間習一刀只能閃避，連出刀的機會都沒有，打下去有敗無勝。

洪是愈打愈順，一招快過一招，三十餘招之後，終於擊中習一刀，心下狂喜。

沒有擊中物體的聲音，秤錘也沒有擊中實物的感覺。原來習一刀在最後的一剎才退後躲閃，其快如電，洪是擊中的，只是習一刀留下的殘影。

洪是的藥秤揮空，習一刀拉開適當距離，掌握剎那良機，一刀刺去。天下間人人都懂得用刀刺，但由習一刀這樣的高手使來，卻是快、穩而準，當世無人能及。利刀刺到洪是胸腔時，習一刀卻猶豫了，心裡閃出一個念頭：「我根本不想殺他。」

出乎意料地，洪是竟然迎著刀挺進，讓利刀深深插入其體內，他瘋了不成!?

驚疑之間，習一刀但覺手中刀一緊，已被洪是前胸肋骨卡住。藥秤迴轉擊至，習一刀慌忙揚手一格，立時被連接錘與桿的金絲繩綁住。此時習一刀全身受制，成了蜘蛛絲綑住的獵物。欲退則為橋欄阻擋，距離太近，雞爪刀也不能施展。

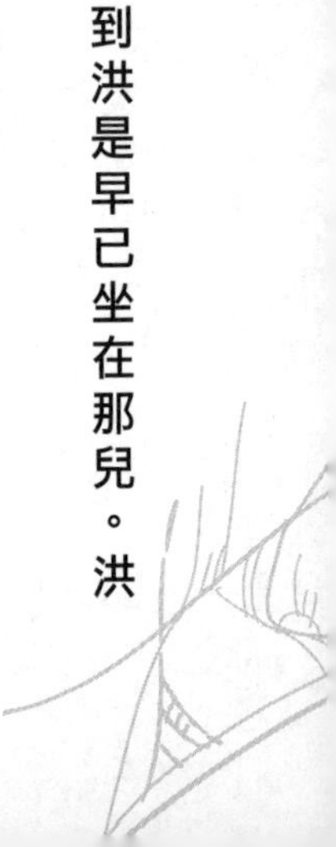

為甚麼洪是中刀後仍然活動自如呢？習一刀這才省起洪是乃洪日之弟，因此同樣練有萬壽狡蛇功，又名蚯蚓不死術，能將全身死穴分散，一處受創，身體其餘部份仍有活動能力。洪是練得恐怕比乃兄更有火候，況且洪是熟識人體經脈，他挺身受刀，除了要卡死習一刀的刀外，還可以避開主要的經脈，免受創傷。

但洪是的獨臂雙足同樣不能活動自如，怎樣下殺著呢？習一刀留神他的嘴。

果然一點寒芒從洪是嘴裡疾射而來，幸好習一刀刺洪是時猶豫了一下，留有餘力，此際側頭一閃，能夠堪堪避過，額角被劃出一條血痕。

貔貅的嘴！若非夢裡的啟示，令他留意洪是的嘴，他此際已是個不知人世的死人。

習一刀正待將刀抽出，卻再也來不及。自洪是嘴裡，竟再射出一芒寒星！剛才扭頭閃避，身軀的去勢已盡，已無可能再避。硬生生看著暗器射中眉心，傳來痛楚。

「想不到今天死在這裡。只是痛一下吧，事到臨頭才發覺，死原來不是那麼可怕。我會在另一個世界再見到師妹嗎？大師兄無情無義，在那裡師妹會轉變心意，跟我一起嗎？」

他想了那麼多，原來才是一瞬間事。突然不知誰在耳邊暴喝，同時重重地推他的肩膀，他便不由自主，凌空飛起。暗器在腦旁擦過，頭皮被割開，翻了起來。

怒吼聲不絕，那股力量打得他不斷翻滾，全身濕透。定睛看時，一道洪水從河的最窄處，亦即小橋立身之處湧射而出，力量巨大得令水違反了往低流的特性，猶如蛟龍噴柱，朝半空激射，又急又勁。連日來的暴雨，終使大山含蓄不住，將無限量的大水一股腦兒放發出來。

洪是也被狂怒的水流擺佈。突然一條人影，自半空燕子般飛掠而至，卻是靈芝一手執著岸邊柳枝，施展輕功，看準洪是被大水拋起時，將他抄在手中。

柳枝難以借力，靈芝一個女子畢竟力量不足，只見二人就要被山洪沖走，靈芝大叫：「習一刀！」僵住不動的習一刀這才醒覺，自己已從剛才的禁制恢復過來。連忙掙扎著游過去。大水一沖、再沖，靈芝面上以易容術貼上去的疤痕麻豆，竟變戲法似的消失殆盡，露出俏麗容顏。粉滑的臉蛋，白裡透紅，嬌容如月，破雲而出，任誰見了都會心神大亂，怪不得靈芝要經常戴著面紗。

靈芝嗔道：「別看了，快救我爹。」

習一刀立刻游到洪是身邊，伸手握緊露出洪是身外的刀柄，一抽便拔了出來。大水中他這一拔居然快穩而準，刀循進入的途徑離開，絕沒有將傷口增加半分，普天之下亦只有他一人能做到。然後他一推一托，將父女二人送回岸上。

三人喘息良久，洪是雖然虛弱，仍能說話：「習先生，我已為家兄跟你決鬥一場，既殺你不死，報仇之事再也不提。」

習一刀隨口應道：「若非山洪突發，方才你可以殺我的……。」

靈芝頓足道：「你少說一句當幫忙行不行！」

洪是笑笑：「有洪水時殺不到你，相信沒洪水時也不可以了。」

出乎意料地，三人都很滿意這個說法。

林中小徑，就是當初習一刀救百里靈芝的地方。靈芝送別習一刀，望望林間景物依稀，不覺嘆了氣，幽幽的道：「習大哥，帶我走。」

習一刀呆了半晌，苦笑，搖頭。

「看著我，我不美嗎？」

「怦然心動。」習一刀不得不承應：「只是在下實在配你不上。」

靈芝咬咬嘴唇，忽然說道：「討厭！可惡！」

「哦？甚麼？」

「罵你呀。」

「？」

「無論多麼凶險、複雜的戰陣，你都能輕易破解；卻讓一個逝去多時的人，緊緊綁著你。」

靈芝走了。

習一刀孤單地走在路上，一群雨後滋生的蚊蟲飛撲過來，他輕巧地避開了。

習一刀的神情仍是一貫的落寞。師妹高興時，笑靨如花，雲鬢上插著的金步搖，活潑地顫動。即使現在，師妹仍在笑著，在他的腦海中，心頭上。

註釋

1 貔貅，粵音皮休，傳說中的一種獸類。中國的風水學者認為貔貅是帶來歡樂及好運的吉瑞之獸。

2 狻猊，粵音孫危，傳說中的一種獸類。最初指獅子，後來又傳為龍生九子之一。

俠女心跳

貪官董奇在保鏢護衛下，興高采烈地，去妓院花費民脂民膏。步出花園，便見到那女子。

窈窕修長的身影，白衣輕如紗，如夜裡的水仙，背他們而立，手執翠綠蓮蓬。淡香暗送，令人心神一盪。長長的秀髮，如水流到蓮蓬上。

女子微轉螓首，月華照在雪白的側面，如一抹寒霜。貪官一行但覺自己鄙俗，女子可望不可即，又覺勾欄娼妓皆俗不可耐。

這時，女子笑了。只是嘴角微妙地往上一彎，卻盡展少女的甜美。這伙人便覺女子可親近了，霎時愈想愈多，已在心中擁之入懷，一親芳澤，眾人心頭砰砰亂跳。

此時女子暗運內勁，蓮蓬顫動，蓮子飛彈而出，尋心跳射擊，將一等貪官淫蟲的胸口射穿。

女子轉身望望地上亂屍。疑惑：「怎麼好像少了一個，沒可能的啊！」

石無心躲在草叢中，看著勾魂羅剎的繡花鞋在面前踱過幾回。他分析情況：武功不及對方；此女耳力過人，心跳要保持平緩，一下怦然，便會招來蓮子穿心。

好在他的心跳從來沒有急促過。他永遠只會冷靜地分析情況。他不明白，明知如此情況，有些人心跳偏就會加速。真是可笑。

突然，蓮子向草叢射來。

「嗚……」

被殺氣驚嚇到的狗已倒臥血泊中。

石無心仍是平靜地坐著，看風景似的平靜。

只要他心跳一速，便死定了。只是他分析到，女子見不到他，何況若發現了，他也沒甚麼可以做。

女子走後，他待到黎明才自草叢中鑽出來。

貪官董奇的死對縣裡小民來說真是天大喜訊。

豆棚瓜架下，年輕夫妻細語絲絲。「聽說董奇被人殺了。」丈夫小何道。小何是長江畔五柳村中的一名漁夫。

「好啊！你以後不用交一大堆過橋稅捕魚賣魚稅了。」說話的是妻子花影。

花影容貌尚可，可惜臉上有大片暗紅胎記。

「是呀，所以我今天我有餘錢買頭飾給妳了。」

花影就著月光，細看那條紅頭繩，愈看愈喜愛。笑對小何道：「快給我紮上啊。」

紮著頭髮的時候，花影憐惜地説道：「下次不要再跟人打架啦。」

小何道：「知道了。上次是為了賺多點錢買頭飾給妳，跟阿牛爭好位置擺賣。不過我們已言歸於好了。」

花影微微點頭：「這就好了，咱們窮人生活都不容易，要守望相助啊。」紮好了。小何用手指按在花影背部，問：「左手右手？」

花影反手捉住小何的手指，同時説道：「左手食指。」回頭一看，果然是左手的食指。

小何嚷道：「怎麼每次都給妳猜中。」「你讓我吧了，好呀，輪到我了。」

這便是窮苦人家無聊時的遊戲；然而他倆樂在其中。這樣又玩又鬧的，稍夜，二人相擁著，花影微微嬌喘，小何便一把抱起花影，進屋去了，將門帶上……

酒家二樓臨窗的位置很好，石無心和習一刀可以看見市集上行人，而行人很少會朝上看的。

接任縣官的人選有二，其中陳薄甚貪婪。故而石習二人估計女刺客未遠颺，準備一旦陳薄接任便再行暗殺。

「無心，老闆的妹妹俏雅又在看你了。」

「我也想不通為甚麼那個刨牙的老是看我，但估計不會影響我們的行動，所以我不會理會。」

習一刀愕然：「不是吧，你真的一點感覺也沒有？」

「沒有。」一貫無表情的石無心道，「娘親說我小時發過一次高燒，以後就變成了一塊木頭……」

石無心忽然停止說話，注視著一個在布料檔前徘徊的少婦，還以手掌遮住少婦上身，單看其腳步。

「怎樣，走路的姿勢像嗎？」

「像。這轉身的一步，像微風吹樹葉……」

「無心，乾杯！」

石無心會意，立刻轉面向習一刀，舉杯相碰。

習一刀以袖掩嘴道：「這女子在看我們。沒有抬頭；但眼角瞟上來。」

「好警覺，更可疑了。」

「咦，不見了。」

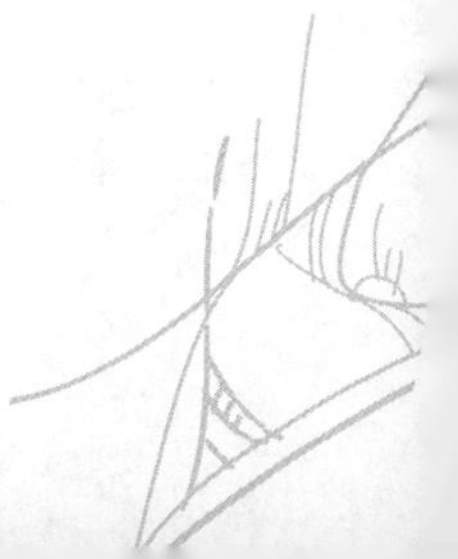

「東邊，去樹林。」

「對，西邊有一群流氓在聚集，沒有人願往那邊跑。」

二人在林中跑了一段便煞住了。

林中一片空地上，女子背他們而立，反手執翠綠蓮蓬，白衣勝雪，如一朵百合。

「就是這個女刺客了。」

女子緩緩轉過臉來，容顏姣好，清麗絕俗。霎時林子像是生出了百花，添滿生氣，鳥兒也婉轉低唱起來。

這時女子笑了。

這一笑，猶如春花燦爛盛放，女子便更美了。彷彿有甜蜜的香氣飄來，招人親近。習一刀看了，不禁怦然心動，心泛愛慕之情。

「好美啊……不過，總不如師妹了解我，那才是我所喜歡的。」

這樣一想，他驀然醒覺，卻驚見一顆蓮子正疾射自己肩膀。

他斜著身子，閃避的同時發力一蹬，人往前撲，暗器擦破他的衣服和肌膚。肌膚濺血的同時，他已接近了女刺客。

他出刀。刀一出鞘，劃了個美妙的弧線，便運到指尖上，就好像拋出去似的。控刀的手盡情舒展，如鳥兒展翅。

此時正是女刺客前勁剛盡，後力未生的剎那，其右邊肩背頓成無防守的空門。

刺中了，只要內力一吐，即能重創這女子。

然而這俏麗的肩背消失了。

女刺客感應到只有一處怦然的心跳，已然不解。暗器出手，循心跳聲打去之際，惟一的心跳聲也消失，暗器頓失準頭。

女刺客心知不妙，想也不想，立刻住前衝。

起動的一剎，肩頭已然傳來一下刺痛。

習一刀看著女刺客如飛燕投林，奈何此時向前的勢頭已老。待他迅速調整身形，已然追之不及。

只有樹林上方傳來喊話：「木頭人，你就是前夜我殺漏的人嗎？」

二人循聲追上去時，習一刀苦笑。

這兒是光禿禿的崖壁，壁前是沙泥地，卻沒有腳印。

習一刀說道：「女刺客往另一邊跑了。剛才的聲音，是從那邊喊出，再經這兒的石

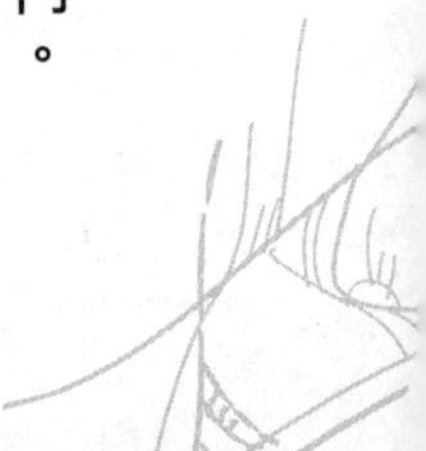

壁反射過來的。」

「這女子很熟悉這一帶的地方，一定是化身村民，潛伏於此。」石無心道。

通緝榜文上，畫了女刺客的容顏；並附註：右肩有刀傷。

這天阿牛來串門子，聊到通緝榜文。阿牛說：「這幾年接連有官員被殺，官府十分重視，聽說今次除了懸賞的一千兩，還有暗花。」

「啊，暗花？」

「捉到或協助捉到女賊的，可以得到怡春院的花魁紫憐。」

「是紫憐!?」小何的心伏伏亂跳，他送河鮮到怡春院時，見過那位美麗的紫憐。

正在刺繡的花影，這時抬起頭來，笑道：「怎麼，你很喜歡這個紫憐？」

小何急忙亂搖雙手，道：「怎會呢？我只是奇怪，他們為甚麼拿花魁去當獎賞？」

此時小何見到花影笑得很嫵媚，從未如此嫵媚過，嘴角微微上彎，如一勾新月，腰肢也像風拂楊柳般扭擺著。

只是他現在腦海中只有紫憐的影像，紅衣盛裝，如芍藥，似芙蓉，勾魂攝魄，要多美有多美。

阿牛道：「聽說紫憐不肯順從龐大富，這姓龐的該殺！」

「是該殺。」花影道。

次日，花影拿著衣物，到孟婆婆家裡縫衣。

孟婆婆靜靜的陪著花影。

不久，一顆豆大的珠淚，滴落衣物上。

孟婆婆摟住花影，道：「哭吧。妳一進門，我就知道妳今天是來哭的了。有甚麼不快樂？跟小何拌嘴了？」

「不，小何從沒跟我拌嘴，我也很快樂，我一生之中，就以現在的、眼前的日子最幸福。」

「娘，我永遠都會感激妳收留我，還撮合了我跟小何。」

孟婆婆記得，逃荒的小女孩花影，只有十四、五歲，逢人便哭訴自己剋死了父母兄妹，結果沒人收留。孟婆婆的兒女都病死了，子然一身，便收留了花影。

小何常送魚給孟婆婆吃，於是二人得以認識。

花影只覺孟婆婆滿是皺紋的臉很美。躺在婆婆懷中，安然無慮，彷彿重歸於母胎，哭累了便安然地沉沉睡去。孟婆婆輕輕撫著花影左邊的肩背，比撫摸小貓還要溫柔。

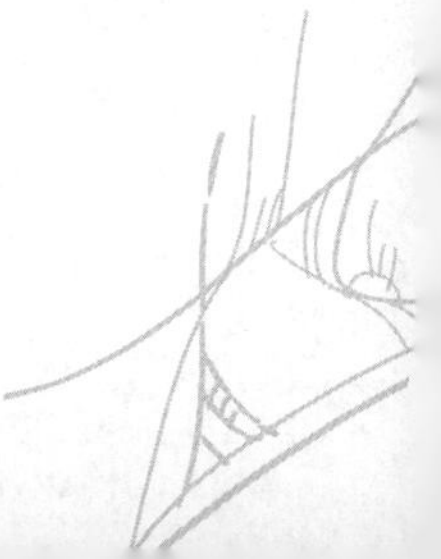

這幾天，無論任何時候。花影也不讓小何看背部。

前夜，小何半夢半醒時，感覺有段時間妻子不在枕畔。不過，到他略為醒過來時，一翻身，卻能抱住熟睡了的花影。

早上來到市集，卻聽說新任縣官陳薄夜裡被殺，他那一大堆苛捐雜稅也擱置了。

當晚，他趁著妻子熟睡，掀起妻子的衣衫去看那背部。

小何幾乎不敢相信自己的眼睛，他看見：花影的右肩背有刀傷！

他小心翼翼地將妻子的衣衫拉好。躺在床上思潮起伏。

十幾個縣官，都是花影來後被殺的。

有次山石滾下來時，笨手笨腳的花影，卻能及時將自己拉開。

花影叫孟婆婆做娘親，似乎官府的人也將二人當作了母女。

他一夜未能合眼。「嗯……」花影好像醒了，向他翻過身來，他趕忙合上眼裝睡。

當天，他去了衙門。

正在低頭煮菜的花影，一見小何帶著那兩人進門，便停了手，迎向小何。

花影細心地為小何抹汗，抹著，仰首看小何，看得很深情。突然，花影擁著小何，踮起腳尖，吻在小何的嘴上。

石無心若無其事地從他們身邊步過。習一刀扭頭避開不看。這一扭頭，卻看見一張紅色的網向他罩來。他嚇了一跳，定神看時，卻只是畫在紙上的紅色蛛網。

小何自花影懷抱中掙出來，道：「有外人啊。」

花影伸手想幫小何解下背上的大籮筐，小何忙道：「不，很重的。」

石無心向他們問話，他們一一作答。

「妳在這兒住了多少年？」

「這還用問麼？我是孟婆婆的女兒，官府有紀錄的啊。」

小何聞言，疑惑地望望花影。

石無心道：「我是問妳，在這兒住了多少年？」

沉默。

「妳為甚麼不答話。」

花影轉身看習一刀，笑了。習一刀覺得這笑容詭異。

花影緩緩站起來，道：「你就不能問少一點麼！不錯，我不是孟婆婆的親女兒，我是五年前來的。」

「很巧合吧，五年以來，每年死兩三個官，都是貪官。」

「天下的貪官何其多啊！只是，本堂主殺貪官是從不手軟的。」說罷朝習一刀一指，樸實無華的村姑眼神，突地變得銳利如劍，寒光閃射。

石無心聞言站起，立馬，手按刀柄。

小何驚跌地上，指著花影，顫聲道：「妳……妳……真的……」

石無心沒有行動，只是轉頭問癱軟椅上的習一刀：「習兄，出了甚麼事？」

剛才花影向他一指，習一刀驟覺一張紅色的大網向他撒來，紅如瘀血，紅得很醜惡。他覺得自己好像有閃避過，但總是避不開（後來石無心說他一進門就只是坐著）。那張網最後「嘶」的一聲，盡鑽進他的胸膛內，立刻捏緊了他的心，他便癱軟不能動了。

石無心問道：「妳下了毒？怎麼我沒事的？」

「這兒的水和空氣都不會使人中毒；只是會讓看過『蛛網封心印』的人產生幻象，為幻象所制。」

「好高明的手段。敢問閣下是誰？」

「我就是紅蓮教清香堂堂主銀舫。」

「原來妳就是傳說中的銀舫。」

「至於使毒，我能夠不高明嗎？」剛才還叫作花影的女子淒然苦笑。

銀舫在紅蓮教練得一身好武功。

十四歲……只是十四歲時，師父向銀舫下了迷藥，意圖侵犯銀舫。幸好銀舫早在身上塗上毒藥，結果師父死了，銀舫保住了清白。

銀舫披麻戴孝，親自殮葬了師父後，卻遭到教主的暗算。

銀舫身上的毒，對奸狡淫邪的教主起不了作用。

眼看教主就要來脱自己的衣裳，自己卻動彈不得，銀舫冰冷而堅決地説道：「你最好把我殺了，否則，我一定會投效朝廷，覆滅紅蓮。若你放過我，今後教主的命令，只要不違仁義的，我絕對服從。我銀舫説到做到。」

教主楞了好一會，然後哈哈大笑：「好！紅蓮教忠義為本，剛才只是試探妳。妳果然堪付重任。好！」

不久，銀舫受命，潛伏河邊名為五柳的小村。為了隱藏身分，教主命令：「找個忠厚老實的村民嫁了。」

遮掩了美貌的銀舫，果然就找了個忠厚老實的小何嫁了。

婚後小何一心一意向著妻子，做每件事都想著妻子，妻子笑他就笑，剩了一文錢也要給妻子買好吃的、或是些首飾。即使只是一條平凡的頭繩，銀舫心中也很感動，很珍惜。

這五年，是銀舫一生中最快樂的日子，直到今天。

每次出動，銀舫都先悄悄地給小何吃安睡藥，前夜殺陳薄時，卻故意沒讓他吃。結果昨夜他就偷看自己的右肩。今天就帶了人來捉自己。銀舫不怕那兩人，只是痛心。擁抱、親吻小何時，銀舫多麼希望他說弄錯了，請那兩人離去，如此自己就仍是花影，有個丈夫叫做小何。

緣分盡了。

此時，小何急竄向籮筐。

銀舫驚呼：「不，小何，不要，現在停手還來得及！」

小何掀開籮筐，裡面是昏迷了的、瘦小的孟婆婆。他用刀抵住婆婆的頸項。習一刀心中暗嘆：「小何休矣！」

銀舫怒瞪石習二人，「是不是你們兩個混蛋教他的?!」

卻聽得小何道：「妳……妳就範吧，我不是不喜歡妳；但石大人說，妳是個賊，和妳一起不會有好結果，我會很慘的。那天我見到紫憐，才驚覺其實我自小就喜歡如此風韻的女子，對不起啊。妳……妳就成全我一次吧。」

「原來你是這樣想的……」銀舫冷冷地道，手一翻，也不知從哪兒取出一枝翠綠蓮蓬，反手執在身後。

只聽得「咻咻」兩聲。一粒蓮子先打落小何手中刀，另一粒打中小何心胸……卻沒打穿，只打得小何血氣窒頓，不能動彈。

此時一名女子，自門外盈盈走進來。女子作村姑打扮，布衣釵裙，秀髮結成方便幹活的鬟髻，以布帶束緊纖腰，卸去濃妝艷抹，卻仍是美麗動人。

石、習認得，小何更是認得，這女子正是紫憐！

習一刀和小何訝然，紫憐卻望也不望他們，朝銀舫說道：「堂主，屬下將此物取來了。」

紫憐說著，自臂彎的竹籃中，取出一個包裹置於桌上，打開。

是顆帶血的人頭。

龐大富！

「做得好！」銀舫說罷，往臉上一抹，將胎印抹去。霎時，展露美麗容顏。

二女並肩站在桌前，如兩朵鮮花，兩顆珍珠，光耀一室。

小何不能言語，訝異地張口瞪眼，看著並肩的兩個麗人，一個本來是自己妻子，一個是自己想得到的女子，心中真是說不出是甚麼滋味。

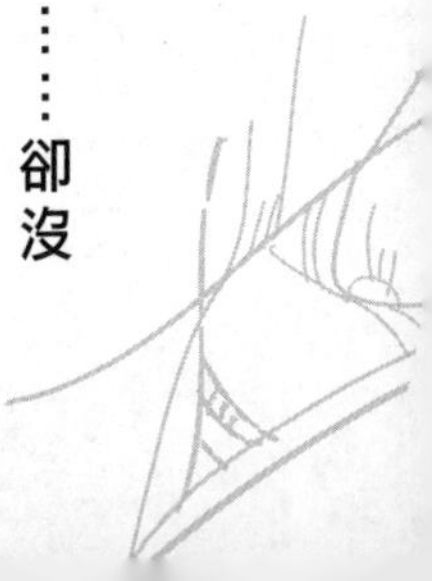

「紫憐，妳到外面等我。」

「是，堂主。」

紫憐躬身退出。銀舫對石、習道：「按理說，你二人為虎作倀，本應殺了餵狗。念在你們還未有甚麼惡行。這樣吧，石無心，你替我殺了那個小何，本堂主饒你們不死。」

石無心盤算了一會，望望習一刀，得到後者示意後，轉頭問：「銀堂主說話要算數。」

「我從未做過違諾之事。」

「好，一言為定。」石無心說罷，拔出刀來，朝小何走去，銀舫冷漠得像尊雕像，轉身，朝門外走去。

血腥味，頭髗墮地的聲音自背後傳來。

血腥味跟往日家中的甜蜜恩愛多麼不協調啊。曾經，他們在這兒一起生活。自己拿抹布，小何拿著掃帚打掃。小何修理桌椅時，自己為小何遞上釘子。盡是平凡、平淡的事；但卻有著深刻的感覺。銀舫以為自己離開這家門之際，會很冷靜，卻想不到，往事竟如潮水般湧上心頭。

曾經，小何是自己的丈夫，但他行到這一步，甚至用刀威脅一位老婆婆的性命，不殺也不行。自己能做的，就是不親手殺他。

銀舫的心，有一剎那很亂。想哭，但不行，有下屬正在門外等著。

習一刀突然感應到銀舫紊亂的呼吸聲，還有心跳聲。不由得心中一凜：以銀舫的功力，竟爾氣促心亂！

不就是只有十九歲的少女嗎，這世道加諸銀舫太多重壓，太多不幸了。

「姑……娘……保……重……」

銀舫心頭一震。這習一刀傻的嗎？好艱難才儲起一點真氣，眼看就要打通血脈。他竟然浪費了來說這四個字！

銀舫沒有回頭，離去前，只嘆了一口氣，道：「我羨慕石無心。」

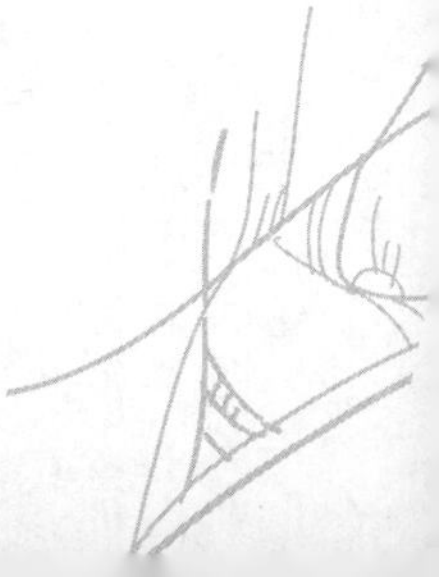

銀舫的快劍

一條人影迅疾地掠過樹林。修長優美的姿影猶似飛燕。

這女子正是銀舫，正趕往徽州會合原紅蓮教部份教眾。

往徽州有兩條路。一條較遠較安全。腳下這條較近卻可能遇到紅蓮教教主天法師或官府的人，還會經過五柳村旁；但銀舫自恃身手了得，而且小小的五柳村，自己是一閃而過。

眼前再一躍，便穿林而過了。

突然，前面草叢中，一個人邊繫縛褲帶邊站起來。這男子一抬頭，便跟銀舫打了個照面。

兩個人同時一愕，定住了。

小何！

飛奔中的銀舫立刻站定。長劍「錚」的一聲出鞘，疾刺小何的咽喉。

「你不是死了嗎？」銀舫怒問。

「沒……沒……沒有……」小何已是驚得語不成句。

「我不是叫石無心取你狗命的嗎？怎麼你沒死？」

小何斷斷續續的道：「石大人……點了我的啞穴……在我大腿……劃了一刀……」

「那麼，人頭墮地的聲音呢？」

「那是惡霸龐大富的頭。」

「好呀。那你現在去死吧。」手一抖，劍就要往前送。

「小何！」突然有女子的聲音叫。

是誰？

喉嚨被長劍刺住入肉三分，小何動作不敢稍大，勉強輕聲道：「是我娘子。」

「好呀，我才走了半年！」

長劍沒有往前刺。銀舫要看清楚那女子，不想隨便添一個寡婦。

一名村婦自林中小徑走出來。

雖然不算美；但尖尖的臉，輪廓跟銀舫有點相似。

銀舫再細看……咦！不對。自己的臉是尖中帶微圓；這村婦純粹是尖尖的臉。

這輪廓竟然是似紫蓮！

豈有此理！這下銀舫真是怒不可遏，劍底運勁，就要小何血濺當場。

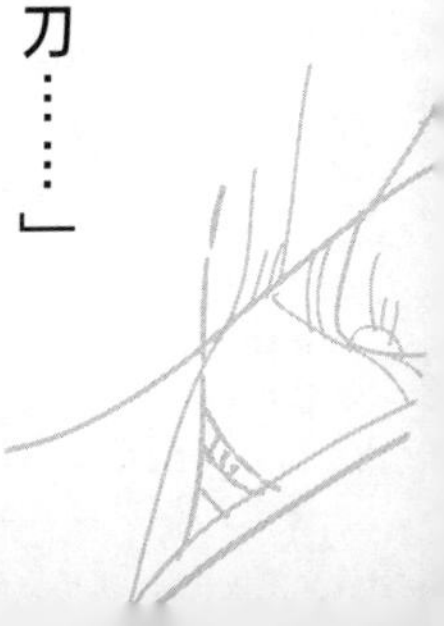

「爹！」

小女孩的喊聲，硬生生把銀舫的快劍停住了。

「爹，爹，爹呀爹……」

小女孩腿短，邊追著村婦邊一迭串地喊。

銀舫還看到，村婦左手拖著的那個矮小、剛懂走路的男孩，右手捉住娘親的手，很放心地整個人往後挨，左手姆指含在嘴裡，正吮得歡快。

哪來兩個孩子？還在叫爹。銀舫疑惑地望望小何。

「我娶了隔鄰村的張寡婦。那兩個是張寡婦的孩子。」小何突然說話流暢起來，還語帶哽咽：「妳饒了我吧，兩個孩子現在都很親我的了。」

突地，小何感到喉頭的壓力消失，銀舫已還劍入鞘。

「若我知道你對不住他們三母子……」銀舫猛然向小何戟指，面上凶惡如奪命羅剎：「我一定要你死得很慘。」

戟指厲如劍刺，小何嚇得跌倒地上，顫聲道：「是……是……」

林中突傳異聲，孩子嚇得躲到娘親身後。那娘子便怯怯地朝林間問：「小何，是你嗎？」

小何便從林中踉蹌地鑽出來。

但聽得他娘子罵他：「死鬼，別躲起來嚇小孩嘛。怎樣，肚子不痛了吧。」

「不……不敢……啊……不痛了。」

銀舫繼續飛奔趕路，要穿揚州城郊而過。

突然，銀舫又煞停下來。

只因對面出現了個徐徐走著的男子。

石無心。

這傢伙見到銀舫，竟然不懼不避，還自在悠然地踱步，銀舫不由得大怒。

銀舫的劍極快，幾乎是出鞘的同時，已刺在石無心的咽喉上。

草叢中發出「沙」的一下響聲。

石無心卻仍是背負雙手，悠閒得好像還在看風景似的。

「銀姑娘，聽說妳不當堂主了。有何貴幹？」

「殺你。」

「我武功不及妳，妳要殺我我死定了。只是，妳為甚麼要殺我呢？」

「你和習一刀兩個混蛋，竟敢騙我，沒有殺小何！」

「妳這樣說，一定是見過小何了吧，那麼妳殺了他沒有？」

「我一照面便拔劍要刺死他。」

石無心截住銀舫：「我是問妳殺了他沒有？」

銀舫怒瞪，咬牙切齒。卻說不出話。

「殺了、沒殺，這麼簡單的問題妳為甚麼答不出呢？」

「你不要這麼過分，我手中劍只消遞前三寸，你立刻沒命。」

「銀姑娘，我分析了各項因素，推斷妳不會殺我；而且，妳若要殺我，也不會跟我說這一大堆話了。」

說著，竟然伸出拇指和食指，捻住劍尖，將之橫移開去，好像移開枝葉般。銀舫氣得臉色漲紅，卻咬咬牙，恨恨然還劍入鞘了。

石無心仍是沒事人兒㨾向前踱步。

他背著銀舫，道：「銀姑娘，妳此去是要對付天法師吧。妳不是他對手，一定會敗給他。」

「你敢墮我銳氣！」

「妳會死得很慘。」

「你收聲！」銀舫劍再出鞘，疾刺石無心頸背。

意想不到的事情發生了！

伴隨著啊的一聲驚呼，一條人影自草叢中疾撲出來，義無反顧地撲在石無心身上。

銀舫早知草叢中藏有一名女子，只是那女子不會武功，銀舫也不以為意。

卻不料這女子不要命的撲出來，明明不會武功，這一撲卯足全力，竟是極快。

銀舫扭腕，強行把長劍斜向滑開。以銀舫武功之高，應變之速，竟還是在女子肩膀上劃出了一道血痕。

「哎呀，無心哥，痛死我了！好痛呀！」

石無心一把推開抱著自己的女子。

「呂刨牙，我和妳並不親密，不能叫哥。」石無心整整衣衫，道：「還有，妳這樣撲出來是沒用的。第一，這女子要殺我早殺了；第二，妳根本救不了我。」

銀舫看著這兩個活寶，不耐煩了，喝道：「你兩個都不准吵。姓石的，我問你，你憑甚麼說我鬥不過天法師!?」

「因為妳太重情。」

「哈哈，真可笑。你這個燒壞腦沒了情感的傢伙，口中竟說出個情字來!?」

「是習一刀說的，他說妳要小心應付。」

銀舫哼了一聲，道：「我沒空跟你磨蹭，暫且留你小命。」

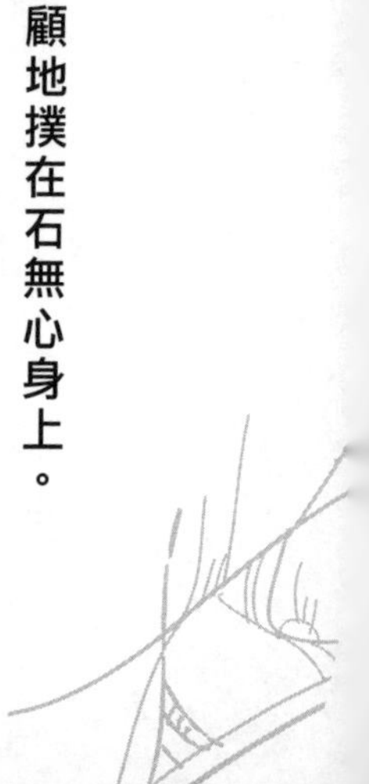

動身飛躍，轉瞬遠去。

直至人影不見，一句話仍是清晰傳來：「告訴習一刀，最沒資格批評別人重情的人，正是他。」

「哎喲，好痛。」倒在地上的呂俏雅（呂刨牙）叫起痛來了。

「這道傷痕很淺。」

「我跟你回長樂客棧療傷吧。」

「怎麼不回你哥的酒家？」

「我跟他鬧翻了。」

「嗯，無心哥（別叫哥），那飛賊黑骷髏不是說要殺你嗎，我可以給你擋劍啊。」

「唔……擋劍嗎？那還划算。反正住不住客棧是妳的自由。」

「嘻嘻那說定了喔！」

石無心在長樂客棧租了長房。旁邊的房客突然遷出，呂刨牙趕緊住進去了。

個多月後，石無心巧計將黑骷髏緝捕歸案。理妥公文後便回客棧休息。

剛才入睡，鄰房傳來激烈爭吵，夾雜著嘭嘭巨響。

石無心對鄰房喊道：「你們這樣吵，別人是不能休息的。」

「無心哥救命呀，我大哥要殺我！」

石無心只好立刻跑過去。

石無心推開門，卻見呂多多手執菜刀，正向呂刨牙斬下去。

石無心快腳一踢，踢在呂多多執刀手的手腕上。那刀應聲飛起，直釘到門楣上。嚇得門外張望的伙計頭都縮進脖子去。

呂多多瞪著呂刨牙，恨恨地道：「遲些收拾妳。」跳起拔回菜刀走了。

「無心哥（別叫哥），怎辦啊，我大哥遲早會殺了我。」呂刨牙道：「不如我住到你房去吧。」

「這在道理上説不通吧，好像有句話是男女授受不親。」

「別人怕你卻不用怕，你不是沒有感情的嗎?!大家都知道的。」

「這話有道理。」

「黑骷髏的師兄喪屍説要對付你，在你房中我更可以給你擋劍啊。」

石無心聽了點點頭，道：「那妳在門口搭張床睡。待我捉了喪屍便送妳走。」

「我也沒錢付房租了。我大哥要將我嫁得遠遠的好獨吞家產。他不會再給錢我的了。我又沒人投靠。嗚嗚……」

「那是妳的事。別哭，妳吵得我耳朵痛。」

呂刨牙不哭了，抬起頭來道：「我還可以給你烹調雞湯呢，很美味的。」

石無心突然骨碌的吞了一口涎津。呂刨牙驚訝地看著這個變化。

「這個好。妳知道嗎？我雖然沒感情；但身體還是有感覺的。我小時窮；但娘過年時總會煮雞湯給我喝。」

他可沒見到呂刨牙的小眼珠在小眼眶內骨碌碌地轉，嘴角在笑：「是嗎？身體有感覺的呀……」

個多月後，習一刀有事來訪。

呂刨牙慇慇勤勤地又斟茶又遞糕點又抹椅桌的。

終於有次轉身時急速了一點，裙擺在習一刀眼前微微揚起。

習一刀嚇了一跳，瞠目結舌，口張開老大，呂刨牙走開了仍合不上。

「習兄，何以你的口張得那麼大？」

「石兄。這是甚麼回事，怎麼呂姑娘會有了身孕!?」

「我也想不明白，為甚麼會這樣。」

「甚麼叫做不明白？到底發生了甚麼事，你清清楚楚告訴我。」

「就是夜暗中那一副白白的刨牙不住的、上下上下的動啦……」

「甚麼白白的刨牙，上下的動？」

「那幾夜呂刨牙坐到我身上。」

「唏！停停，無需這樣詳細。」習一刀揚手止住他。

「是你叫我清清楚楚告訴你的。」

「你不是沒感情的嗎？」

「可是身體有感覺啊。那些天身體的感覺怪怪的。」

習一刀想了好一會，道：「你要跟呂姑娘成親。」

「我沒有結婚的打算，計來算去，也是有很多問題的。」

「你讓人大了肚子，卻不肯跟娶人家過門，太過分了吧。」

「你這是罵我嗎？」

「當然是。你若作狼心狗肺之事，我終身只可與你為敵，不能為友。」

「若如此，我損失可大了。你助我捉了不少盜匪，我才能坐上總捕頭之位。那我選擇娶親吧。

而且你說得也有理，這件事我也有責任的。」

鼓樂喧騰，彷彿為呂刨牙的笑容伴奏。呂刨牙整天笑容燦爛，上下兩片嘴唇一直未合攏過，那刨牙很是耀目。

一班姑娘在房內圍著呂刨牙，低聲說話，大聲哄笑。姑娘們不知道習一刀的耳力靈敏異常，說的話都被習一刀聽到了。

「怎樣到手的，教教我們啊。」

「石總捕頭高大又俊朗，真迷死人啊。」

「幾間青樓的花魁向他拋媚眼，他都不瞅不理，真是酷斃了。」

「還是妳行，我們出盡法寶也擒不到他呢。」

「呵呵，以後叫我姐，一人送我十兩銀，慢慢教妳們吧。」

習一刀皺眉。本朝漢胡雜處，是不是影響到女兒家太開放了。

習一刀充當男方主婚。呂多多也勉強被人拉了來主婚，面色卻黑如鑊底。

夫妻交拜畢。

看著眉開眼笑的呂刨牙，呂多多愈想愈氣，終於開罵：「妳還笑!?妳哥我一生只做賺錢生意，妳卻上門去賠給人。真是辱沒了我的名聲，出了門就不要回來；回來我斬死妳。」

說著竟自懷中掏出寬厚的菜刀來，在新人頭上揮舞了幾下，然後站起來大聲道：「完了吧!?我走了，酒家的生意忙得要死。」

石無心一般的辦公、捉賊，一點不像成了親的樣子。

個多月後某天，一個外省新調來的牙差，氣急敗壞地跑來向他道：「石大人不得了。我剛才到長樂客棧辦事，見到有個男人鬼鬼祟祟的鑽進了石夫人的房間，關上門，在房內嘻嘻笑笑。」

石無心剛吃飽了午飯，一個人在辦公房內，邊搓著肚皮，說道：「說來，這是重要的事了。」

「當然啦，你戴綠帽子啦。」

「那我應立刻趕去了。」

石無心照那牙差提示，一腳踹開了房門。（捉姦要出其不意啊石大人）

房中二人共坐桌的一邊很親密的樣子，聽到嘭的一聲抬起頭來。

「無心哥，怎麼你回來了？」

「這是我家，我是隨時可以回來的。」石無心道：「原來是大哥……讓我想想……怎樣說大哥你在這兒出現，是不合理的。」

「哥哥來看妹妹，有甚麼不合理？」呂刨牙鼓著腮幫子道。

「從各種跡象看來，你們的關係是不好的。」

「拿雞湯來給我妹妹補身。不行嗎？」那人正是呂多多。「哼，我走了。」

呂刨牙送哥哥出去。（那牙差早溜了）

石無心嗅到香氣。原來是從雞湯飄來。

他拿起調羹喝了一口。

「為甚麼味道跟刨牙煮的不同？」

「有甚麼不同？」卻是習一刀因為不放心趕來了。

「刨牙煮的好像還有鹿、牛、羊；但又不像是平常吃的牛、羊肉。」

「我剛聽人說，呂刨牙是只懂吃，不懂煮的。」習一刀道：「想起來，你說身體感覺怪怪的幾天，不就是喝雞湯的日子嗎？」

「是啊。」

習一刀思前想後，忽然道：「你等我一會。」說罷匆匆出去。

未幾習一刀捧了兩盅湯回來。「石兄，你喝一口這個看看。」

石無心喝了幾口，道：「似這個味道了，還差一點點。」

「你再試這盅。」

石無心一試，道：「呀，是這個味道了。」

習一刀頓足道：「啊呀，你著了道兒了！這是隔鄰怡春院煮給富貴嫖客喝的。第一蛊裡面放了雞子、牛羊鹿鞭。」

「醫書上説那是能催情的。」

「第二蛊還加了淫羊藿、陽起石、合歡散。」

「那相當於春藥加迷藥了，這刨牙可說是夠狠了。」

「據你剛才形容，呂多多與妹妹的感情其實很好。他斬呂姑娘是斬給你看的，好讓他妹妹能住進你的房間。看來那奇怪的雞湯，也是呂多多的傑作。」

「慢著，若我不娶他妹妹呢？我本來就沒想過要娶親。」

「是啊。呂多多不會做虧本生意的。」習一刀道。

二人苦思。

石無心看著習一刀那因苦思而嚴肅的神情。他這位朋友不善隱藏，人一看其面貌，便知是個疾惡如仇的人。於是他突然明白了，喊道：「習兄，我想到了，那是因為你啊。」

「怎麼，又干我的事!?」習一刀訝然。

「我有你這個好朋友啊。我雖無情感；但你為人重情，以情義為本，一定要我跟刨牙成親的。」

習一刀聽得面上陣紅陣白。半晌，道：「我哪料到他們竟如此做。其實此法本就極不可取。不是每個人都有個重情義的好朋友；而且，幸好你是個沒有情感的人，否則那

變數就太多了。女子還是矜持的好。」

這時，呂刨牙回來，偷偷的瞧石無心的面；雖然明知他面上不會有表情。剛才聽到怡春院的小紅通風報信，已心知不妙。

「我要休了妳。」石無心喝完茶，放下杯，便説道。

「石兄，有話慢慢説。」

「你為甚麼要休我啊？不要呀！」石無心的一句話，對呂俏雅來説，不啻是晴天霹靂，幾乎把這位姑娘打暈過去。

「妳給我喝催情的湯；又和妳哥哥聯手騙我……」

細數過呂刨牙的罪證後，石無心總結：「所以我決定休了妳。」

呂刨牙大哭，道：「不要啊不要啊，我做那麼多，也是因為愛你啊；而且我有了你的骨肉。」

「我會給妳們錢過活。我已計劃好怎樣省錢。我估計妳是不肯走的了，所以我走了。這房我會長租下來給妳們住。」

言罷，朝房門走去。

「嗚嗚……無心哥，你不要走啊！」

「石兄，你怎能這樣一走了之?!」

忽然，逢的一響，正在推門出去的石無心，像弓射彈丸那樣倒飛回來，嘭的一聲跌到桌上。

繡花鞋，穿在織巧小腳上的繡花鞋。

習一刀見到高大的石無心，被這小腳踢得倒飛回來，嚇了一跳。

呂刨牙卻是立刻將石無心抱在懷中。心痛地道：「無心哥你怎樣了！哪個天殺的這樣踢你！啊呀，不好，是妳?!」

殺氣騰騰，持劍而入的，赫然是銀舫！

「石無心，你始亂終棄，我今日便要殺你這狼心狗肺之人。」白光一閃，長劍疾刺石無心胸口。

「不要……」呂刨牙想也不想，翻身整個人就伏在石無心身上。

有了上次經驗，銀舫有所準備，長劍魚游般滑過呂刨牙肩背，點在石無心咽喉上。

「妳不要殺他啊！」

「妳別亂動，妳再動這劍鋒真的會割傷我。」

「你弄大了這姑娘的肚子，然後拋棄人家，人家反倒為你求情。難得這姑娘捨身為你擋劍。你也不想想，天下間有人肯為人擋劍的嗎？我給你兩條路選，一是以後好好對你娘子，二是讓我送你去地府。」

石無心想了想，道：「這個易選，我當然是選一了；而且妳也說得有理，我就不肯為人擋劍了。」

「你說了就要終身守諾。我玉蓮盟耳目眾多，也最恨無情無義的臭男人。」

呂刨牙歡天喜地的，向銀舫謝道：「女英雄姐姐，妳真是個很好很通情達理的人啊！」

習一刀心想，石、呂的婚姻，自己也牽涉其間，現在這個結局，也算圓滿。

習一刀想起銀舫剛才的話，遂問道：「妳剛才說的甚麼玉蓮盟？銀姑娘來此又有何貴幹呢？」他這時留意到，銀舫的秀髮短了一大截，如今只剛觸及肩頭。左邊一絡頭髮不經意地垂下；但依皮膚的緊緻度測量，應是藏了一條新的、短淺的傷痕。

銀舫不答他，反而問道：「我問你，若有人勾結貪官，為害百姓，又經常強暴婦女，你會袖手旁觀嗎？」

「當然不會。」習一刀一挺胸，道。

銀舫突然朝習一刀盈盈下拜。習一刀嚇了一跳，呆呆站著。

但聽得銀舫道：「謝謝習先生，答應助我玉蓮盟，誅滅天法師。」

「甚麼?!」

「天法師倒行逆施，故此我已率領一班教眾，反出紅蓮，另創玉蓮。我藥功可制其毒功，而武藝不及他。如今有習先生鼎力相助，必能誅殺此奸惡淫邪之徒。」

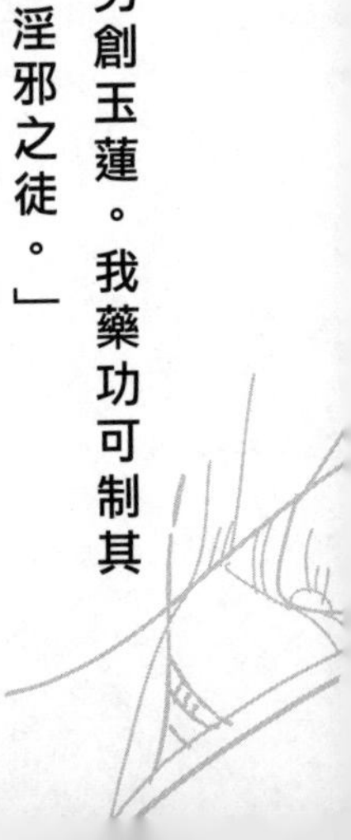

餵豬

揚州城郊多來酒家分店，每逢旅遊淡季，幫襯的客人都稀少。然而這天，大老闆呂多多卻來了，而且親自開門迎客。

他開的卻是後門。進來的是他的妹婿，揚州衙門總捕頭石無心。隨後是一男一女年青人。二人頭髮有點亂，衣衫沾染塵土；眼神有點張惶，進門時尤自四處打量，一副剛自險境逃脱出來的樣子。

「這兒安全了。」石無心道。

「有石總捕頭在，你們可以放一萬個心。那些鄉巴惡紳敢來此撒野是找死。」呂多多道：「對了，無心，那喪屍被誅，你也可以輕鬆點了。」

兩日前，揚州城內有一間木屋起火，火場內發現一具男屍。死者被燒過，身材健碩，右手有六隻手指，是尾指多生了一隻贅指。身旁遺有喪屍的獨門兵器。

石無心道：「輕鬆就不覺得。」呂多多笑笑，醒起石無心少時生病發燒，腦部受損，成了個沒有感情、不會喜怒哀樂驚的人。

石無心繼續道：「喪屍是被衡山派的雁翎鏢殺死，只要三日後，往衡山對證的差人回來，便可正式結案。如今有時間，可以解決福壽五村惡紳欺壓虐殺村民一案。」

說著，眾人行經一個豬圈。此時一隻肥豬正在酣眠。

突然，肥豬一躍而起，嚎叫著，直向眾人衝去，撞得欄柵也砰砰作響。嚇得那年青人趕緊往前逃跑。那村姑慘叫一聲，躲到胖胖的呂多多身旁。那村姑身量細小，臉頰小，連眼睛也細細的；這時傍在呂多多身旁，哆嗦著像急風中的小黃花，靠在大岩石旁擋風。

到了樓上廂座，石無心再確認二人姓名。那男子道：「我叫田家樂，這位是我未過門的妻子，曲豌豆。」

呂多多望望那高瘦的青年，又看看那樣貌頗為端正的姑娘，「哦」地應了一聲。

石無心道：「你們二人一路只顧逃避王禿子追殺，現在一定餓了。大哥，請你弄點吃的來吧。」

石無心細問二人，福壽五村令人髮指的情況。問了幾句，呂多多卻已捧著一盤菜肴回來。

「先嚐嚐這湯。」二人喝了。

「好味吧，是海參湯。」

田家樂含糊地應了一聲。豌豆卻趕緊放下湯，道：「呂老闆，我怎能喝你這名貴的湯。」

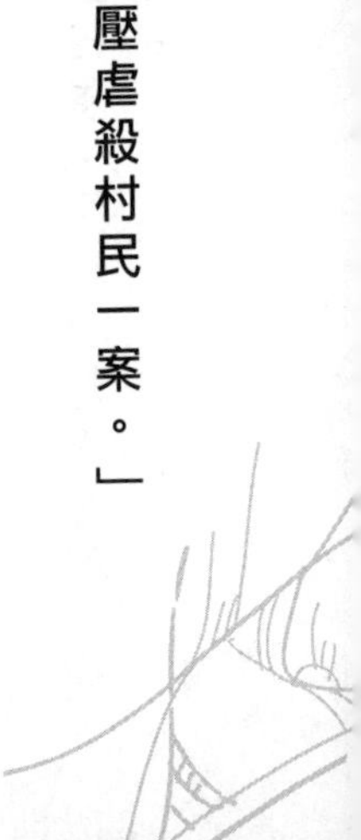

「那麼，吃這燒鵝吧，用酒燒的。你們村應也養了很多鵝的吧。」

田家樂撕了一條鵝腿來吃。豌豆的眼眶裡，幾滴豆大的淚珠卻滾了幾滾，終於滴了下來。

「哎呀，曲姑娘妳為甚麼哭呀？」呂多多急道。

「不瞞呂老闆，我們村子裡的人，只能吃得上菜和薯。我從未吃過鵝。」

「那妳更要嚐嚐了。鵝要燒得美味，要很有技巧地掌握火候呢。」

「豌豆，要吃就要快點了。」田家樂道。

豌豆哭得更激動了，抓著石無心雙手，道：「石大人要為我們作主啊。」

石無心便想將手抽出來，不料豌豆的手勁奇大，跟其嬌小的體形毫不相稱。

石無心猛然想起剛才呂多多說的「鵝要燒得美味，要很有技巧地掌握火候」。對啊，火場那死者，全身燒毀，怎麼偏就雙手無損?!人說喪屍身材高大；但他可以多穿衣服裝成高大，也可為師弟報仇而將體形減瘦；甚至他的贅指也可以是假裝。還有，這二人偏揀這個時候指名要見自己……。心恨現在才想到，可能已是遲了。

他立刻竭力往左閃，以避開坐在右手邊的青年。

只是，他才動，右肩背便「蓬」的一聲，挨了一掌。打得他吐了一口鮮血，便往前伏倒桌上。好在他略為移動，避過了碎心一擊。

呂多多也嚇得跌倒地上。

豌豆向田家樂道：「謝謝你告訴我們，是這石無心勾結王禿子殘害鄉民。先生你一定要幫我們剷除王禿子……」

「啊喲！」豌豆話未說完，自己卻是一聲慘叫，右邊胸口已被一顆鐵丸重重擊中。胸肺頓時閉塞，猛地趴在桌上，再也不能動。原來石無心辦案時，一定在手中暗藏一顆鐵丸作保命之用。他於危急中仍能分析出最佳時機，一擊即中。

豌豆艱辛地道：「你怎麼……不告訴我他……還有……一擊之力……」

那「田家樂」狂笑數聲，道：「反正我為師弟黑骷髏報仇之後，都要殺妳。」

石無心道：「原來你……是……喪屍……」

豌豆悔恨地道：「你……騙……」沒氣力再說，豆大的眼淚自眼中滾滾而下。

喪屍見狀，怒道：「你這婆娘，一路上由朝哭到晚，晚哭到朝，我也忍夠妳了。」悍然起腳全力抽踢，踢在豌豆身上，毫不因對方是女子而出腳稍輕。豌豆整個人飛撞牆上，撞得牆也震動，軟綿綿地倒下，已然昏厥。

然後喪屍提刀向石無心走去。

「儒夫我見多了，以你最無能無恥下流卑鄙賤格……」呂多多雖然癱在地上，嘴上卻不饒人。

「先殺了你這個臭胖子。」喪屍說著便向呂多多走去，彎下腰來殺他。

只是他一彎腰，剛才那鵝的油膩感覺，便一下子湧上胸口、喉頭，人便感到很不舒服。尤其胸口更是窒礙，人便變得懶懶的，心只想：「算了吧，殺個市井小民無須那麼用心。」便隨意的用刀割下去。

可是才割到一半，右手沒有力了。於是他改以左手執刀；但是左手也無力了。他一看，赫然發現，自己兩隻手臂，都變成了白色。原來不知怎地，手臂的肌肉都消失了，只剩下白骨！

喪屍又發現，自己不能屈膝了。他低頭，訝然地見到呂多多手握厚背菜刀，正從自己的腿上，削下整塊肌肉。刀由肌肉的間隙之間遊入，猶如以碟舀水，水自然分開。刀刃由一端滑到另一端，整塊肌肉便順理成章地解脫下來。

恐怖的是，自己竟然一點都不覺得痛。更恐怖的是：對方下刀如楊柳點波，運刀如燕子抄水。他竟覺得削自己身上肉的技藝，是那麼優美！

卻聽得呂多多道：「你殺害無辜百姓時，喜歡將人家的肉一片片割下來。我教你，應該這樣削肉才對。」

他捧著那幾條從喪屍身上削下的肉，推開窗向下呼喚那肥豬：「十五兒，有壞人肉吃啦。」

喪屍只有頭可以轉動。他看見肉拋下去時，那十五兒竟能騰空躍起，在半空中張開大口，露出嘴內尖銳的獠牙，一把將肉咬住。咀嚼得津津有味，骨碌骨碌便將肉吞到肚中，兩隻耳朵愉快地抖動。

親眼看著自己的肉被肥豬吃掉，落得以殘癈之身，被拉去殺頭。喪屍哀怒攻心，加之身體已虛，竟爾暈了過去。

石無心道：「剛才你偷偷向我微笑點頭。你果然胸有成竹，原來你會武功。」

呂多多道：「混生計還是要懂一點的，不及你和習一刀高明就是了。」

呂多多狠狠踢了喪屍一腳，道：「看見十五兒這樣恨你，已猜你不是好東西。我的十五兒天生極恨壞人，見到壞人便會怒哮攻擊。」

石無心道：「所以你預先在菜肴中下毒。」

呂多多呸的一聲，道：「別胡說。我有身為廚子的自傲，絕不會在菜肴中下毒。我只是在海參湯中加了些配料。這些配料能補身；但若是發怒動真氣、並彎下腰來，便會使鵝的油脂倒湧，窒礙氣息。」

「好厲害。你妹妹給我喝的雞湯，也是你的傑作了吧？」

「哼哼，你別小覷食療這門學問。調配得宜，無須加甚麼石甚麼散，也可讓你得到各樣想要的效果呢。對燒壞了腦袋的人，尤其有效。」呂多多道：「無心，我妹妹刨牙雖然有些許缺點；但誰沒缺點呢。況且刨牙對你的一番心意，真是任誰聽到也會感動的呀。」

呂多多走過去扶起豌豆，道：「這姑娘不是壞人。」

石無心道：「對，所以我剛才沒有下殺手。」

呂多多吩咐石無心：「可以走幾步了吧。你拿刨牙的鞋，去豬圈給十五兒嗅嗅，然後放他出去，他便會去找刨牙。馱刨牙過來幫忙。」

「那麼，現在由誰來治理豌豆。」

「我囉。」呂多多道。

「不過這姑娘受傷的地方是胸口，你一個大男人照顧他，於理有所不便吧。」

「沒法啦，今天這兒找不到別人，而且要找個可信的人來才好。」呂多多道：「我自有分數。多來酒家只賺不蝕，屹立不搖，其實秘訣就是我從來不做對人不住的事。所以，你放心吧。」說罷連連揮手催促石無心下樓。

燒鵝

「謝謝妳啊，俏雅姐。」

「叫我刨牙吧，這樣親切得多。」

其時狂屍及虐殺福壽村村民的王禿子等人，已被收押。豌豆身體也復元，心情大好，跟呂刨牙聊得很開心。

「對了，幸好那天妳在這兒，及時給我護理。」

「不，我是趕來的。」

剛端藥進來的呂多多一陣乾咳。

豌豆狐疑地問：「那麼，最初是誰護理我啊？」

呂多多訥訥地道：「其實……是我。」

「你有沒有掀起我的衫」

「有啊，要不然怎樣給妳推宮過血。」

「你不只看了，還……你怎能如此！」

「當時情況緊急。」

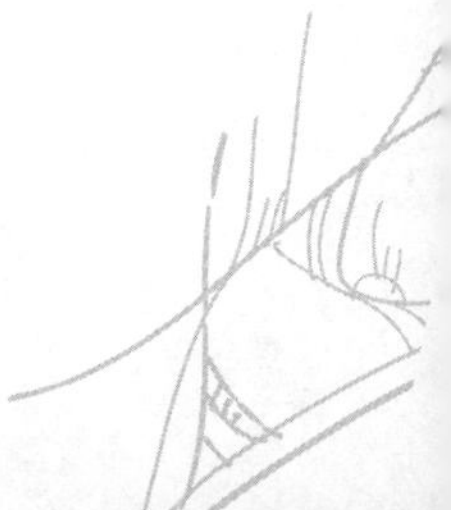

豆大的淚珠如雨般湧出。「女子的身子不是隨便給男人看的……只能給丈夫看，你不是不知道吧，」豌豆哭道：「你別將我們農村女子當成秦樓楚館倡優那麼隨便。我這冰清玉潔的身子，竟給你……」

「告訴你，若我知道，我情願不要醫治。」

呂多多又頓足又繞圈，忽然拿起一對大湯匙塞進豌豆手中，道：「不看也看了，妳剜了我雙眼出來吧。我人胖眼珠大，這對大湯匙正合用。妳喜歡的還可以斬了我雙手。」

豌豆邊哭邊用力將湯匙擲向呂多多，後者額上登時起了兩個包。

豌豆哭得更起勁了。「你以為我們農村女子是蠻不講理的麼？算了吧，今後我不見你，你也不要再見我就是了。欠了你的人情，日後會還的。」

說罷頭也不回出門走了。

「先喝了藥啊。」呂刨牙喊。

喊罷回頭，卻見哥哥呆呆地、細意地撫摸著額頭剛起的兩個包包。起初神情甚是頹喪。呆坐了一會，拿起豌豆沒喝的那碗藥，邊喝，漸漸又好像在沉思著甚麼。

四人一豬走在小路上。小路兩旁植滿林木，頗為清幽。

呂刨牙愈走愈覺不妥、終於忍不住問：「哥，你真是要在這鳥不生蛋的地方開分店？」

「不對，鳥不生蛋是甚麼人也沒有。剛才路上是有行人的。」石無心道。

「你懂甚麼。剛才那些都是附近村民。一個旅客都沒有，哪有賺頭啊。」呂刨牙氣鼓鼓的道：「還說辦個甚麼烹調比賽；若果輸了，多來酒家的招牌豈不是要砸了?!」

「妳才『懂甚麼』，妳見過哥我會做蝕本生意麼？」

「你是說可以賺錢，怎樣賺啊？」呂刨牙道。

「對啊。無論怎樣說，在這兒開分店，也是不合理的。」石無心和應。

「這是機密。」突然加快腳步跑。

「沒話好說就跑?!」

前面不遠就是轉入福壽村的路。迎面來了一人，是個瘦子，背上卻揹著一隻大鐵鍋，看來也準備轉入那條路。呂多多正是搶著跑去那路口。那瘦子見了，更是加快跑來。結果在路口處，兩人肩膀撞在一起。

「你這團脂肪，滾開！是我先來的。」

「枯柴，要滾的是你。」

二人推搡了好一會，繼而動武，拳來腳往一番後，還動起兵器來！

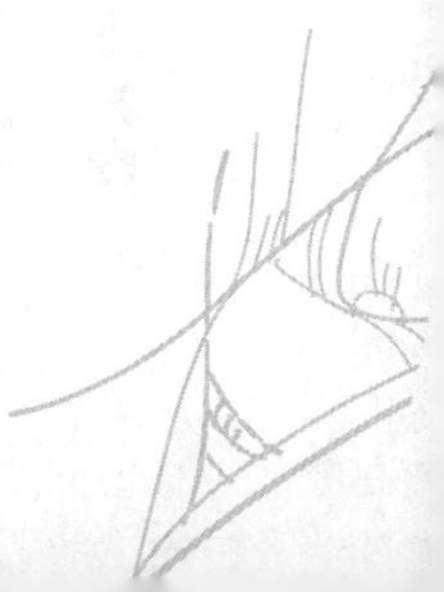

瘦子取出背上那隻鍋便向呂多多掃去。呂多多自懷中拔出菜刀，反手就以刀背鋤中鍋底。「鏗」的一響，聲音竟甚是清越。

瘦子卻藉這撞擊之力，手腕一翻一掃，鐵鍋便狠狠掃中呂多多的尊臀。打得呂多多哎喲慘叫。慘叫聲中，腳下不慢，一腳踢中瘦子小腿正中處。瘦子痛徹心脾，罵道：「好歹毒！」

「快去勸架啊。」刨牙推無心。

「打不死人的。」石無心道：「我看他們應已打了十多年了。妳看，瘦子知道大哥轉身慢，大哥知道瘦子小腿長。」習一刀在旁聽了，點頭認同，卻疑惑剛才那「鏗」的一聲一定是在哪兒聽到過。

果然再打了一會，呂多多霍地跳開，道：「算了，你先走吧。」

瘦子收起鐵鍋，嗤笑道：「師弟，你終於知道鬥不過我了吧。」

呂多多説道：「非也，只是你師兄我想起有事要辦。」

看著瘦子走了一段，呂多多才高聲喊道：「你先去吧。高手總是最後才出場啊。」

瘦子怒極，扭頭回應：「一會兒輸了別又像當年那樣哭著流鼻涕！」冷不防踏進前面坑中，跌得打了個滾。幸好以鑊的圓底卸力，還順勢翻身站起。

呂多多哈哈大笑。瘦子邊罵邊走了。

「他便是你的同門，北廚神蔡順？」

「不錯，他就是我師弟蔡順。」

「你是師兄？」

「當然了。雖是同日遇到師父；但我比他先向師父叩頭。」呂多多道：「師父臨終也迷糊了，只説了句『你們誰最小誰就最大』，也弄不清他説啥。」

説完，便跨坐十五兒背上，對呂刨牙道：「動手吧。」

「哥，你真要這樣做？」

「少嘮叨，要做便爽快點。」

刨牙只好自懷中取出一條黑布帶，嚴密地遮蓋住呂多多雙目。

福壽村甚大，被王禿子分成東南西北中五條村。王禿子被剷除後復為一村，曲千戈，即豌豆的爹，被推為村長。

曲千戈見到蒙著眼的呂多多，甚感訝然，問他何以如此。

呂多多支吾以對。豌豆哼了一聲，道：「人家喜歡怎樣便怎樣吧。」

驟聽豌豆聲音，呂多多便嘻嘻地笑了，道：「老丈包涵。」豌豆頓覺呂多多賴皮笑臉，想起身子被此人看過，眼淚又簌簌地流下來了。

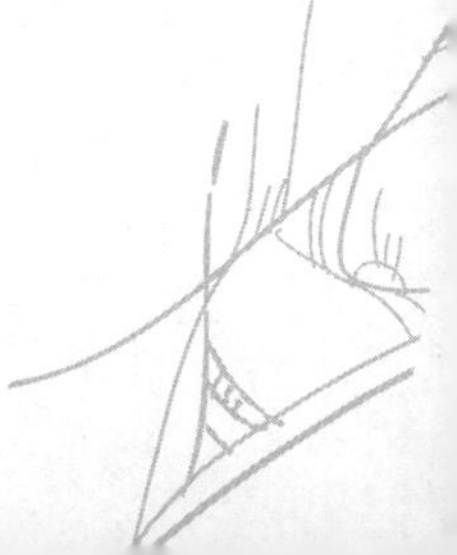

「沒關係。老夫還特意為你打造了一張戶外煮食桌呢。」

「爹，你拳腳上還有兩下，木工你行不行的呀？」

「胡說，家裡的家具都是我造的。」豌豆心想，這才叫我擔心。

「謝謝曲先生，借曲家木桌之威，在下一定旗開得勝。」說得曲干戈捋鬚微笑。

「咦，是甚麼在舐我的腳呀？」

「是小女養的小花豬，叫作小夢。」

多來分店已建好，頗有氣勢。比賽在店前空地舉行。邀來三位天下著名食家作評判。

蔡順一見呂多多模樣便大罵：「師弟，你也太瞧不起人了；還是想一會兒輸了找藉口?!」

「你廚藝稱雄江北，我怎敢小覷你；只是師兄我有苦衷。」說著朝豌豆那邊望去。

兩邊已用秘製的香料將鵝醃好；都先是用大火燒一頓飯時間，再以小火燒差不多同樣時間。鵝身不住轉動，就像沾了炭火的顏色，漸漸變紅，潤澤光亮，教人喜悅。

只是呂多多轉動鐵叉時，不是隨便的轉。他手勢溫柔，竟像是在跟鵝心靈相交，充滿柔情。漸漸地，他的鵝像是活過來了一般，要展翅鳴叫。

蔡順的燒鵝先傳出香味，很濃烈，掩蓋了呂多多和他的鵝，也籠罩住了圍觀的每個人。所有人都被迷住了。

忽而，呂多多那邊，獨特的香味，如笛韻穿透濃霧，悠悠傳來，鑽入眾人的心靈。是燒鵝的香味，混和著香草的精神。

雙方已是在色、香兩方面鬥得難分難解。

眾人被吸引住，豌豆和小夢也在凝神觀看。十五兒卻是被小夢吸引住了，看著小夢白白的皮膚，水靈靈的大眼睛，額上還讓豌豆精心地以絲帶結了隻蝴蝶，真是可愛極了。十五兒走近小夢，在小夢身上嗅著嗅著。小夢只顧入神看人燒鵝。十五兒膽大起來，頭一伸，鼻頭便印在小夢身上。

小夢突覺身上有異，一看是隻特大又粗魯又骯髒的公豬在吻自己，大怒。扭頭便狠狠咬在他的肩上。十五兒痛極逃跑，小夢在後面窮追。

十五兒慌不擇路，竟撞到呂多多的桌子。那桌子不堪一撞，半邊傾倒。燒鵝掉下，小夢垂涎已久，一張口便咬入口中。呂多多伸手去搶，一扯，口能救回一隻鵝腿。

觀眾一陣嘩然，然後全場瞪著手持鵝腿茫然而立的呂多多，靜默了下來。此時呂多多細聽滴漏水聲，餘下約半盞茶時間，是自己脈搏跳動四百下的時間，無論如何都不足以烹調另外一隻燒鵝。這場比賽，輸了！

豌豆立刻叫回小夢；但已於事無補。其實豌豆猜到呂多多為甚麼要在此窮鄉僻壤開

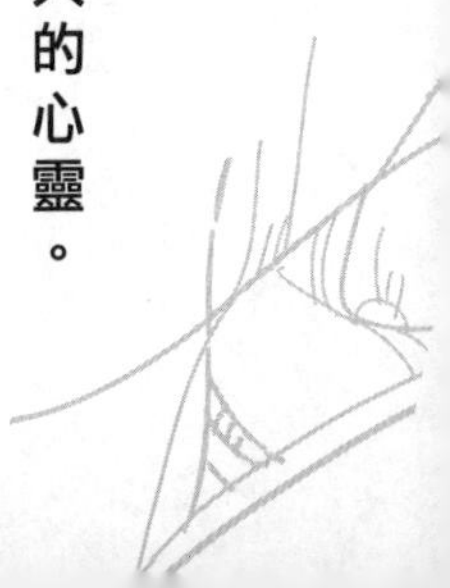

分店的。因為豌豆聽到過他喃喃自語：「王禿子易剷除；但福壽村的窮怎樣扭轉呢？」

福壽村離開交通要道，約有四分一個時辰路程。如果將此地打造成美食之鄉，相信會吸引到不少客旅。不料被自己養的小夢破壞了。若果連累呂多多落敗，多來酒家的招牌砸了，福壽村就真是對不住人家了。

呂多多聽到人群中嗦嗦的吸鼻子聲，便知道豌豆哭了。當下一挺胸，昂然而立，朝索鼻子聲來源道：「曲姑娘勿憂，我有辦法，我還未輸。」

只見他略一思量，運手如輪，快得如同生出了十多隻手來。他將多種配料醬汁拋入燒紅了的油鑊中，霎時香味四溢。然後用筷子急速地將一盆粉醬拌勻，往天一拋，粉醬便自半空如雨點般落下鑊中。呂多多不斷翻動油鑊，粉醬便在鑊中上下跳躍，轉瞬轉成燒鵝皮的金黃色，隨著油炸響，香味愈傳愈盛，濃郁得如有厚重質感。觀眾不由得垂涎欲滴，朝香味處伸長了脖子。

最後，呂多多將全部黃金脆粒拋到半空，下墮時用碟接住，脆粒便在碟中堆成山丘狀。他將殘餘的燒鵝脾在油鑊中一灼，插到小丘旁，恰好成了一隻燒鵝躲在脆粒中露出肉腿來誘惑人。

此時鑼聲敲響，比賽剛好結束。觀眾掌聲雷動。

三位評判先嚐蔡順的燒鵝。皆驚呼：太好味了。皮脆，肉多汁。食之不枉此生。

蔡順洋洋得意。

試吃呂多多的製成品時，奇景發生了。

三位評判竟都靜默無聲。不，是只有唧唧喀嚓的吃東西的聲音。

原來三人只顧低頭猛吃碟子中金黃脆粒。至於那鵝腿，早被吃得剩了骨。

吃著，最資深的老大推老二，老二推老三。老三不情不願地站起來，飛快道：「難決定啊。蔡順烹的是無極上品。呂多多調的卻教人食不停口。是次比賽勝出的是……蔡順！呂多多你烹調得好，不是鵝卻勝似鵝；可惜那碟黃金脆粒到底不是真鵝，頂多能叫作……叫作齋燒鵝吧。」急急說罷，立刻坐下再吃。

「好耶，贏了！從今南北烹調之王都是我了。記住我，本大爺大名蔡順。師弟，你以後負責掃地得了，見你可憐，這味燒鵝便送給你吧。」凌空打了十幾個跟斗。

福壽村村民難掩失望。

習一刀道：「怎麼有點胡言亂語了?!」

呂刨牙悄悄道：「他輸給我哥九次，一次未贏過。」

「哦，怪不得。」

只聽得蔡順對正在筆錄的各地採訪員口沫橫飛：「本南北廚神之勝，還要歸功於此地養出的鵝，此地山清水秀，風景絕佳。鵝兒邊吃芳草邊看風景，身心舒泰，肉質哪能不美！」

石無心道：「怎麼又讚起福壽村來了？不合理。」

刨牙道：「你懂甚麼。」

習一刀道：「這是男子漢之間的情誼。論到廚藝，他們二人，除了佩服對方之外，還有誰值得他們敬重？」

呂多多回來。刨牙埋怨：「搞甚麼比賽，這下好了，輸了。」

呂多多嘻嘻笑道：「贏了是贏，輸了也是贏。以後多來酒家福壽村分店的首席招牌菜，就是蔡順燒鵝！他說了：『這燒鵝便送給你吧。』第二便是齋燒鵝。還可以向達官貴人推廣來此地遊玩。妳不見我師弟在推銷嗎?!」

曲豌豆走過來，向呂多多一揖，道：「多謝你啦。你為我們村做了這麼多好事。」

「那麼，這眼罩可以脫下了吧。」

豌豆搖搖頭，道：「不行啊。你幹了……那些事。我又不能真的剜了你雙眼；你以後見到我要蒙眼也是無可奈何。你……你自己想辦法吧。」說罷扭頭走了。

呂多多垂頭喪氣。

刨牙卻想了想，猶豫地道：「哥，我猜你可能、或者、也許可以……。」

石無心突然插話：「大哥，你還不快去提親！」

此言一出，嚇得刨牙目瞪口呆，半晌，道：「你……你不是沒有感情的嗎？怎麼會猜到??」呂多多和習一刀更是茫然不解。

「這根本只是個加減數的問題。不蒙雙眼，不剜雙目，剩下來可行的，就只有娶了曲姑娘為妻。曲姑娘不是叫你『自己想辦法』嗎？你們這叫做所謂的心神不定，不能冷靜思考。」

「得啦得啦，這兒最冷靜是你了。」一手推呂多多，道：「哥，還不快去！」

呂多多由十五兒帶著，走向曲千戈……其實十五兒是走向小夢。呂多多跟曲千戈說著話。曲千戈在呂多多耳邊說了幾句，呂多多面色一變，便向曲千戈耳語幾句，二人相視大笑。呂多多伸手便欲解下眼罩，一直躲在父親身後的曲豌豆說了句話，呂多多便不脫眼罩了。

刨牙心急，便問聽覺比常人靈敏的習一刀：「怎樣，成了吧？」

習一刀點頭道：「曲先生應承這門婚事了。」刨牙大喜。石無心突然明白，何以呂多多要獨自為曲豌豆療傷時，說：「不會做對不住人的事。」

習一刀卻疑惑，怎麼在這骨節眼上，曲千戈會耳語提到「玉蓮盟」三字？

曲千戈攜著呂多多回來，向眾人道：「呂先生剛才向老夫提親，欲娶小女，老夫已

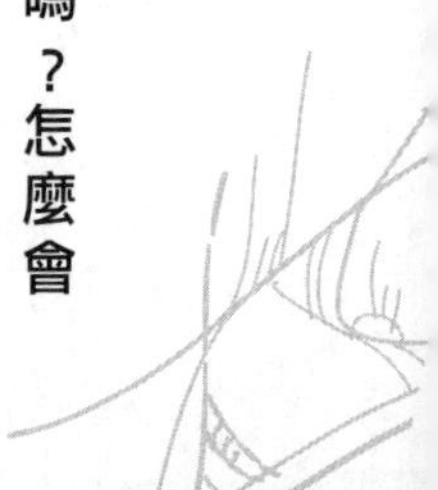

應允了，只是小女……咦，怎地跑得無影無蹤了??小女説，要待拜過堂後，這眼罩才可脱去。還請呂先生包涵。」

然後又道：「既然大家是一家人，我向你們説説豌豆名字的由來吧。」

「一定是喜歡吃豌豆吧。」刨牙道。

石無心道：「這不合理，名字是出生時起的，那時怎知娃兒愛吃豌豆？」呂刨牙狠狠地瞪他。

曲干戈笑笑，道：「這是因為小女出生時不獨愛哭，淚珠更大如豌豆，因此命名作豌豆。」

「照我説曲姑娘的淚珠晶瑩可愛，」呂多多搓著手，手舞足蹈地説道；「簡直是串串珍珠呢！」

一夥

輔君

虎天年幼時，叔伯們就讚他骨骼精奇，他也用心練武，渴望成為絕頂高手。然而九歲之後，他沒有再練武。

他六歲時，母親率領人馬外出買賣。十數天後，他到寨子外空地練武時，卻見到母親赤裸裸地躺著。他回去叫大人來，大人們來了，立刻攆他回家。大家說母親骯髒了，他不明白，母親渾身雪白的。他問父親，父親一把掌把他打在地上，那時父親雙目，血紅的好嚇人。

不久父親帶了一隊人下山，卻只一個人回來，雙腳潰爛，強忍了幾天，終於自股以下把雙腿切去。自此父親沉默得可怕。

三年後，幾位兄長和姐姐沒事先聲張便離開山寨，半個月後，卻細了十多人回來。父親看見這群人，眼睛紅得要噴火。

經常有人問起兄姐們擒人的情節。他們假扮客商，跟掌萬城的人混。掌萬城的人大

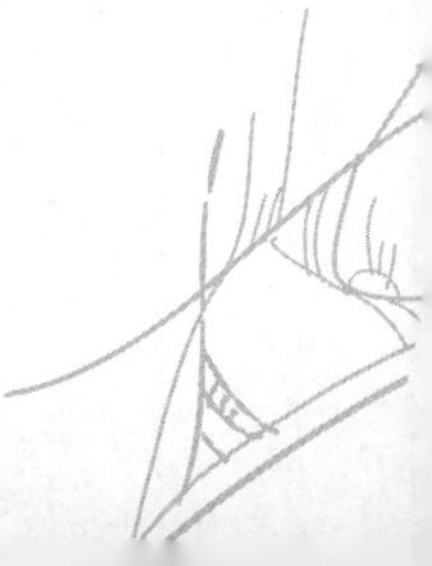

談如何凌辱威獨山的女人、虐殺男人。兄姐們強自忍耐，陪著笑請他們飲酒，酒已下了蒙汗藥。掌萬城的人也請他們吃肉，卻遲遲不飲酒。兄姐們問：「你們怎不飲美酒？」他們狂笑：「有蒙汗藥的酒怎可飲呀！」

兄姐們大驚，才發覺手腳軟了，原來肉裡有麻藥。掌萬城的人道：「我們提起虐殺威獨山的人時，你們的表情極不自然，你們太嫩了。」他們打開兄長重甸甸的包袱，撕開姐姐的衣裳。突然自包袱和衣裳底下噴發出迷煙。掌萬城人的以為穩操勝券，猝不及防，全被迷倒。兄姐們早服了解藥，收攝心神全力驅除麻藥。

這場不是動刀槍的比武，鬥的是內功心法，卻比刀光劍影更寒魄驚心。那一方只要一人先能活動即取得完全的勝利，敗方下場比掉入修羅地獄慘上萬倍。兄姐們年輕，雪恥復仇之心驅動他們發揮苦練的成果，先一步將藥力驅除。「掌萬城的人見到我們大哥站起來，霎時面如死灰，眼巴巴看著我們挑斷他們的手筋腳筋。欣賞著他們眼中的絕望，實在痛快。」

小屋中日夜傳來慘叫聲，能令此等強梁哀號如豬狗，可想像酷刑折磨之烈。女人的叫聲更使他欲自刺耳膜。他不該有一天繞過去，自小屋的隙縫往裡面窺看。那年他九歲，自此對用武之事深感厭惡，再也不練武，一次也沒有。

停止練武之後，他發現了書本的好處。老莊讓他心情不再凝滯；釋迦佛學可慰藉生者與亡靈；孔孟學説指示了濟世之道。虎天的兄長千方百計也迫不到他改，便要他躲起來讀。威獨山上的人不練武，簡直是忤祖逆宗，不可饒恕。

另一房的一個女娃兒虎蘭，偶然看見他搖頭晃腦，以為是甚麼神功，便磨著要他教。他便教了虎蘭幾句唐詩，虎蘭覺得唸著適意，高高興興的走了。當夜虎蘭的爹雄厚怒氣沖沖，直衝入虎天家，也不向其他人招呼，一把抓著虎天胸口：「混蛋，你竟敢教阿蘭唸書！」舉手就劈，手掌暗暗發紅，盛怒之下已將鐵沙掌力催至極點。三位兄長一腳將虎天跌倒地上，撲上去就拳腳交加，碰砰砰地猛打，罵道：「以後不許唸書，唸書能唸死掌萬城的人嗎！」虎蘭爹道：「看在你兄長面上，今天算了。若再見到你拿起書本，我身為威獨山的人，絕不能袖手旁觀。」

往後幾年，他在後山結廬唸書。這天突然感到有人，立刻把書收起。「大哥。」

大哥虎龍一言不發，黑虎偷心攻來，虎天本能地側身勉強避過。虎龍緊接著一招神龍擺尾，虎天整個人飛跌地上。「你竟能避得過第一招！你資質不錯，練武吧。爹娘的遭遇、掌萬城那十三隻狗的下場，你也看到了吧。不強，怎行？」

「你殺他，他又殺你，有甚麼好？」虎天指著樹上小鳥，道：「你看，牠不介入爭鬥之中，不是逍遙快活嗎？」

虎龍沒言語，拾起小石，激射而出，可憐一刻前還在快活歌唱的鳥兒，腦袋登時稀爛，直跌落地上。

「大哥！」

「弱者不可保護自己。我看你唸的之乎者也，也強不過鳥鳴。好好做你的威獨山強豪吧。」

虎天失望之餘，離開了威獨山。道在山上不行，不若周遊天下，說不定尋到教化百姓之法。

虎天到處遊歷，到了白雲書院，潛心學習，博士們都稱讚他的學問，參加科舉，不難雁塔題名。他既不習武，便將虎字轉為輔，既有輔天子之志，遂易名為陳輔君。

這一年因父親病危，他趕回家。他趕到威獨山附近，進了一座山神廟休息。一名衙門的差役也來歇息。兩人攀談起來，那人知道他是白雲書院學生，問道：「可認識楊夫子。」

「正是在下授業恩師。」輔君道。

「楊夫子道德文章，深受世人景仰，真羨慕你能作他學生。」

這時外面下起雨來，那人站了起來。

「輔君兄請了，我先行一步。」

「但外面正下雨啊。」

「這雨有一陣子好下，不如趁有日光趕路。在下身分低微，辛苦些也沒辦法。再說，這雨還難不到我。」

就在那差役轉身之際，四道暗器從不同方位射來，陳輔君自料避勉強可以躲過一枚，四枚就絕難僥倖了。「只怨威獨山結怨太多。這位差役當然也救不到我。可惜我濟世化民的理想，到底成為泡影……。」

入山

揚州城內，一人在晨星下佝僂著背走路，正是習一刀。此刻他心內七上八下。偵破那件兇案之後，刺史姚重名說他辛勞，著他休假五天。他心想一會兒衙門的人都不會有好面色給自己看了。自己不獨斷了他們財路，姚刺史更可能因此得罪朝中權貴。

「莊員外放火燒死佃農嚴氏全家十口，還誣賴是鄰居孤兒寡婦所為。只是母子二人怎能將三個往外逃的大男人推回火場呢？殺人償命，我竭力搜尋人證物證，只是做了該做的事吧了。」這樣想著，他不自覺地挺起了胸膛。

出乎意料，回到衙門，自守門人、同僚以至大小長官，對他一如既往。他詐作低頭看宗卷，偷偷看他們，卻見每個人神色如常，更沒有人窺視他。難道竟是自己多心，又或者他們已找到別的財路？他想細心一點看宗卷，卻總不能集中精神。這時上司傳他往見。

「童大人，有何吩咐，今天的驗屍程序如何安排？」

童大人笑笑：「這些雜務暫時交給你的副手可矣，衙門另有任務給你。你要傳遞一份重要的公文。」

「啊，這不是驛使的工作嗎？」

童大人站起來，拍拍他的肩膀，道：「這次有點不同。姚大人聞知你武功不俗，特別著我交托你辦。你要去的地方是威獨山。」

「就是最近吞併了掌萬城的威獨山？」

「不錯，所以賦稅要重新釐定。你或許要在那兒待上數天，等候他們回信。」童大人轉以慈祥長者的語氣道：「記住，你也無須跟他們說甚麼，萬事小心。」童大人又拿出一個包袱，道：「你既代表官府前往，衙門也為你預備了吏服。只有一套，你臨上山才好更換。」

衙門中僅有的幾位好友給他餞行，著他早去早回。雖非雨季，還是送他上好的油紙傘，又給他介紹了那條路便捷。

習一刀在山腳的廟內換了吏服，那衣物包在數重油布內。外面開始下雨，一名書生走了進來。習一刀看那人有一對坦蕩蕩的眼睛，甚覺好感，遂跟他聊起來。那書生名叫陳輔君，是位舉人，他入仕途竟不像其他人般為求富貴，而是為靖君之側，逐退奸臣。習一刀心裡唏噓，若果讀書人都似陳輔君，而不學錢亮、姚重名，天下會變得多麼美好啊。

習一刀眼看大雨有一陣好下，決定趁早趕路。雨停之後，只要內力一吐，衣服便會乾爽。正當他轉身時，突然有四股暗器襲向陳輔君。他抽刀，轉身，一氣呵成地繞著陳輔君劃了個圓圈，頃刻間便將四枚暗器打在地上。

陳輔君看著就要被暗器射穿身軀，突然身邊如像結起一圈封印，將死亡擋到外面。他呆呆著看這位外貌平凡的小吏，一時忘了動。

習一刀這時卻犯了難，敵人武功高強，分佈四角，他無論攻向哪一方，都要離開陳輔君，如此這國家的希望必死。他只好横刀守在陳輔君身前。不料這一等卻是漫無止境。漸漸入黑，他只感到四道目光窺探著，看他幾時露出破綻。不過，對方也會露出破綻吧，那時他把握機會，可逐個將對方閃電擊殺。

先前趕路人已甚倦。坐久了，他調整坐姿，覺得舒適多了，身上也暖暖的。卻見師妹推門進來，仍舊是初見時的靦腆，桃紅的臉甜笑著，頭上金步搖輕盪，好像向他招手，房內燈光柔和。師妹關切地問候：「小習，你趕了一天路不疲累麼？」

他是多麼渴望跟師妹多聚一刻啊；但隨即省起：「不對，我初識師妹時，還未有這枝金步搖。」這才知道自己入夢了。他大驚，猛然札醒，出了一身冷汗。「幸好只是短短的打了一盹，敵人沒有發覺。」卻見身旁的陳輔君，手執一件奇怪的「武器」，原來是觀音手中的蓮花。輔君很嚴厲地戒備，卻不知道蓮花的木幹把衣角撩起了，樣子頗為滑稽。

傳來斷續的鳥鳴，長夜快要過去。突然四道暗器打來。習一刀看得真切，手腕只一翻，四道暗器便好像鏡面反射陽光般飛回原處，但聽得衣衫亂響，敵人顯然避得狼狽。

這時雨停了，習一刀側耳細聽，道：「都走了，大概知難而退吧。」

「輔君兄，為安全計，我們同行；但我有要緊事先往威獨山，之後再送你吧。」

「我也要往威獨山。我其實是威獨山的人。」

「啊！真想不到！你跟他們很不同呢。」

威獨山屹立著，睥睨群山。沿山盡是城牆似的峭壁，沿山路下望深不見底，走著也覺心驚。走到一座涼亭，虎天道：「我先去知會族長，你在此候我一會。」

習一刀憑欄遠眺，原來此地雖險，但景色十分可觀，不自覺地踱起步來。突然鬢邊「咻」一下細響，他側頭閃避，一把飛刀從面頰擦過。

「衙門的奸細，受死吧！」是女子的聲音，他回頭，那女子有柔和的秀髮，卻鉸得短短的。臉蛋輪廓甚美，然而此刻殺氣騰騰，令他想起揚州市集上那位殺豬的惡漢。

「我是來送信的，輔君兄已為我通傳了。」習一刀慌忙道。

「輔甚麼君，這兒沒這一號人。」女子的回覆就是狠狠削來一劍，習一刀彎腰閃過，心裡有氣：「怎可隨便動手？」他原地旋轉，也不拔刀，「噗」的一響，刀鞘結實地拍在女子臀部，女子登時痛入心脾，撲倒地上，下巴沾滿泥土。

「習兄！」輔君匆匆趕來，看見剛爬起來的女子，污泥底下露出漲紅的俏臉，驚訝又好笑：「虎蘭，怎麼弄成這個樣子。」

三人邊走邊說。「表哥，你在外面改了名字，為甚麼只讓你的兄姐知道，不告訴我啊？」虎蘭嘟著嘴：「不過，你那位朋友還有兩下子，竟能破了我獨創的鐵蘭花絕命劍。」

死神

寨子的人知悉了信的內容，便吵嚷起來：「那豈不是雙倍，休想！」

「呸，我們每個銅板都是用命換來的。」

「硬是不給。北方安祿山蠢蠢欲動，那班只知要錢的官兵只怕自身難保。」

這時雄厚已接任為族長，他舉手虛按，大堂靜了下來。他哼哼地笑了幾聲，道：「這

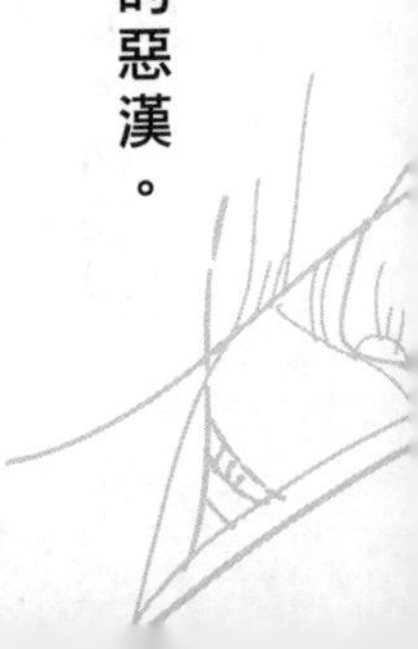

位小哥，你也看到，我雖名為族長，可這裡姓陳的不只我一人。你且小住數日，待我們回信讓你交差。這兒從來不進外人，今次就由虎天和虎蘭招呼你吧，可別到處亂跑。」

誰知習一刀病了數天，有點發熱，雙腳有點浮腫，眼眶也泛起黑氣。發熱時人有點燥，燥了就亂，人變得更弱。幸好他生性和平，縱然煩燥，很快便平復了；加以內功之助，日漸好轉。

虎蘭和一群年青人，跟虎天談話。

「暮春時節，冠者五六人，童子六七人，到溪邊暢泳，踏歌而歸，大家和和樂樂。我希望大唐人民都能過這樣的美好生活。」虎天道。

年青人聽得甚是神往。虎天續道：「練武可千人敵萬人敵；唸書明道理輔君王，卻可使政治清明，國泰民安。」

「原來讀書也可以做真英雄、大丈夫。」

躺在病榻中的習一刀，聽得神清氣朗，胸中舒坦了不少。這天躺在床上，和虎天閒談著，習一刀不覺打了一個盹，再張眼時，虎天已洗過澡，衣服煥然一新。

「咦，我睡了很久麼？」

「有兩個時辰了。」

習一刀突然省起，當夜在山神廟內虎天手持的木蓮花。

「那夜在山神廟我只是打了一個盹，為甚麼你手裡會多一枝木蓮花呢？」

虎天道：「你不是打了一個盹，是睡了一盞茶之久。所以我爬上祭壇拿了木蓮花來守護你。」

「甚麼！」習一刀驚叫一聲：「這樣，他們應該知道我睡著了。他們原不是為取我們性命而來！

我們一個舉人，一個小吏。他們為甚麼要這樣做？」

「虎天你滾出來。」外面突然爆起轟雷似的喝罵。

「是虎蘭的爹。」虎天硬著頭皮走了出去。習一刀望向門外，一群較年長的男子殺氣騰騰。畏縮地站在後面，被打得頭破臉腫的，是這幾天來跟虎天談話的年青人。

「你鼓吹那腐儒之道，會消磨了我們威獨山尚武的精神。」雄厚罵道：「河北四十多個寨子，為甚麼會被併吞成兩個，最後掌萬城也為我們所滅，就因為掌萬城不夠強。這些後生不知上一代如何血拼，盡被你蠱惑了去。

五年前我就警告過你，不准教人唸書。今日為了威獨山，休怨我要清理門戶。」言畢厚背鋼刀以開山之勢，砍向虎天。

「啊！」習一刀不知道五年前虎天教虎蘭唸書的事，故而料不到那漢子說劈就劈，他身體虛弱，欲救已然鞭長莫及。

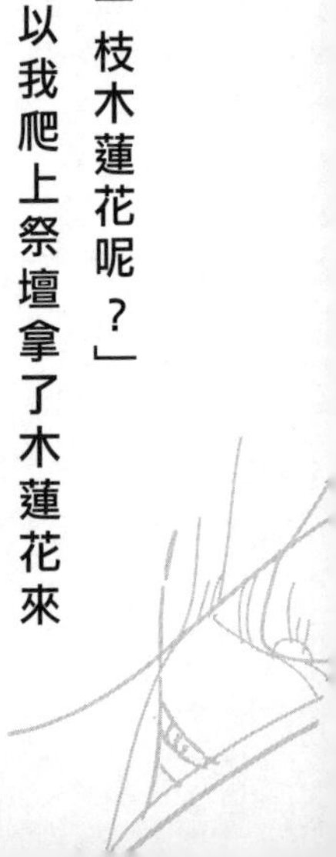

「噹！」斜刺裡一把長刀擋住齊肩一斬。

「大哥！」虎天大喜，當初教虎蘭唸書，大哥虎龍打得他最狠。習一刀卻示意虎蘭立刻扶他出去，他看出虎龍內力不及雄厚，撐不了多久。果然雄厚鋼刀一壓，虎龍便倒在地上。雄厚再揮刀劈向虎天，突然虎蘭竄到虎天身前，挺身張臂護著。雄厚硬生生收刀，怒喝：「丫頭滾開」，一掌將虎蘭擊開老遠。鋼刀再劈時，卻有一把刀遞到臉頰之前，再進，等於主動把臉送進刀鋒去。滾在地上的虎蘭驚叫：「爹！」雄厚急忙退後一看，把刀伸過來的，卻是病懨懨的習一刀。

「氣煞我也！」雄厚再一連三進，竟殺不了一個病人，氣得鬍鬚倒豎，招呼眾人道：「一起上。」

霎時，八把刀劈向習一刀，他這時動一下也難，心裡不禁計算起來：一個人被八把刀斬過，會變成多少塊？想著便把手中刀繞了一個圈子。

當八個人發現，鋒利的刀刃突然出現在手腕下方，再斬下去手腕便會遭殃時，刀勢已然去盡，根本無法收刀，忙不迭把手縮回，連刀也不要了。殘留的勁力，使八把刀懸空掛著，好一會才灑雨般紛紛墜落。八人痴痴地望著，好半晌，雄厚一揮手，眾人才悻悻然退去。

「很精彩耶。」虎蘭拍手讚道。

習一刀卻是憂形於色，道：「看見他們的眼眶麼？都黑了。」

「虎天，你在白雲書院，獲派幾套生徒制服。」

「兩套，方便洗滌替換。」虎天道。

「你到白雲書院第一天也有兩套衣服，童大人為甚麼只給我一套吏服？我來此穿上吏服後就病，病徵跟他們一樣。快拿那套吏服來。」

習一刀翻開吏服的摺疊，便看見一條白線，不禁叫苦：「哎呀，怎會如此！」。這那裡是白線，是粒粒的跳蚤，肥大得肉眼隱約可見。跳蚤見光，便化作粉末紛紛迸跳，「白線」霎時消失。

「那是甚麼？」

「是南洋火狐身上的跳蚤，有毒；且毒性可人傳人。對心浮氣燥者尤其危險，內勁深厚的人血脈流動快，也會催促其毒性。對於心平氣和的人，毒性比較溫和，甚至可免禍。黑衣人困我們於山神廟，只為不想大雨將蚤卵沖走。天明退去，那時鳥鳴逐漸熱鬧，大雨停歇了啊。我穿上吏服後，體溫將卵孵化，首當其衝。」

「如今如何是好。」虎天問。

「你在白雲書院是否常吃蓮子、菊花、竹筍等物。」

「不錯。三者代表君子、隱逸、氣節。」

「這就對了，所以你照顧我多日也無事。這三者清涼去熱毒，正可克制赤火狐毒。」習一刀道：「虎蘭，現在只有妳可安全離開這兒，妳去叫大家快服下此三物。他們未必聽妳的，盡人事吧。

另外，妳叫人巡看，有沒有人潛入了威獨山。」

虎蘭卻一去不回。等了一天，二人決定冒險去找虎蘭。虎天體魄強健，揹著不算高大的習一刀並不困難。原以為周遭皆是敵人，誰知路上平靜得出奇，人影不見。到得雄厚家，他們繞後門入內。輕敲虎蘭房間的窗子，卻聽得虎蘭微弱的聲音：「入來吧……。」

二人爬窗而入，驚見虎蘭軟軟的躺著，面上黑氣籠罩，摸摸額頭，燙得發滾。

「妳也發病了。」習一刀嘆道：「出去巡查的人有沒有回報？」

「說……沒有異樣……只是……出去找大夫的沒有回來。」

正說著，門外爆起雄厚的罵聲：「虎天，你這個娘娘腔，憑甚麼進我虎蘭的房，滾出來。」

虎天攙扶習一刀到了外面，卻看見一輛古怪的車子朝他們移來。車子上架起長臂，吊著一塊還沾著黃泥的巨石，九個大漢費勁地把車移動，車太重，動得笨拙。別人看著會發笑，習一刀心裡卻是涼了半截：「終於有人想到這個方法了。」這麼一塊巨石盪過來，以拙勝巧，縱便有更高妙的招式也是枉然。

「往後退。」習一刀低聲說。

「但後面沒有退路。」

「拖延一會便行。」

一邊退，習一刀高聲喊話：「雄厚寨主，此車有十個把手，如今一個空著。你連十個健康的人也集不齊，還不知事態嚴重麼。」

雄厚罵道：「你不要想拖延了。我不信威獨山的武功心法不能把毒氣迫出，而且本寨名貴的藥物多的是。」

「不，你們要吃蓮子、菊花和竹筍。」

「這些留給女人吟詩時吃吧。」雄厚見距離正好，喝道：「打！」

巨石像小山般飛來，颳起嗡嗡風聲，要摧毀一切所遇之物。習一刀將虎天拉到身後，自己直立著定睛看。巨石瞬間遮蔽了眼前一切，習一刀的鼻子已被勁風颳得生痛。突然巨石向旁轟然傾倒，習一刀重新看見這個世界。整輛衝車翻側，九名大漢躺倒地上，連呼痛聲也甚是微弱，剛才血氣劇烈運行，如今面上已然黑氣泛濫。

「雄厚寨主，請告訴我們，蓮子、菊花和竹筍放在哪兒。」

虎天懇切地道：「今日之禍，實是威獨山自招來的。若非投身黑道，那會有這麼一天。」

雄厚低頭想了一會，道：「你說的不無道理；但時勢將亂，沒有武力為後盾也是不行。」

「給我時間，我們白雲書院師生必會感動皇上親賢臣，遠小人，使吏治清明，無須事事訴諸武力了。」

習一刀聽著多麼希望虎天的理想能達成啊。只是，大家能平安渡過這一天嗎？由雨夜山神廟開始，敵人處心積慮，恐怕更凶險的還在後面。

雄厚道：「那三物放在……，咦，有人。」他側耳聽去，有四人的腳步聲，來人十分矯捷。

習一刀也聽到腳步聲，以他身為驗屍人的經驗，嗅到死的氣味。利器割進人體的聲音，人斷氣時的呼氣聲，血腥味滲出來，匯成濃厚的死味。這時虎龍跟蹌奔來，喘著氣道：「來了……來了四個殺人的，習一刀，是否你的一夥！」

習一刀苦笑，心苦了，道：「不，我沒有出賣你們。」

「虎天，你快披起這塊布，爹當年被掌萬城的人壞了雙腿，就是靠它脫身。」

「大哥，這塊布你用吧。」

「別婆媽，你要為威獨山留下一枝有為的血脈。這個習一刀，惟有信他了。」虎龍將一塊布蓋著虎天。布被在虎天身上，那紋理和顏色，變得跟石頭沒有兩樣，任誰此時來到，也只會看到地上有一塊石頭。

四個黑衣人出現了。他們以布包著口鼻，手持長柄鐮刀，那柄比纓槍還要長一倍，其實不利於實戰，只是躺在地上的人已無還手之力，任由黑衣人離遠斷頭，割喉。他們眼睜睜看著死神來到跟前，勾走自己的性命，沒有人求饒，只雄厚狂笑若瘋，道：「昨日我們滅掌萬城一族，今日也親嘗被滅族的滋味。」

習一刀看著屠殺在面前展開，卻無法制止。虎龍掙扎著將身體移離石頭布，四死神殺盡其他人後，趨前將長柄鐮刀架在他頸項，一拉，鮮血濺到石頭布上。以習一刀的眼力，可以看到石頭布輕輕顫抖，幸好極是細微，希望死神看不到。

眼看黑衣死神步離，突然一起轉身，鐮刀揮舞，將石頭布斬成片片碎。紛亂碎片中，虎天居然閃過刀網。原來他真是百年難遇的練武奇材，雖刻意避開武道，危急之間還是將看過練過的武功使出來了。

「威獨山還剩下一人，是個強手。」黑衣人説著便伸手拔腰刀，看來腰刀才是他們趁手的兵器。

能掌握赤火狐毒爆發時機攻入，預備長刀遠距離勾魂，又知道習一刀不是威獨山一夥，習一刀早懷疑四人與揚州衙門有關。衙門的宗卷，就記載有石頭布的秘密。此刻憑拔刀的姿勢，習一刀立刻認出四人。

「風雷雨電，住手，他不是他們一夥。」驟然聽到習一刀叫出自己的名字，四人眉頭一皺，四把刀指著虎天，喝問：「小子，你不是威獨山一夥？」

「不，我不是……。」虎天低頭吶吶。

突然，虎天仰天長嘆，淒然而清晰地說道：「我生於威獨，長於威獨，怎會不是他們一夥!?」

「你不是！」習一刀狂叫。

「呀……！」隨著一聲慘叫，四刀深深割入，虎天被帶得轉了一圈。「習兄……告訴白雲師友……我不是無父……無君之徒……」對國家人民的滿腔熱情，支持虎天強欲不要倒下；但末了仍是倒下，死了。

「為甚麼要亂開殺戒？」習一刀厲聲道。四捕不應。

「當初我們不是互相砥礪，一起除暴安良嗎？你們竟然連武功修為都要瞞我？我為嚴氏洗冤後，你們還設宴賀我。

你們送我來此也真殷勤啊，還於古廟施襲，好確保我穿著毒衣上山。

小雨，你答我，為甚麼要這樣做？當初你是最熱血的。」

小雨道：「我要養家活口，成親後，我連一枝髮簪也沒買過給妻子。」

習一刀插口道：「你有妻子，別人就沒有親人？」

「姚大人答應將河北之地給我們掌管。」

習一刀道：「呸，那你們跟他們有甚麼分別。」

大風道：「別說了，說也無益。姚大人吩咐，留下他是個禍胎；況且我們殺了他的朋友。」

風雷雨電不再言語，把刀急速旋轉，突然「喝」的一喊，四把腰刀夾著嘶嘶風聲，旋轉著飛至。習一刀全身乏力，惟有盯緊閃閃白光，勉強扭身閃避，霎時響起割肉之聲，身上濺起四片血蹟。四捕不容他喘息，接連擲刀，四把刀活了一般，追著習一刀切割，只見他渾身浴血，衣服染作殷紅。

四捕不作貼身肉搏，一來害怕赤火狐毒，同時深知習一刀武功了得，更忌憚雞爪刀厲害。如此離遠擲刀，只要再攻擊幾次，強弩之末的習一刀也是必死無疑。只苦了習一刀，無法將敵人置於攻擊範圍。想起鳳舞樓頭，九天玄女以琵琶柔弱的鳳尾，擊中刀身最弱之處，自己登時失去對手中刀的控制。他羨慕九天玄女有此神技，當得起天下第一之名。

「共事多年，何必苦苦相逼，我也幫過你們，卻未分過你們的功……。」說著第四輪刀已到，他舉刀擋住兩刀，腳下雞爪刀勉強擋住攔腰一斬；但他的刀軟弱無力，免不了被帶走一塊皮肉。餘下那刀更是避無可避，深深斬入，響起裂骨之聲，他執刀的右手軟軟垂下。

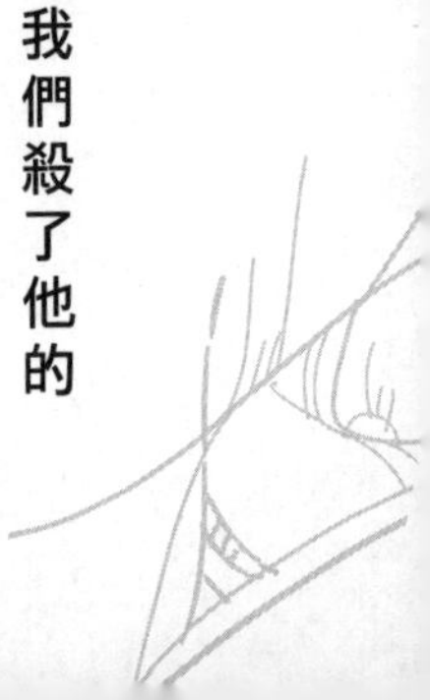

四捕大喜，伸手便要接住飛回來的刀。習一刀此際已是樊籬盡撤，下一輪刀即可取其性命。

不料那刀剛回到手裡，立時變作毒蛇反噬，沿著手腕斬下來。四捕立刻縮手後撤。噹噹噹噹，四把刀掉到地上。風一條腕骨被斷，雷失去拇指，雨亡其三指，電更被削去手腕。原來習一刀回想當時九天玄女使勁之法，竭力模仿，也在四刀身上下了巧勁。四捕接刀之際，正是習一刀惟一的攻擊機會。四捕猝不及防，立受重傷。

「哈哈，放血療法原來真的有效。」只見習一刀以右手持刀，精神飽滿，那裡似病弱之人。四捕驚愕地望向習一刀，他閒立著悠然道：「念在多年情誼，你們走吧。若然作惡，定誅不饒！」

四人轉身而去，臨去時風道：「謝謝你不殺我們。不過同袍一場，我勸你不要再回揚州衙門了。」

望著四人遠去，習一刀軟軟癱倒地上，其實此時只要一個小指頭就能要了他的命。他運功調息了大半個時辰，才慢慢起來，推門進入房內。

床上，虎蘭已是氣若游絲。

「習哥哥……我對自己說……誰先打到我屁股……我跟誰……。」

「好，我以後和妳一起，妳撐著。」

虎蘭慘然一笑，道：「習哥哥……我快死了，你……你可以再打一次我屁股嗎……？」

習一刀含著淚，以掌輕拍兩下，觸手處立刻滲出黑色的血水，想病者必定痛不可當；但看看虎蘭，已然安祥含笑，墮進永遠的美夢中。

此時四面火起煙騰，火焰適足以遏止赤火狐毒散播，亦將這裡一切，無分一夥與否，盡皆毀滅。習一刀哀嘆一天之內失去兩位好友；與及共事十多年，原以為有共同理想的同袍。他好想哭，然而哀傷至極，反而哭不出來，惟有仰天長號。

冥冥蒼天，旋即吞化掉這孤單的哀鳴。

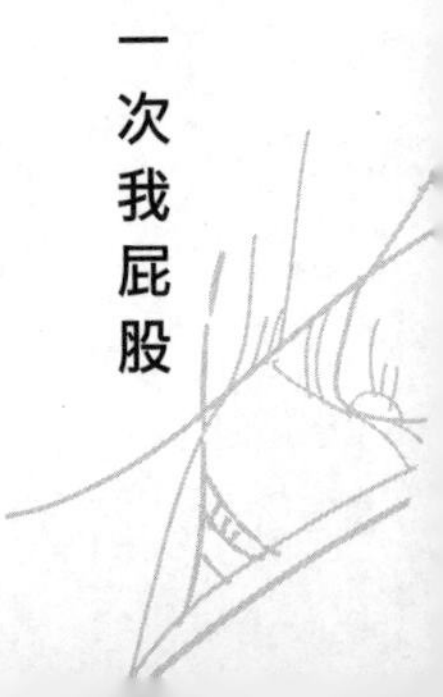

旨酒名刀九霄天

習一刀無意中斷了衙門中人見不得光的財路，上司便尋個小故，把他解僱了。

他躑躅街頭，欲借醉銷愁，看著酒鋪的酒，卻乏錢。

「這些酒有甚麼好喝，來，我請你喝。」習一刀回頭，見是位白髮老翁。

來到一破敗草寮，內有幾埕酒。「來，這是最後的三埕九霄天。」老人道。

習一刀聽人說，近來有種酒，因味道如藥，無人問津而消失於市集，這酒便是九霄天。

他飲下，味道獨特，卻非人謂似藥……看來那些人都是人云亦云。那味道，倒像跟他說話：「讓我們好好認識。」他發覺心中混雜的俗味竟爾被清除。那獨特的味道漸轉清冽，再化為玉液瓊漿，奇妙的歡樂滲透全身，如聞九霄天上樂韻，連指尖毛鬢都要跳躍。

「好酒！」習一刀讚嘆，老人看著他的表情，早已開懷地笑了。

習一刀突然驚嗟：「咦，先生竟然用上這兩種香草！從未有人用來製酒的啊。不過用得卻是絕妙。」

「呵呵，其實世間沒有必然的定律。這兩種香草在我導引之下，如君子配美人，自然會達到更高境界。怎麼說不可以？」

他們痛飲，直至酒埕盡空，習一刀入醉鄉之際，似見老翁笑著向他揮手，飛昇而去。難道老先生竟是酒仙一類？

翌日，習一刀帶著醉意倚在草寮門邊。

「先生，買朵花醒醒酒吧，只需一文錢。」是名女孩子，正向他遞上一朵白蘭，貧家女孩跟蘭花一般，俏麗而帶蒼白。女孩怯生生的，一雙眼卻有著農村孩子的水透玲瓏。

習一刀拿起花一聞，霎時整個人軟了。

「先生，你怎麼了。」女孩大驚，欲伸手扶他，卻被習一刀止住。

「拿了這一文錢，快走。」他艱辛地掏出錢來放到女孩纖細的手中，眼卻朝前望，看著那人帶著兵器，自樹林步出。

「是你叫賣花姑娘來的？好卑鄙，利用毫不知情的女孩。」習一刀罵。

「不錯，那才不叫你起疑。花也沒毒，只是遇到酒內的香草，會使你發軟兩個時辰吧了。」那人道。

他知道殺手名叫元周，因為只有元周是用三角形的矩作兵器。刻下元周以矩朝四周量度，肆無忌憚地以習一刀為量度的中心。好像要為他定做棺材墓穴似的。給人當死人來量，習一刀看著渾身不適；但卻無可奈何。元周悠閒地説道：「別怪我，是衙門中人不欲留下你這禍胎。」

然後元周的矩便直刺過來，習一刀向左閃，誰知一踏步，竟爾踏空。

元周測算精妙：樹影之下，醉眼之間，習一刀會看錯地上小坑是平地。此際習一刀一腳踏空，一顆心便直往下沉。他的右邊的腹背完全暴露在矩鋒之下。

好個習一刀，順著跌倒之勢，抽刀就往右刺。姿態自然好看，猶如白鶴舒展翅膀，翅尖剛好要刺中追襲的敵人。他中了元周詭計，這招便是最後之力。這時他正好看到瑟縮樹旁的賣花女。

「噹」的一響，習一刀驟覺手一鬆，刀已被擊上半空。習一刀自覺巧妙的一招，竟然都在元周計算之內。賣花女，這是最後一次看妳了。

習一刀因著失足之勢，踏踏踏地往前撲跌，元周衝前就刺。此時習一刀再無防禦，只能任由元周宰割。元周似已幻見殺人酬金帶來的享樂了。

忽然元周腦門劇痛，然後意識開始模糊。日照之下，他看見地上自己的影子，頭頂上直直地插著刀影。

「不合理……死的應該是你……」元周緩緩倒下，元周喃喃。

「你沒有計算錯，只是發生了一些事，讓我破壞了必然的定律。」習一刀說道：「刀被擊應是斜飛開去；而我也應是無力的。只是我看見賣花女的憂傷，若我死了賣花女必定終生內疚。於是我竭力推刀，真像推大山那麼艱鉅啊。」習一刀武藝高超，而且跟玄女比武時，駕馭內勁的心法得以精進。剛才施於刀上的巧勁，令刀迴旋飛返。

刀光映日而飛，自半空掉下，藉本身重力插入元周腦門；不依章法，這招是為九霄天，在人間也只出現了這麼一次。

此時刀光盡滅，習一刀喜見賣花女在燦爛地笑。

賣花女扶習一刀躺下，以腿為他作枕。

習一刀正躺得舒服，突然一陣馬蹄聲急馳而至。

馬上人有一張三角面，眼也呈三角形，身軀瘦而長，像條蛇。

他環視現場，「啊哈，竟然是他死了。」

他來得急，下馬卻是徐徐，還仔細地繫好馬，如上酒家。

「我是他師弟，龔深。來殺你……們」

他凶狠地一瞪，賣花女急忙躲到習一刀身後。

一瞪之後，龔深又不動了。他背負雙手，竟像個踏青客。

一時間靜了下來，只有風吹樹葉聲。

習一刀漸漸發現，他雖然四處看；但絕不直望習一刀的身後。

他留意到龔深悠閒的面上，暗藏一抹詭秘的笑意。

「為甚麼他這樣有信心殺我？」習一刀心下嘀咕，「他武功原不及他師兄。」

這時風吹起龔深的頭巾，露出頭髮。

習一刀怵然驚心：「怎麼，他的頭髮略呈金黃，賣花女的頭髮不也是這樣的麼!?」

「將花傳送給我的，不就是這賣花女嗎。」他開始狐疑，「對了，那花香與見慣的蘭花相比，也多了種異域風情。」

習一刀此時完全看不到背後的賣花女；而賣花女此時所站之地，正是元周遺下矩刃之處。賣花女站到那兒，真是巧合嗎？

習一刀趁著一隻飛鳥擾亂龔深之際，將刀往前刺去。

龔深閃避。習一刀趁這當兒，立刻向右扭轉脖子，看後面情況。

豈料龔深的閃避只是虛晃一下，他早就料定習一刀要轉頭看後面。

他就像毒蛇攫獵小鼠，整個人猛然彈射向習一刀，同時抽出腰間長長的軟劍，直刺習一刀空虛的左邊頸動脈。

他怎麼也料不到，就在刺進去的一剎，習一刀消失了！他刺中的，只是空氣。

習一刀根本沒有轉頭朝後看！

他詐作轉頭，引得毒蛇來噬，立刻像一隻獴般扭腰避過奪命一擊，並藉助腰肢轉動之力，將刀一送，刀刃便從肋骨之間刺進龔深的心胸。

習一刀本已虛軟無力，行動也快不起來；然而這兩下生死相搏，習一刀巧奪先機，龔深就如自己撲向習一刀的鋒刃一般。

「你就……不會……懷疑……？」龔深倒下，龔深不忿。

「你一定沒關心過人，也沒試過接受關心。」習一刀說道：「賣花女撫我額頭的手，好暖；我感受到那心意。」

他繼續說：「而且，要我懷疑這小女孩，我會十分辛苦。」

說罷，習一刀也倒了下來。

他睡著了，呼吸平緩而安祥。

賣花女取來大堆乾草，披在習一刀身上作被，重又以腿為習一刀作枕。

賣花女想，這次他應該睡很久了吧

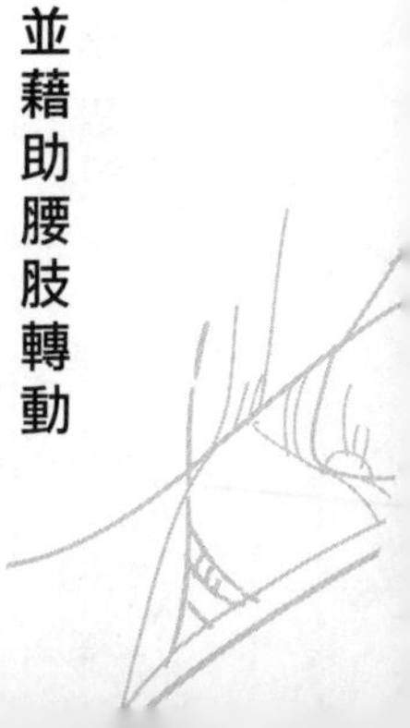

他，武功高強，生平數百戰，盡數擊敗強敵。眼神堅定自信，他知道，只要自己出手，必可取勝。

在他神威凜凜的目光下，對手只能被攝服，變成獅子跟前的小兔。

就像現在，他雙目一瞪，幾名精壯的男子和強健的女子，立刻被壓迫至動彈不得，呆若木雞。

「老爺，吃飯啦。」背後老管家喊道。

段不回這才收起攝人的目光，轉身返回屋內。

幾個背著竹筐貨籃的小販和路過的街坊，才得以緩緩呼出一口氣，漸漸恢復過來，急步走了。

一位大嬸埋怨丈夫：「都是你不好，貪抄近路要經過這殘破有個怪老頭的鏢局。」

這時，段不回的眼光瞥見，對面街角，出現一白髮老嫗，手拖一名小男孩，朝鏢局走來。

段不回表面上冷淡不理會，卻一直留意著。想不到二人真的逕直走進鏢局。

「老婆婆妳來此何事？」

「來鏢局當然是託鏢啦。」

段不回心下大喜。其時天下已亂，商旅不行，已甚少人託鏢；而且，十年前，人們就說他段不回老了。這十年間，沒有人來託過鏢。

當下，他擺著架子，冷冷地道：「妳跟我局的總管洽談吧。」

他轉身指指剛跑出來催飯的歐陽氣，自顧自走進屋內去了。

老管家歐陽氣聞言，立刻俐落地脫下煮飯時穿著的圍裙，客氣而嚴肅地道：「這邊請。」

段不回吃過飯，正打著飽嗝，卻見歐陽氣領著那小孩子進來。小孩子沉默有禮地向他打了個招呼。微暗的廳堂中，眼睛正視著他，清澈明亮。

「那婆婆託甚麼鏢？」

「送這個小孩去長安。」

「哦。」再古怪的貨，前進鏢局都押送過了。

「唔……酬金收了多少？」

歐陽氣瞇瞇眼，裂嘴笑笑，豎起了一隻手指。

「很好，大家都知道我們的規矩，託鏢的費用是一千兩，對吧？」

歐陽氣點點頭，道：「對，大家都知道。」

翌晨，天才破曉。鏢局正門大開。段不回跨坐大馬，怡兒乘小馬出來。眾街坊想不到屋內竟還養有兩匹馬，大感興趣。正待笑話，卻見段不回白髮飄揚，神情肅穆；又見平時老是彎著腰在市場殺價的管家，如今昂首挺胸，煞有介事地舉著一面大旗。坊眾一時靜了下來。

猛然，歐陽氣扯開嗓子朝天直喊「前進鏢局——出鏢囉——」如此叫了三遍，猶如雷鳴三響，然後回過身來，去關上鏢局的門。他一面高舉大旗一面關門，委實有點手忙腳亂，偏又面上十分嚴肅。

直到三人兩騎遠去，街坊們仍呆立著，不懂反應。

出得城門，拐了兩個彎，段不回就喊：「小氣，將旗荷在肩上吧。這樣雙手直舉，如何舉得到長安？」

歐陽氣吁了一口氣，將旗扛在肩上，道：「幸好鐵杆換了用竹竿……有人來我會擺好架勢的了。」

怡兒發現一件神奇的事——每當歐陽氣高舉鏢旗，過得兩三盞茶時候，便會有盜匪出現！

有些年紀較大的，看見是段不回，拱拱手便走了。年輕的圍上來，段不回寶刀翻飛，他們未站穩已被殺敗。

照說，這樣走來，怡兒應覺輕鬆。不過，他嘆起氣來。

「才十歲的小人兒，嘆甚麼氣?!」段不回大為不悅，責備怡兒。

「好荒蕪呀，野草都高過人頭了。」怡兒道：「這幾天，走過了幾條村莊，竟不見一個男人，只有老弱婦孺。」

段不回沒說話，也不責備他了。

「野草能這麼茂盛，土地應該很肥沃，」怡兒繼續道：「外族時常侵略中國，就因為這些沃土啊。如今卻只餘荒村。」

幾句話，段不回聽得心頭大震。

怡兒又轉身向段不回道：「老爺爺，我見你對付幾撥盜匪，方法都不同；有殺的、斷肢的；有幾個卻竟贈金送走。他們不都是壞人嗎？有不同嗎？」

當下，段不回便將箇中情理詳細解說。怡兒用心細聽。

末了，怡兒點點頭，道：「是啊，若天下人都懂得因應不同的情況，作不同做法，你說多好。」

段不回驟聽這知音之言，頓覺開懷舒爽，仰天哈哈大笑。他一把就將怡兒提過來，坐到鞍上自己跟前，道：「隔著馬說話不方便。來，待爺爺將數十年的江湖故事說給你聽。

小氣，你乘小馬吧。」

「好啊好啊，我最愛聽故事的了！」怡兒拍掌道。

歐陽氣樂呵呵地騎上了小馬。

路程走了一半。這天，從南方的小徑，走來了兩個人。

小女孩嬌小偏瘦，尖尖的瓜子臉，輪廓悅人眼目，眼珠明亮晶瑩；卻是帶點深褐色。臉色如當時的孩子般呈蒼白；但底下竟泛著一層紅潤顏色。

那年約三十的漢子，相貌平凡，身材健碩。腰板挺直。衣裳有點破爛卻整潔。

漢子沒拖著女孩，只在難走處會伸手扶一下。

段不回饒有興味地看著他們，問道：「你們上哪兒去？」

「我們去長安。」那漢子道。

「請恕唐突，敢問兩位是何關係？」

「沒甚麼關係，只是他幫過我。」二人幾乎同時說著差不多一樣的話。

怡兒笑。段不回也笑了，道：「咱們一道走吧。」

歐陽氣道：「老爺，我們有要緊事啊。」

「放心，他們不是壞人。」段不回道。

段不回又問：「兩位怎樣稱呼？」

「我叫阿一。這女孩……」那漢子搔搔頭道：「是賣花的，一路上我管叫作賣花女。」

賣花女道：「我是孤兒，其實也沒有名字，人家也叫我做賣花女。」

「賣花……嗯，傳遞手中香氣……不如就叫傳香吧。」怡兒道。

賣花女聞言雀躍，道：「好好聽的名字啊，謝謝公子。」

次日，走在路上時，十三騎奔來。馬雖快疾；然而人馬距離絲毫不差，陣勢始終嚴整。

「你們退後，來的是荒野十三矢。」段不回將怡兒交給歐陽氣，自己策馬向前。

出乎意料地，眾騎於一箭之遙外戛然煞住，旋身，退去。塵土兀自飛揚，眾騎已然無蹤。

「哈哈，老爺爺真厲害，把他們嚇跑了。」怡兒拍手笑道。

「不對。」歐陽氣道。

「這伙人連驚懼的表情也未及表現出來便退了。老夫自問還未有這等神威呢。」段

不回邊説邊朝後看。

「可是，人家都稱你大俠啊。」那名叫阿一的漢子道。

「有甚麼大俠不大俠的。還不是一樣要吃喝拉撒?!」

「你的英雄事跡我也常聽人提起。」

「哼，我就多告訴你一件英雄事跡吧。早幾天，我買了十個饅頭，賣饅頭的福嫂，居然不肯多送我一個，結果我跟那婆娘狠狠的吵了一架呢。可惜啊，只是殺了個平手。」段不回説著，居然還似有點不忿。

「當家的，那你就不對了。」歐陽氣急道：「你應該去幫襯街角的老祿。他的饅頭大點，還可以議價……」二人居然爭論起來。

這天，忽聞林中有女子呼救聲，歐陽氣與阿一奔入林中，見一賊正欲強暴一名女子。那賊見有人來，拋下女子逃了。

女子哭訴：「我名叫絲竹，婆婆死了，我去長安找我丈夫。」言罷，拿出幾封丈夫寄來的家書。

段不回道：「助人助到底，妳跟我們同行吧。」歐陽氣嘆息一聲，懶得反對了。

隨後數天，太平無事。路已走了大半。

段不回依舊與怡兒說江湖故事。只是偶然會靜了片刻，傾聽周遭。歐陽氣更是沉默了。

這日，入終南山。所謂終南捷徑，古來終南隱士，下山即入長安繁華之地。

走了兩三天。天色晴朗。然而草木卻有蕭殺之氣。段不回沒有停步，領著眾人，直趨長安。

山也走過了大半。歐陽氣低聲對段不回說道：「好像狼群都來了。」

段不回道：「唔，有十隻，還有十三矢和二十八個散兵游勇。他們是以血狼為首。這血狼真不長進，以為躲在山上樹後人家就看不見。」

「對方如此勞師動眾。怡兒啊，你到底是甚麼人啊？」

「爺爺，辛苦你了。我知爺爺視名利如糞土，沒甚麼可以報答爺爺的；但你今日保我平安，他日我誓會為天下人謀幸福。」阿一在旁聽著，心中暗自讚許。

段不回點點頭，笑笑，轉身向歐陽氣道：「這趟鏢只收一千兩，太平宜了。」

歐陽氣道：「哪有一千兩。這老婆婆是個窮光蛋。」

「你說話含糊，我早知有古怪。是一兩銀吧。」

歐陽氣從懷中掏出一文錢，道：「都在這裡了。」

「哈，你這混蛋，收人家一文錢去賣命!?」

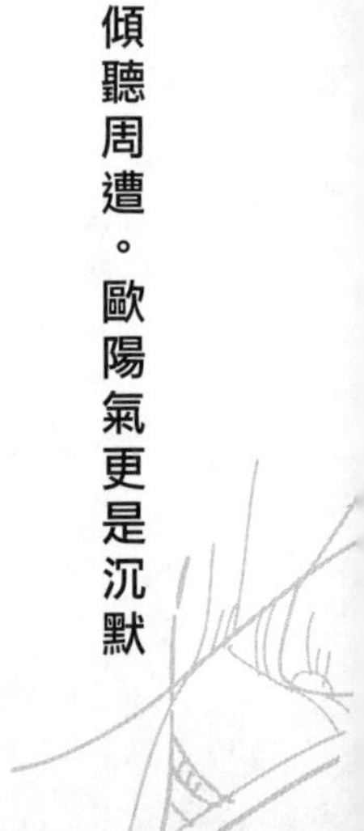

「老爺，這次出來走走，一路上你白髮轉黑，容光煥發，好多年沒那麼快活過，賺啦。」歐陽氣道：「而且，山上那班畜牲出現之後，你好像更開心了。」

「噤聲，天機不可洩漏。」

轉了兩個山坳，來到一石澗。段不回著眾人停步，到小溪旁飲水洗臉，飽食乾糧，休息。歐陽氣將鏢旗在路旁一插，入石尺餘，然後也坐下休息。

此時山風颭起，大旗飄拂，阿一舉頭一看，驟覺一把刀自天上斜劈而來，不由得嚇了一跳。卻原來，那鏢旗是段不回年青時，命人將天藍色絹布高掛十丈，他一躍而起，斜劈一刀。然後他妻子唐書錦，以天衣無縫針法繡好，將那一刀的氣勢，完整地保存下來。此刻迎風一招，那刀勢仍是從天上劈下，怎不叫底下之人大吃一驚！

十年前唐書錦病死，段不回傷心之極。就是從那時起，人家都說他老了。

段不回安排兩名小孩坐近潭邊，請阿一和絲竹並坐在二孩前面，從行李中取出一把刀交予阿一。布置好後，自己也曲肱而臥。

剎那間四周十分平靜，空氣都似是凝住。真的會有事會發生？阿一也隨意地將刀放在地上。

絲竹以手濕了些溪水，拔下髮釵，撥弄秀髮。舉手之際，衣袖下滑，微微露出胸側，習一刀連忙將頭轉開。絲竹的髮釵卻不插回髻中，略放下，平胸疾刺而出，直插阿一胸口。阿一慘叫一聲，往後便倒。

「賤婦，妳殺了他!?」段不回驚起，怒罵。

「習一刀死啦！幽狼得手啦！」林中眾賊歡呼大喊，紛紛湧出來。群狼和十三矢圍住段不回和歐陽氣，令兩人不得抽身。二十八個惡賊趁機奔向兩名小孩，要搶在幽狼之前割下怡兒頭顱好去領功。

怡兒擋到賣花女前面，朗聲道：「傳香別怕，站到我身後。」

突然，斜刺裡飛出一條青影，一位美婦人揮舞手中軟劍，刺削圈點，誅殺眾賊。婦人如蝶繞花叢，軟劍舞起絲絲青光，煞是好看。眾賊就在此優美舞蹈中，結束罪惡一生。

婦人收劍，支腰而立，喊道：「哼，倚賴你們兩個大男人，還是靠不住。看，還不是要姑奶奶出手！」

歐陽氣聞言，立刻劈倒兩矢，迫住眾矢，喜道：「屈娘，是妳呀，我還以為妳已死了呢，總是找不到妳。」

「還好沒給你找到，否則要給你氣死。除圍裙手法很俐落啊，只是你這瞎眼的對面也認不得我。」原來當日託鏢的婆婆，就是屈娘易容假扮的。

「姨姨！」怡兒欣喜地喊。

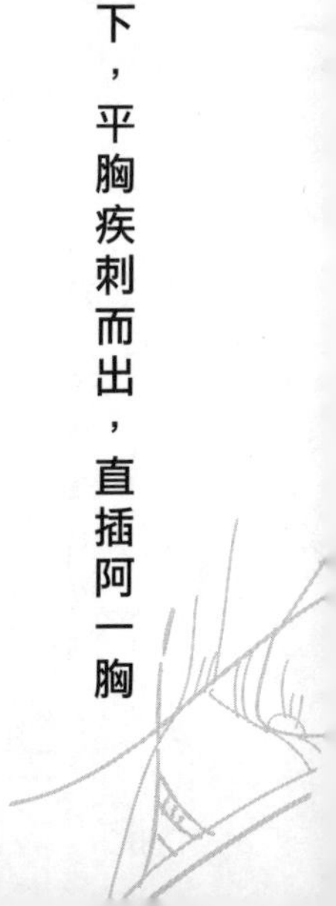

「怡兒勿憂，姨姨一路上跟著你的。啊喲不好！」背後草叢破開，野草亂飛。屈娘趕忙往前一撲，險險避過暗算，肩背已傳來一陣痛，跪倒地上。

原來狼群深諳五行陣地之法，計算到段不回的布置，次狼早伏在草叢中暗算。三、四狼則猛撲怡兒。

此時賣花女突地轉到怡兒身前，道：「怡哥哥，你懂的比我多又有志氣，你不能死。」怡兒用力一扯，將賣花女拉到潭邊岩石後，置賣花女於石與自己之間，笑道：「那妳就擋在我身前吧。」

卻見「死了」的習一刀，伸手往幽狼的小腹一探，便變戲法似地，手中多了一把刀；只一揮，在前衝的兩條狼始料未及，登時了賬。原來段不回早向習一刀示警，剛才幽狼髮釵刺來，他及時倒下閃過，同時以腿運刀，從幽狼小腹中直刺而入。幽狼不倒下，其實是因有刀直豎於其體內。

次狼見兩狼身死，大怒，復見習一刀因為急於斬狼，露出空門，立時揮動鬼頭刀劈來。

習一刀貼著鬼頭刀刀鋒旋身躲閃。次狼眼看刀已貼肉，更自恃快刀如電，加速追斬。突地他手肘為一股不知來自何處的巨力擊中，整隻手不受控制，鬼頭刀去勢驟變，拐彎就切入自己頸項。原來習一刀引得鬼頭刀追著自己身軀，旋身之際後腳如羯子擺尾，踢中次狼手肘，令這惡匪自己抹了頸子。

次狼頸破噴血，習一刀閃過，血卻濺中屈娘腰肢。

歐陽氣於戰陣中驟見屈娘倒地，滿身鮮血，大叫著就要奔過來。此時餘下的八矢變陣，二矢截住歐陽氣遊鬥，六矢奔襲怡兒。

歐陽氣大怒，揮舞手中長柄鬼爪。他從前是沿長江第一大幫的首領，外號「掀翻長江」。此時他盛怒之下，勢不可擋。二矢避得稍慢，即被鬼爪劈中。歐陽氣狂叫亂劈，傾刻間二矢碎如肉醬。

段不回見他眼紅如血，躁狂之疾又要發作。當初他就因此疾，殺了一貪官後，欲殺盡其數十個無辜眷屬。幸好段不回趕至，將他收服，並將他安置於鏢局中。

段不回當機立斷，棄陣，奔到歐陽氣身邊。他閃過鬼爪，按著歐陽氣肩膀，輕拍他的背脊，哄小孩似地安慰道：「屈娘安好無事。你不如立刻過去幫忙。哈哈，今番別誤傷了屈娘啊。」

歐陽氣回復常態，點頭應是，便跑向屈娘那邊。

當段不回棄陣時，餘下的六條狼也立刻殺向怡兒。

老大血狼卻沒動。今次的賞銀太豐厚了，甚至還包括了波斯、西域等地的十位美女，

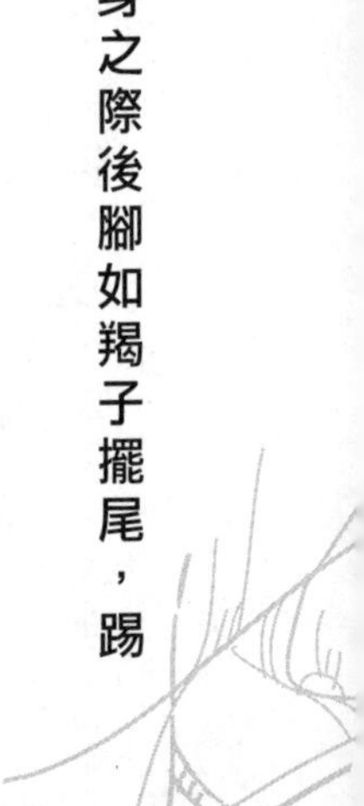

和一個節度使之職；但幽狼暗殺習一刀不成，再加上個屈娘，他就要計算一下了。

突地，他發覺身旁有人。

他轉頭，看到段不回笑呵呵地看著他。

「你剛才逃走還有點機會。你這貪婪個性，今日就累你喪命。」段不回道：「這十幾年來你們躲得好。好在今趟這一鏢都引了你們出來了。」

言語間，眾匪已被習、屈、歐陽三人殺盡。習一刀和歐陽氣也過來將血狼圍住。

「血狼，你強暴婦女無數，殺無辜人命三百五十一口。今日就要你惡貫滿盈。」段不回道：「出招吧。」

血狼唰地一出三招。每招都快狠準，而且招招互補，計算了對手每個移動的方位，怪不得被稱為黑道第一高手。三招綿密如網，疾斬段不回，眼看段不回已無路可逃。

段不回猛地前跨一步，險險避過，手中刀斜斜一劈，只聽得「噗」的一下悶響，血狼已被打斜劈開兩截。

段不回朝將死未死的血狼道：「你每招不是牽掛著寨子中的金帛婦人，就是計算著如何逃避血債。心不正出招也不純，根本不配用刀。」

歐陽氣道：「我現在明白老爺為甚麼察知他們聚集時，如此高興了。」原來他只是四十開外，此際重遇屈娘，神情輕快，老態脫盡，容貌也登時年輕了不少。

「這班喪心病狂的畜牲，十數年來東躲西藏，今次自行現身，正好給我聚而殲之。」段不回道：「十三矢乍見習一刀即退，我便知道，除了悄悄尾隨的屈娘外，上天還賜我高手強援，今次我正好為民除害了。」

習一刀拱手笑道：「好人必有奇遇；還好段先生信得過在下。」

段不回哈哈一笑，道：「我感應到你一身正氣。你自己吃不飽，卻讓傳香吃得足夠，老夫我直看得暖在心中。

而且，你們走在一起的理由希奇古怪。要騙我，倒應像幽狼那樣，編個理由，還預備好整整齊齊的家書。」

「好了，習一刀，我們之間也要來個了斷了。」

「前輩，我們之間沒甚麼要了斷的。」習一刀心中泛起不祥預感。

果然，段不回道：「天下第一，只有一個。今日趁我還有一口氣，我們來比比看吧。」

「前輩，這第一不過是虛名。」

卻聽段不回暴喝：「習一刀，你是看不起我嗎？」

「不敢。只是剛才一戰你也累了，不若改天再戰，好嗎？」

「沒有改天。要比現在就比。」

習一刀心中暗嘆，他何嘗不知道，應該沒有「改天」了。剛才段不回獨力惡鬥群狼，要知每條狼都是獨當一面的高手；最後還一招誅殺血狼。那一招，不懂武的人說好看，懂武的人知厲害。只有習一刀明白，血狼乃黑道第一高手，並非浪得虛名，那一劈所須付出的體力、精神力、專注力，是何等巨大。那一劈，實已耗盡段不回畢生最後的元氣，此際他其實已將近油竭燈枯。

只是，跟自己決戰，卻是這位可敬的老人家的心願啊。

習一刀心內再暗嘆一聲，持刀向前。

二人對面而立。

習一刀輕刺。這招乃屬「問刀」，是看對手如何反應，再決定接下來的招式行止。沒有人料得到，習一刀也料不到，段不回揮刀就劈！

這一刀之快之疾，委實難以形容。由出刀到劈完，中間就彷彿沒有過程。像是段不回根本沒有動過，而刀本來就在劈完的位置。

習一刀好像看見眼前白光閃了一閃，耳邊巨響如炸雷，然後山裂開了，天也裂開了，自己也裂開了。

劈完了？自己被劈成兩截了？

他登登登地不住後退，末了雙腳一軟，一跤坐倒，手中刀硬撐地上，卻因運力不當，「啪」一地斷得粉碎。他胸前衣衫斜斜破開，滲出血絲。

他不明白這一刀是怎樣劈的，更幾乎搞不清自己是否已是死了。他沒有失禁，只因驚懼得連失禁都忘記了。

再看段不回，白髮飄飄，神威凜凜，持刀昂立，恍若天神。

他虎目生光，然而習一刀見到他瞳仁擴張——已然死了！

過了半晌，眾人見他巍然不動，一看才知他已然死去。

怡兒大哭，奔向段不回，跪在他地上，摸著他的褲腳，哭道：「爺爺！」

屈娘衝前拉他，急道：「怡兒不可，你只能跪你父……親。」

怡兒撥開屈娘的手，道：「妳退下，我自有主張。」

習一刀尚未能站起，他移到怡兒身邊，撫著他的肩頭道：「老爺子英雄蓋世，武功……天下第一。」

青山埋忠骨，天地英雄塚。安葬拜祭畢，歐陽氣對怡兒道：「怡兒，局主有話，吩咐我轉告於你。」

「啊，原來爺爺還有話對我說。請說吧，怡兒恭聽。」

「他著我務必轉告你：『凡事說時容易做時難，男子漢要說得出，做得到。還有，

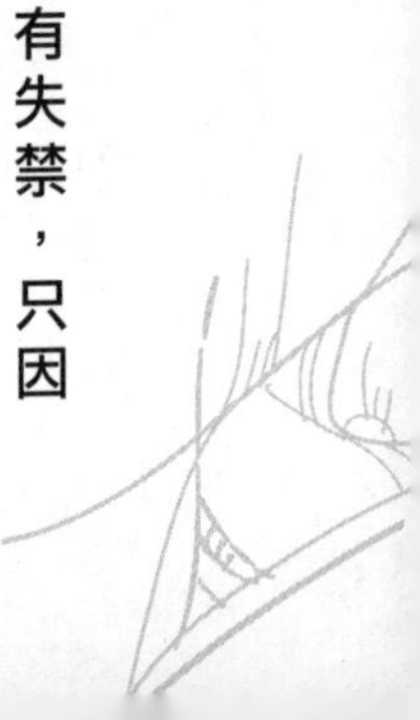

做好事要持之以恆』。」

「啊，是這話呀，我是明白的。」怡兒朝天一拜，昂然道：「老爺子在天之靈，大可放心。」

屈娘也應道：「對啊，我和他的師傅，早已是如此教他。」

歐陽氣皺皺眉，似有話想説；卻沒有説。

習一刀暗覺不妥，心想怡兒和屈娘説得還是太輕鬆了。傳香可愛但天真，未必懂得事情艱難。歐陽氣難得與屈娘重逢，更不欲與屈娘齟齬了。

習一刀不由得心裡暗嘆，他多麼希望大唐國運永遠昌隆；要是段不回不死，該多好啊！

再世傳香

一雙蝴蝶在花叢上，快樂地共舞。花色雅淡。花下流水潺緩。水反射著艷陽的金光，花發著亮光，蝴蝶也帶著夢幻似的光芒。

剛登位的皇帝李怡經過朝堂上的勾心鬥角後，偷得休閒，擁著皇后，看著眼前美景，一時間渾然忘憂。

「傳香……。」李怡執著傳香的手，喚著皇后的名字。萬般柔情，盡在這深情低喚。

李怡在段不回、歐陽氣、屈娘和習一刀的護送下，順利回京。經歷一場凶險的宮廷鬥爭後，登極為帝。

在那場不知下一刻生死的權鬥中。傳香始終不離不棄地守在他身邊，幾次冒死為他傳訊息。看到傳香的雙眼，流露著對自己充滿信心的目光，李怡也就更相信自己會成功。

他再一次緊握傳香的嫩白細小的手，道：「傳香，我倆生生世世，永為夫妻。」

傳香依偎李怡懷中，道：「君不棄妾，妾願世世生生，永遠相隨。」

數年後。

臣服於唐的鮮卑，此日遣使節朝貢。皇帝想到皇后深宮無聊，遂讓皇后坐於側。心想鮮卑族的古怪裝扮，當可令皇后開懷。

百多年前，鮮卑人曾長期統治中國北方，其族人當時漢化。退回東北方後，又回復騎射裝束。頭頂刮得光禿禿的，偏在右側留下一塊不刮，長長的生出一條辮子來。

皇帝每次見了，都要忍住笑意。他看看皇后。皇后很得體地，端坐凝視。

傳香卻是覺得很好看。還有種奇怪的感覺：「怎麼好像在哪裡見過？」

其實使節團中有幾個年紀稍長的人，乍見皇后，也甚是愕然，偷偷的凝視了一會。

此時團長躬身稟道：「小臣此次帶得歌女一名，擅唱山野民曲，願為皇上獻技。」

皇帝笑道：「如此甚好。」

歌女年約四十，面容姣好，輪廓分明，婉約中帶幾分英氣。頭髮左右各紮一條粗辮，辮上繫一大塊玉佩。

歌聲咿啞，如玉碎鴉鳴，君臣皆不解其意。惟有傳香不知何故，竟能意會，那是山林間一窮家女，向少年獵手表白，自己的心已被他獵去了。

這歌聲穿林繞樹，堅定地越過重重障礙去尋覓情人，委實婉轉情深，教傳香動容。

當晚，李怡聽到傳香輕快地地唱著鮮卑歌，咿咿啞啞地甚是快活。

翌日，他召見團長，談及此事。團長立刻應道，願留下那名叫倩影的歌女。團長還一臉深感榮幸的樣子。

此日倩影獻唱，貼身宮女可能太疲倦，竟然睡著了。

倩影歌聲幽幽，如訴說著萬壑叢中神秘的故事，輕拍手鼓，鼓聲渺渺；身上散發著異域的花草香氣。

這些都驅使傳香漸漸墮進一個遙遠的夢……。

七歲的傳香，跟隨爹娘，鮮卑王子拓跋悠及王子妃，到大唐朝貢。

其實王子夫婦，是要策反幾位江南的王爺。

他們憑甚麼策反呢？原來靠的就是……巫術！

要不是在那陰寒險惡之地，修得厲害的巫蠱之術，這窮山惡水中，小小的鮮卑族，從前怎能統治中國北方百多年呢？

拓跋悠夫婦携女兒遊覽中國的花花世界，晉謁幾個王侯時，以巫術控制了他們的心智。鮮卑人密謀南北夾攻，恢復百年前的北魏，進而統一中國。

不料事情洩漏。大唐官兵圍剿拓跋悠等人。

傳香親睹爹娘渾身浴血，瀕死之際，將傳香交給親信帶走。娘親還給傳香喝下忘憂

水，說：「孩子，忘了今日之事。世間事沒有誰欠誰，妳要忘了仇恨，開心地活好每一天。」

傳香喝下忘憂水，便忘了從前的事，也忘記自己身世，直到今天。

「姑姑！」當了多年孤兒，此際重遇親人，傳香執著倩影雙手激動地喊道。

倩影正是拓跋悠之妹。當年使節團南下，倩影直送到邊境，抱著傳香親了又親，才依依惜別。

倩影道：「我乍見妳時當真嚇了一跳，還以為是妳娘親坐在那兒呢。剛才我的法術，已破解了忘憂水的藥效。」

傳香卻沉默了好一會，道：「姑姑，妳一定要為我保守我是鮮卑人這個秘密啊。」

倩影嘿嘿一笑，道：「我們正要保守這秘密呢。我們家世代流有巫者的血。妳如今為后，正是天賜我鮮卑復國之機。妳要控制皇帝心智。妳甚至可效武則天故事。這樣妳也可為妳爹娘報仇啊。」

傳香沉吟良久，然後問道：「我當如何回復我巫術的力量呢？」

見傳香順從，倩影心想這女娃真易哄啊，一面樂孜孜地向傳香傳授口訣心法。

臨別，再三囑咐：「妳流著巫族的血，而且悟性奇高，多練幾天，便可對皇帝施法了。」

五天後。

倩影為皇后獻唱時，宮女們又睡著了。倩影質問傳香：「皇帝一點沒有被蠱惑的樣子，妳怎麼還不施法?!」

「未有機會啊。」

「怎會沒有?!」

「皇上不是晚晚來。」

「昨晚皇帝不是去了妳處嗎？嘿嘿，捨不得下手吧。」倩影輕撫傳香肩背，道：「妳真傻。三宮六院的妃嬪，一個比一個妖媚。誰能保證皇帝對妳的山盟海誓，能維持多久。作為女子，妳不想抓住夫君的心麼？妳施了法，就可以抓住啊。」

「不。皇上是愛我的。」

「嘿嘿。從前不是夜夜同衾共枕的嗎？如今隔多久才來一次啊？另外那些夜晚他在哪兒睡啊？」

「那……我施法吧。」猛地抬起頭來，兩道懾人的光芒自眼中射出。倩影全身一震，重重的摔倒地上。

傳香嘆了一口氣，道：「以巫術迷住皇上，我得到的只是一副軀殼，不是他真愛我的心啊。」言罷不禁落淚。

突然傳香的神思開始混亂：「我不能殺我的親人；但姑姑要害我夫君。呀，怎辦好呢？太迷惘了，我不如甚麼都不想，睡一覺，睡吧……。」

傳香倒下了。

倩影緩緩站起，看著失去了知覺的傳香，陰鷙鷙地笑道：「妳還嫩呢。妳雖然資質高；但那及我三十年的修為啊，而且我早就防妳有此一著的了。」

倩影取出尖刀：「休怪我用換面之術了。我換上妳的面，一樣可以向皇帝施法。」

匕首就往前送。

卻刺不進。

一把鋼刀的刀身，正好貼肉擋在刀尖與粉臉之間。

來人運刀，快而且準，正是習一刀！

原來傳香拖延著倩影，飛鴿傳書向習一刀求救。其時習一刀與靈芝，已在揚州協助項乙的安揚政權。習一刀閱訊，立刻一連騎死十匹驛站快馬，高舉御賜「通行無阻」鐵牌，疾馳直入皇后寢宮，及時擋下了這毀臉刀尖。

「鮮卑妖女，還不受死！」習一刀揮刀就劈。

突然，他見到女巫的眼。

那眼睛提醒他：「你其實只是一株樹，這些年來你的活動，只是樹的夢。」

習一刀不動了，他動不了，他在疑惑，也在竭力抗拒著「我是一株樹」這個念頭。

突然，清越的聲音傳來：「一刀，別看那眼睛！」卻是靈芝的聲音。

習一刀立刻閉目。立時就感應到巫女的匕首已刺及胸前。他的刀閃電般旋轉，盪開匕首，旋轉餘勢，帶動鋼刀往前一拋一送，立時響起破帛之聲，將穿黑衣的女巫斜斜割成兩段。

那割裂的兩段，卻不墮地，反而在半空迴旋，變成了兩隻蝙蝠。翼尖暗泛寒光，竟是鋒銳的匕首。

習一刀看準蝙蝠飛行的軌跡，揮刀劃了個優美的半圓，霎時啪啪兩聲，兩隻蝙蝠斷成兩截。

不料四截殘肢竟長出完整軀殼，在空中一翻，復向習一刀襲來。

習一刀再割再斬再割。頓時變出無數蝙蝠，密麻麻地繞室亂飛。

靈芝驚呼：「很多蝙蝠呀！」已是花容失色。

習一刀不敢再斬，只能以刀背刀身抵禦，還是不斷被蝙蝠群尋隙劃破肌膚。如此下去，必然有敗無勝。

他更擔心的是靈芝，乘間望過去，可幸暫時可以放心。

靈芝舞動手中七色彩帶，把蝙蝠來一隻，捲一隻，再重重摔死地上。只是女子天生害怕蛇蟲鼠蟻，更何況這一大群醜惡的、會飛的老鼠。靈芝愈殺愈覺嘔心。

有次一隻蝙蝠，突破網羅，翼尖就向俏臉削來。靈芝呱呱大叫，拼命閃避。靈芝既在意其絕世容顏，施展起來便更覺不能如意。

這時一隻飛在外圍，沒有參與攻擊的蝙蝠，將雙翅左右張開，古怪地揮舞了兩下，群蝠立時變陣。

小部份擋住習一刀，其餘的；一半攻靈芝，一半飛襲傳香。半空中更傳來女巫的靈歌，如亡魂哀怨，抑鬱沉重，使得空氣也凝結起來，壓制得人的手腳不能靈活運動。

頃刻間，群蝠竟爾平空結成了兩個旋轉著的、黑色的繭，將傳香和靈芝困在繭中。傳香體內的法力自行運轉，竟恢復了些許意識，推動法力支撐；但已是十分勉強。呃呃的聲音自靈芝那邊傳出。原來靈芝被無數「鼠頭」欺到眼前，已忍不住嘔吐，境況委實淒涼。

情況極度危急，三人已是命在須臾。

突然，嘭的一聲，房門被推開，一道強光照射進來。

「何方妖孽，敢在我大唐國境，天子治下，傷朕子民！」

原來是大唐天子李怡到了。

李怡聞習一刀闖宮，心知必然有事，立刻趕來。幾種心思在他心頭掠過。習一刀直衝入宮，事態自是嚴重；身為丈夫，他竟然不知不覺，說明自己冷落傳香已久。然而胡妃、梨妃、靜妃等眾位美人，不獨床笫之間令他銷魂蕩魄；言語漫妙，更常令他感到身為至尊的偉大。好多次往傳香寢宮路上，腳步不知覺地去了幾位美人宮中。

其時早朝未罷，太陽未盛。只是李怡的聖皇威嚴，身上明黃的袞龍袍服，煥發出煌煌光明。

猶如冰雪遭逢仲夏驕陽，群蝠紛紛欲竄逃。猛然一陣王道烈風吹來，群蝠盡被扯得支離破碎。

只剩下那隻指揮蝙蝠，正在張牙裂齒，欲一躍而起，飛噬皇上。習一刀猛地奔前，趁牠蹬腿未躍的一剎，一招刺瞎其雙目，並穿其心……他其實是出了三招，只是太快，看上去便成了一刀。

蝙蝠跌落地上，回復鮮卑婦人形象，復化為一灘血水。

傳香重逢親人，旋即卻見親人在此情況下慘死，連屍骸都沒有，心下大是茫然。

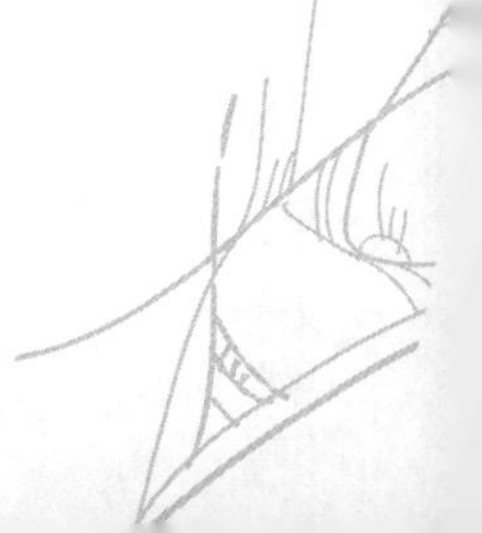

李怡扶著傳香，道：「沒事了。」

傳香卻推開丈夫，道：「妾原是鮮卑拓跋氏巫女，不能留在皇上身邊了。」

李怡道：「別多説話了，好好休息一下吧。」

傳香退後，搖搖頭，道：「這幾日我修練巫術，以對付我姑姑。驚覺我體內巫術的力量，大得連我自己也嚇了一跳；更可怕的是，我的心神已漸為巫術所制，只怕會危及皇上。」皇上傷心地搖搖頭。

傳香自懷中掏出一個小瓶。

「那是甚麼？」皇上急忙問道。

「瓶中盛的，是忘憂水。」傳香淒然道：「怡哥哥，皇上，傳香捨不得離開你，可是身為女巫，我不能再留在你身邊。惟有飲下忘憂水，將一切忘卻。好在我倆來生來世，生生世世，也會永為夫妻。」

「傳香！」李怡喊道。

傳香言罷一仰首，飲盡瓶中液，便昏死過去，倒在地上，如一朵折斷了的鮮花。

數日後，習一刀晉見皇上，向皇上説道：「皇上，當年回京時，段老爺子説過，凡事説時容易做時難，大丈夫要説得出，做得到；並持之以恆。看皇上勵精圖治，果然是大丈夫呢。

皇上與皇后鶼鰈情深，對傳香情愛不渝，傳香能下嫁於你，真是小小賣花女的福氣啊。」

一道愧疚的神色，快速地在皇帝的面上閃過，垂下頭的習一刀自是看不到。

李怡道：「此處無外人，習先生叫我怡兒就好。習先生也請放心，總之我一生都不會廢后，傳香永遠是我正室妻子。」

出來後，習一刀問靈芝：「妳為甚麼叫我一定要說那番話？」

「當時皇上只要說『無人會知此事』不就萬事俱休了嗎?!」靈芝嘆了口氣，道：「你應該也看到，當時距離那麼近，他是可以奪下那瓶忘憂水的。」

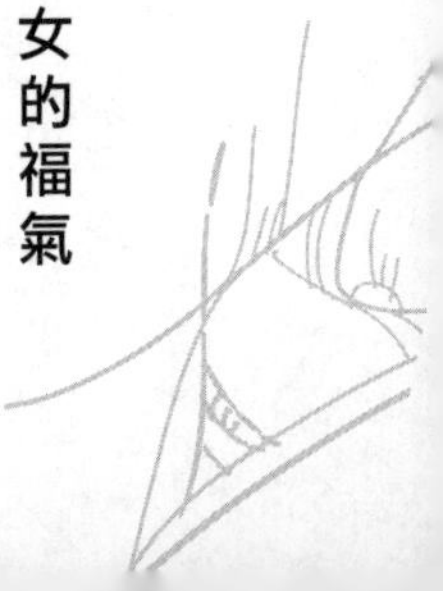

鳳蝶兒大破習一刀

習一刀赴長安投奔項乙途中，路經慈恩府，聞得知府屠剝皮殘害百姓，遂決意為民除害。

習一刀面對十六個高手保護慈恩府貪官屠剝皮的陣勢，不覺犯難。若花一輪功夫破陣，屠剝皮早跟武功最強的護衛大虎逃走了。

陣勢沒有動，屠剝皮也好整以暇，這時一位窈窕的女子盈盈的走到陣前。女子容顏俏麗，尖尖的臉，眼睛黑白分明。女子面帶憂色地凝望了大虎身邊的婦人一會，那婦人身穿翠緣衣裳，雖雙手被縛，仍不失雍容嫻雅。女子轉頭向習一刀拱手道：「小女子鳳蝶兒領教習先生高招。」

「啊，妳便是鳳蝶兒？」江湖上聞名的鳳蝶兒，穿的衣裳卻毫不鮮艷，潔白如雪。

「唰」的微響，無數的彩帶，突然自鳳蝶兒背後散射而出，如朝陽初升；發放繽紛璀璨的色彩，如百花一時盛放，又如鳳凰展翅、孔雀開屏。習一刀陡然陷進色彩的世界。彩帶舞動，顏色映照在素白的衣裳上，流麗變幻，美得超乎想像，習一刀看得入迷。

彩帶結成蝶翅，翩然拂向習一刀。習一刀猛然驚醒，彩帶的尖端已刺到身上，衣衫被刺破了無數個洞。習一刀急退，先機盡失。

習一刀突然又不退了，猛拔刀，寒光一閃，已搶回優勢。

刀光如浪，習一刀接連進招，將鳳蝶兒逼入死地；但見鳳蝶兒眼神悲戚，習一刀不禁慢了下來。

冷不防鳳蝶兒將暗器擲向習一刀，「蓬」地一響。爆起一團煙霧，屠剝皮一夥霎時看不見對戰二人。

濃霧散開，卻見習一刀已被彩帶重重捆綁，活像蠶繭，又似糉子。藏著雞爪刀的靴也脱落了。奸黨額手稱慶。

擒得強手習一刀，鳳蝶兒興高采烈，意得志滿，手舞足蹈地走著；笑嘻嘻的，像小女孩拖狗兒散步。習一刀被拉扯得東歪西倒，跌跌撞撞，好不狼狽。鳳蝶兒修長的腿往他臀部一踢，習一刀便像個皮球般滾到屠剝皮腳下。

「搞定了，快還我娘親。」

屠剝皮奸笑：「用得著妳的地方還多呢。多幫我幾回，我給妳銀兩。」

鳳蝶兒痛罵：「果然不守信。」手一拉，習一刀身上的彩帶便變戲法地完全解開。

習一刀無兵器；但伸手往旁邊高手腰間一拔，那刀已掣在他手中，快疾無倫；順勢向前一送，便將屠剝皮當胸刺透。動作快絕，刺完了，十六個高手才醒覺過來。

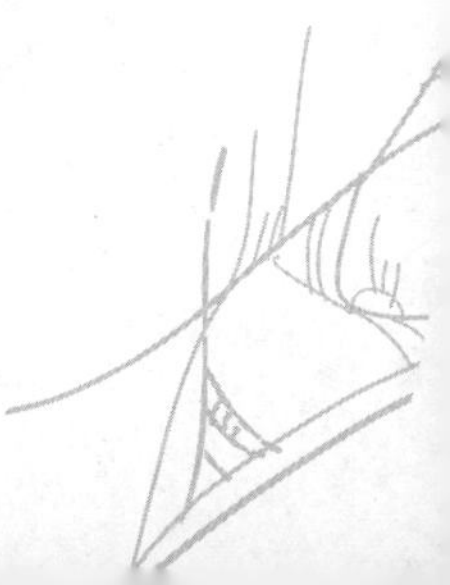

剛才……

冷不防「蓬」地一響，一團煙霧爆開，習一刀被裹在粉紅色的迷霧中，花香濃烈，迷霧竟是花粉。鳳蝶兒在哪？

翩翩蝶舞，竟是從天而降，習一刀舉頭看著美麗的鳳蝶，女子纖巧的身段，鳳蝶兒雪白如水仙的手指已刺到眉心。習一刀亡命疾退，退到突出懸崖的石上。但覺沙石搖動，這塊石竟然脱落，習一刀猝不及防，朝萬丈深淵飛墮。

突然習一刀停在半空。一條彩帶捲住他的足踝，卻是鳳蝶兒出手。續命彩帶將他捲回地面，鳳蝶兒素手翻飛，用彩帶將習一刀重重捆綁。習一刀卻不反抗，只因鳳蝶兒用彩帶在空中編出了六個字：母被捉。同殺屠。

十六高手圍住習一刀，兵器如網罩住他，抵住他身上死門。習一刀全心殺奸，身上空門盡露，此時勢難防守。

「你們殺了他，也沒人給你們酬勞，搞不好會掉了命呢。」鳳蝶兒說得悠閒，兵器卻是止住了。

「殺了他，我給酬勞。」大虎喝道。

「慢著，這傢伙給不了你們酬勞。」鳳蝶兒的母親林詠園笑笑：「你説不知道鳳蝶兒師承何派，卻不想想我們兩人相依為命。你枉自生得高大，卻錯生了個笨腦袋，真是可笑之極。」

說著，手一掙，綁手的牛皮繩像毛線般斷裂，林詠園手指向大虎額角疾刺，大虎極力躲閃，竟是避不過，被手指戳中，眼前一黑，結束了為虎作倀的罪惡一生。

習一刀跟鳳蝶兒告別。

「妳還留在慈恩府嗎？」

「對。貪官來一個我殺一個，要他們知道，活膩了才好來慈恩府作貪官。」

習一刀凝望著這充滿正義的女子，覺得鳳蝶兒比真正的蝴蝶還要美麗。

鳳蝶獻曇花

慈恩府知府的豪華私邸，戒備森嚴；
是夜明月清風，知府齊人利正與歌姬們在廳中飲酒嬉宴，屋外更是佈滿衛士。一個黑影，卻視守衛如無物，窺準他們視線不向自己時，便由一條柱躍到下一條，著地的聲音隱藏於微風中，守衛全然不覺。

看其婀娜身形，是一嬌健女子，跳躍的姿勢甚是好看，修長的腿點在地上，像蝴蝶由一朵花兒輕飛到另一朵。只須再幾個起落，便可携抱著手中物，翻牆而去。

但這時女子幾乎撞到另一個黑影身上。女子倒抽了一口涼氣，這傢伙何時出現的？看他氣定神閒，又好像早待在那兒似的。

是個麻子，滿面陰沉。麻子指著女子手中物，道：「拿來，跟我走。」喉音陰沉，縱月光明亮，那聲音也使人毛骨悚然。

女子尖尖而端巧的鼻子輕哼，瞬時，無數白絲帶自背後飛出，如波浪躍起；白練之端繫有利刃，紛紛刺向麻子。絲帶和刃鋒映照月華，幻化出各式色彩，如萬道流霞，在半空中繽紛交織，美得難以想像。之前習一刀迷於此色彩，如夢如癡之際，幾乎被刺成篩子。

這麻子卻是一點不懂欣賞，口中發出咕嚕咕嚕之聲，雙手急遽閃動，化成空群而出的蛤蟆，一口一口的將利刃咬斷。再一吐勁，絲帶反捲，已將女子團團綁住。

「死麻子，蛤蟆怪，快放我走。」女子罵道：「不放我，我叫習一刀來殺了你。」

蛤蟆怪哪會不知上一任貪官屠剝皮，就是被這古怪的女子和那武功高強的習一刀聯手誅殺。此際一聽習一刀之名，立刻飛快地把女子拉入廳中。女子竭力欲拖慢蛤蟆怪的步伐，卻敵不過他的怪力。

「好不知死，夏毛，押那偷兒過來。」皮光肉滑，衣著華麗的中年人，卻是大貪官齊人利。他輕搖著扇子踱過來，道：「啊，是個女的！」

「鳳蝶兒。」夏毛回應。

「呵呵，鳳蝶兒，妳時常跟我作對，今番還不叫我擒了。」說著，合上摺扇抵著鳳蝶兒下頷。扇往上挑，便看見一張清秀俏麗的臉，眉如新月，目似珍珠。齊人利登時看得呆了，半晌吟道：「今宵月灑西廂閣，滿園香沁玉瓊臺……廣寒殿開麗人來。」三甲進士探花郎，詩做得果然不錯，吟詩之際竟爾有種優雅風度。只是詩做得愈好，鳳蝶兒想到這廝惡行，愈覺想吐。

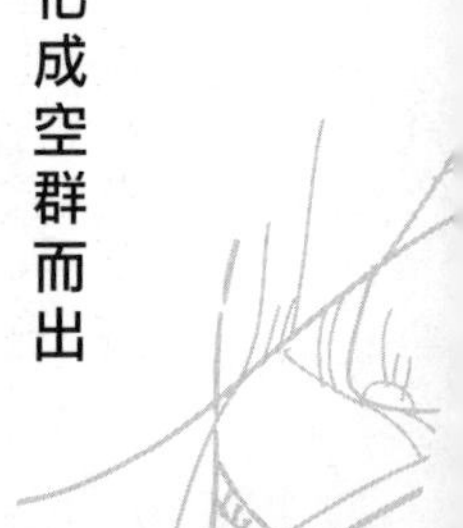

齊人利回顧眾歌姬；此時但覺皆是庸脂俗粉，便揮手驅歌姬們出去。

鳳蝶兒環看四周，蛤蟆怪的大弟子王蛙也在，自己又被綁，看來要打出去是不可能的了。想到這姓齊的自命風流，落到他手上真是不堪設想。

「妳多次偷竊官銀……。」

鳳蝶兒斥道：「都是貪污、橫徵暴斂的黑心錢，還有你扣起的賑災款項！」

「夏毛，這次鳳蝶兒又偷了甚麼？」

「曇花。」

「曇花？」齊人利皺眉道：「我輩官場中人，講究永保富貴，怎會愛這一現之曇花？」

二人略為思索，同時喊道：「不好！」

齊人利當機立斷：「夏毛，立刻拿將這花遠遠扔走！這花是女賊想帶進來的。」

鳳蝶兒看著桌上寂然未開的曇花，急了；卻鎮靜地笑笑，道：「夏毛，你當真敢走近這曇花，只怕你有多少富貴也沒命享。」

奔向曇花的蛤蟆猶疑，向王蛙喝道：「你，帶這花走。」

王蛙飛身如電，伸手。

只是，曇花已是美人輕啟朱唇，微微開了，瞬時，一陣如蘭香氣襲向王蛙，他靈臺登時清醒，轉身問：「師父，為甚麼明知危險仍叫我做啊？齊人利你這狗官，你害死了這麼多百姓，還要我幫你們去殺人。」

說著，拔刀就來殺齊人利，齊人利急忙走避。同時一道綠光射向王蛙咽喉，王蛙閃避，綠光卻竟倏地轉彎，撲中王蛙。王蛙悶哼一聲，倒地而死。咬住他咽喉的，是隻醜惡的蛤蟆。

齊人利突然發覺自己閃避之際，已身在曇花旁，大駭，執起花就要扔。然而，恰似旋轉的舞女的裙擺，手中花漸漸開了。重重的花瓣，似層層輕紗翠幕，如片片粉藍色的雪，其夢幻之色，美得無瑕。滿屋瀰漫幽香如蘭，其清新之氣，滌淨了沉澱在齊人利心頭上多年的污穢。

「皎如碧玉雪，冰心傲明月……」齊人利悠然吟咏，竟已淚流滿面。

「當日寒窗苦讀，我自許以『一片冰心在玉壺』，濟世愛民。」

「然而我不該貪李大富之賄，枉判陳良一家死罪。」他大喊著，執起王蛙掉在地上的刀，將自己大腿刺個通透。

「我不該私自將稅捐增加十倍……」他竟是每自數一罪，便往自己身上狂刺一刀。

夏毛大叫：「花香……有毒，快走。」「大人你有時也是貪得過分了一點實在不應該」

「啊，不，我不是……」夏毛驚覺已被毒氣所惑，一改平時習氣，不獨口吐真言，而且多話。他立時盤坐地上，閉氣，運功驅毒。

三天前，鳳蝶兒將娘親練製的「迴天」毒液滲入泥土，讓曇花吸入。鳳蝶兒裝作盜物，引夏毛將自己捉拿入來。待曇花開時「迴天」毒早已化成氣息，和著花香，自花心散發，人吸入後性情會違逆平時思想。鳳蝶兒則預先服了解藥。

毒性犀利。此時齊人利已成血人，兀自懺悔自刺。

「齊人利，你可以做兩件大好事來贖罪。」鳳蝶兒慈聲勸他：「首先寫下字條盡發官銀以賑災；然後一死以謝天下。」

「妳說得對，謝謝妳。」他以指蘸血，在桌布上寫下賑災令，蓋上隨身官印。最後齊人利仰天大喊：「我侵吞賑災官銀，眼看死人千萬，竟也無動於衷！我……我慚生天地之間呀……！」一刀往自己胸口穿心而過。

「活該活該，看誰還敢來慈恩府當貪官！」鳳蝶兒歡呼，只恨被綁住不能拍手。

突然，綠影躍起，蛤蟆撲來。夏毛辛苦聚積了一點功力，欲先行撲殺鳳蝶兒。一張恨怒扭曲兼且大汗淋漓的面，比剛才更醜。他握手成蛤蟆嘴，咬向鳳蝶兒。

倏地，鳳蝶兒將大眼睛睜得更圓更大，抽抽鼻子，還伸伸舌頭，裝了個趣怪的鬼臉；

「啦啦啦」，鳳蝶兒羞他道：「好醜怪，蛤蟆怪！」

夏毛大怒：「誰怪!!」「啊喲，糟糕不好了被妳引得說話了！」原來他不覺又吸入了一口氣。

此時曇花已然盛放，連花蕊也展露了，一排花蕊猶如清麗的舞女，正應了「丁香舌吐橫鋼劍」。一時清香滿室，夏毛愈是清晰地記起自己為虎作倀，滿手血污。

只見他一時凶如惡鬼，一時悲切流淚。

夏毛竭力驅毒，不叫自己懺悔，不讓良心甦醒。

夏毛催逼內力，汗珠愈冒愈多。猛然，他大喝「妖女！」拾起地上刀，撲向鳳蝶兒。寒光如電，利刀疾劈。

鳳蝶兒只來得及一聲嬌呼，然後……鳳蝶兒頓覺重獲自由，纏繞的絲帶已被夏毛一刀斷盡。

鳳蝶兒再睜眼時，夏毛已然自刎。

他最後的遺言是：「我不好，我人醜心更醜，我怎能殺這位可愛的姑娘啊!?」

鳳蝶兒步向桌子，收起血書桌布；並取回曇花以交還花農。盛放的曇花，好似天上明星下凡；那香，也教人終生難忘。這時鳳蝶兒看見地上的齊人利，眉頭已無奸邪之氣；反而有著剛才吟詠時那種才氣。

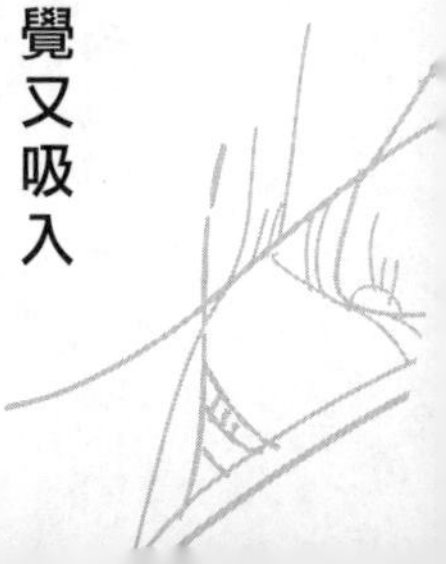

鳳蝶兒不禁想：「『迴天』其實是藥而不是毒，能喚起惡人的良心啊。」

鳳蝶兒隨即嗤笑：「我在想這傢伙的好處麼？也許我也受了些花香的影響，心思有點跟平常不同了。」

鳳蝶之怒

剷除了奸官齊人利後，次日，府衙正午始行理事，一班官吏參拜畢，抬頭一看，盡皆傻了眼。

堂上明眸皓齒，英姿勃發的，不是鳳蝶兒是誰?!鳳蝶兒將秀髮攏入官帽中，臉蛋更顯美好清麗，正在笑盈盈地看著他們。

眾官未及反應間，已留意到夏毛、王蛙及幾個爪牙捕頭已不見縱影，由幾位青壯農民補上。專出壞主意的猴面主簿，也由受人敬重的文秀才代替。

只聽鳳蝶兒展開齊人利的「朱」筆遺令，道：「齊大人已奉召回京，命我主持賑災。」

「本官還有朝廷委任狀。」不用說，鳳蝶兒拿出來的「委任狀」，跟身上官服一樣，是娘親巧手所製。

這班平時作威作福慣了的官吏，剛想發聲質疑，卻被新晉的農民捕頭怒瞪，嚇得將話吞回肚內。鳳蝶兒看著，心裡樂孜孜的。

「馬上開倉庫，賑災！」依次簽發三十道由文秀才擬好的命令。

「好好辦，將功贖罪。」鳳蝶兒道：「本官另派人從旁監察，如有侵吞貪墨者，殺

無赦。」

「快去。」鳳蝶兒下令。

「且慢！」七個凶神惡煞的漢子操入大堂。

鳳蝶兒暗叫不好；昨夜消滅齊人利夏毛王蛙後，帶同一班農民子弟兵，乘夜闖到七人家中，逐個將他們擒下。沒想到牢中還有他們的惡勢力，放了七獸出來。這套官服並未置上彩帶兵器。

「誰讓妳坐在這兒?!」七惡獸喝著，朝鳳蝶兒圍來。堂下那伙狼狽為奸的官吏，幸災樂禍，陰險地笑著。此時他們擺出七獸陣，也頗利害。

七把利刀，橫直斜上下左右劈來，鳳蝶兒頭胸腹已籠罩在刀網中，無從擋架。

鳳蝶兒顧不得儀容，就要撲倒地上，來個懶驢打滾，逃了再說。

倏地，自後堂轉出一人，如閒庭信步，卻又快絕如風。此人拔刀，寒光流動，在半空繞了一圈。叮叮噹噹叮叮噹，七惡手腕筋肉盡斷，從此不能行凶。旋即被農民捕快押下。

鳳蝶兒朝來人瞪了一眼，眼神在罵：「約了你來殺貪官，你這傢伙現在才到?!」

來者眼神充滿歉意，正是習一刀。

鳳蝶兒一拍驚堂木，嬌叱：「好呀，看誰還不服。」

朝那班垂頭喪氣的官吏喝道：「還不快去辦事。」心想借你們的能力賑好災，之後再論罪懲治你們。

「甚麼，朝廷派來的新知府，是個榜眼老爺呀！」鳳蝶兒一聽習一刀捎來的消息就叫起來：「榜眼榜眼，綁起眼睛來不論是非?!」說著氣沖沖地將一本帳簿擲給習一刀，道：「你看他的前任姓齊的探花郎，好事多為。」

習一刀看著那一筆筆百姓的血淚，也是咬牙切齒。過了好一會，他說道：「對了，新官名叫惠忠言。」

「哈哈，好造作的名字，好像怕人不知他是好人似的。」鳳蝶兒哂笑道：「是胃中言吧，唔，好酸好難聞。」

「好了。相信他數天後便到，一定會帶兵馬來捉拿我們。好在我們已開了糧倉，還是快逃吧。」

「請問這兒是治河賑災的主營嗎？」一名青年在外面揖手問道。

「是的，進來吧。」鳳蝶兒道。

「在下特來為治河賑災獻上策略。」青年朗聲道：「一味加高堤壩，只能治標。」

鳳蝶兒看這青年樸素的衣服上、面上早已沾滿堤岸上的黃土，然而難掩面貌英俊，雙目更是炯炯如星光。整個人充滿書卷氣，神態舉止卻靈動而穩重。

「敢問先生大名。」鳳蝶兒問得甚是禮數周周，習一刀不禁轉頭看看鳳蝶兒。

青年一躬身，道：「在下惠忠言。」

「嗯」「唔」兩人一時不懂反應。

還是習一刀先反應過來，他感到外面並無兵馬殺氣，甚感奇怪，遂問道：「怎麼這麼快到？我們冒作縣官，你不來捉拿我們？」

「我不帶兵馬，隻身而來，自然來得快。」惠忠言笑笑，道：「兩位一心為民，我十分敬佩。眼下賑災進行得十分順利，百姓和衙門的人，都願聽你們的。你們便當我未到。我且從旁獻計，他日還可向朝廷表奏兩位活民之德，兩位便無罪有功了。」

「但大唐律例……。」習一刀遲疑。

「還理甚麼律例不律例的。北方各藩鎮蠢蠢欲動，只要保得住慈恩府不出亂子，我自有辦法令朝廷暫時不理這兒。」惠忠言笑笑：「可否請主簿文仲非先生來，一起研究治河方略。」

鳳習二人很快便知道請來文主簿的原因了。二人聽了一會已有點跟不上，即便文仲非，談著談著也是不住點頭，問的多，說的少。

談畢，文仲非讚嘆道：「先生真神人也，在下遠遠不及。」

四人出營視察河道。兩名大漢如鐵柱般站著，見到惠忠言，躬身行禮。一名穿白衣紅裙的少女坐在河邊，凝視著悠悠的流水，身影融於粼粼波光中，輕咬著一截葦草，聽得聲響，也站起走過來向惠忠言請安。這姑娘的肌膚白皙如雪，容顏俏麗。惠忠言道：「他們是我的侍衛陳網、李絡和婢女小菊。」

惠忠言出謀，文仲非執行，賑災治河進行得甚是順利。

惠忠言總是騎著瘦馬，到河堤上視察，遇到河工和百姓，便下馬親切慰問。那馬瘦得幾乎可以見到骨骼形狀，但他堅持不肯更換。鳳蝶兒騎白馬從行。「一位是神清氣朗的佳公子，一位是美若天仙的女俠，看得人也精神起來。」百姓都這樣誇讚。

文仲非和小菊有時也乘馬跟從。文仲非指點著黛綠山巒，吟詩作賦。小菊卻總是低頭看著河水流逝，若有所思，幾縷長髮垂下，覆著俏麗的臉龐。

有條不紊地辦理好公務後，惠忠言居然還有時間陪鳳蝶兒吟詩下棋。鳳蝶兒精通音律，甚愛聽惠忠言吹奏笛子。這天，一曲既終，惠忠言收起笛子，對鳳蝶道：「我昨日看案卷，見民間訴訟也頗有積壓，妳這位鳳大老爺，幾時開堂審案呀？」

「審案？我？」鳳蝶兒指著自己的鼻尖問。

惠忠言點頭，笑笑。

女知府坐堂，從來都只是戲曲上看過，百姓都來一睹鳳蝶兒斷案丰采。

衙役將應訊人等帶來，只見鳳蝶兒英風凜凜，手執案卷，玉口金言，堂下原告被告皆心服口服。原來案件早已由惠忠言分析調查，判斷是非。間或一二刁民，詭言狡辯，鳳蝶兒剛杏目圓睜，惠忠言已將回應之言寫在紙上，由文仲非遞來，鳳蝶兒一看大喜，依言回詰，駁得刁民啞口無言，羞愧伏罪。

不半日，已將積壓如山的案卷，清得一件不剩。百姓忍不住喝采。不知誰在人群中呼喊了一聲：「鳳青天」，純樸的百姓便紛紛叫嚷起「鳳青天」來。鳳蝶兒連連擺手，心下樂不可支。文仲非悄悄踢了一下桌子，鳳蝶兒才一拍驚堂木，口宣「退堂！」一邊退邊清朗地哈哈一笑。

惠忠言笑著一揖，道：「拜見鳳青天鳳大人，做得好啊。愚見退堂時嚴肅一點更好。」

鳳蝶兒嘻哈一笑：「反正我這個知府也是走走過場罷了。只要有利於百姓就好。」一邊由小菊服侍著進內堂更衣去了。

只是賑災和治河，花費浩大，文仲非報說，眼下災民的食物也漸漸不足。

惠忠言皺皺眉頭，道：「要在大河中築起夾河，以沖走水裡黃沙，所費不菲，惟有從賑災銀中扣省下。」

他沉吟地道：「劍南道徵來塑佛像和建行宮的八十斤黃金，足夠治河，三日後會運經慈恩府邊境。可惜朝廷就是不肯借調這筆錢來治河。」

這夜，鳳蝶兒拉習一刀到河邊無人處，道：「我看過惠忠言的奏章，將義理人情都說盡了，朝廷還是不恤民情，要建造那無用的佛像、宮殿。你說，我們應怎麼辦？」

習一刀搔搔頭，道：「為人民謀福祉的方法，素來妳的主意多。」

鳳蝶兒笑笑：「是弄得到手的，不過要出點力了。」

官道上，押運黃金的車隊，停下來用餐。負責保護糧草的二將耿勝、嚴勇驗過乾糧後，分發給眾人。吃完後，大家再度起程。只是走了一段，眾人開始暈眩。耿勝、嚴勇二將竭力保持清醒，與樹林中衝出來的賊人戰鬥。很快也落敗，被綁得結實。

鳳習二人「借」了黃金回來。惠忠言知道借的過程後，叫苦連天：「怎地這個借法?!怪不得朝廷將耿勝嚴勇逮捕下獄。」

「甚麼，耿勝嚴勇被捕了！」

「他們被查到有親人住在慈恩府；而乾糧是由他們看守的。放心，我會設法保他們平安。」惠忠言道：「黃金先放在主營，由習兄看管。劍南道刺史奸滑，一味巴結朝廷，不好對付。明天我就接任，官場的事還是由我來承擔。」

習一刀納悶地守著黃金。到了黃昏，文仲非差人來通知，府衙中今夜公務煩忙，不回主營了。鳳蝶兒聽了便道：「我且去看看他們。」

習一刀說道：「一來一回要大半個時辰。妳去也未必幫得上忙呢。」

「說到底我是現任知府啊。我看看就回。」鳳蝶兒白了習一刀一眼，道：「你又怎知我幫不上忙？」

說是看看就回。習一刀看著星沉月上，鳳蝶兒仍未回。因此事甚是機密，他獨自守著黃金，不敢擅離。

忽然馬蹄得得。卻是惠忠言騎著瘦馬，領著陳綱李絡並十數名腳伕來了。

「習兄，我們要趕在朝廷未追查到慈恩府之前，買入治河所需物料。我已聯絡好一幫山西商人，故此夤夜來提取黃金。」

交割黃金之後，習一刀睡了個好覺。翌日起來，便赴府衙。

一進大門，鳳蝶兒便笑嘻嘻的迎上來，道：「誰說我沒用呀。惠先生，啊，惠大人說呀，看著我便精神煥發。他從昨晚不停辦公，至今也很起勁呢。」

鳳蝶兒恭敬地捧上印璽，惠忠言便開始有條不紊地，坐堂施令。

惠忠言解釋完治河步驟後，便轉頭呼喚：「習一刀。」

「小民在。」他一邊回應，心裡漸感不自在……好像有哪兒不對勁。這時鳳蝶兒仍是笑瞇瞇的。

「關於治河所需經費，由你看管，還請即行交付。」

習一刀心裡轟的一響，頭腦發脹發熱，飛快地將惠忠言從出現至今的過程，想了一遍。一時呆了，整個衙門在等他回答，一時也靜默了。

「習一刀。」惠忠言催促。

「昨夜大人不是親自來提取了麼？」乍聞此言，堂上堂下，官吏百姓更是一片死寂，然後竊竊私語之聲，由小而漸大。

「啪」惠忠言一拍驚堂木：「肅靜。習一刀你胡説，本官從昨日中午至今留在府衙工作，未曾離開，怎會『親自』往提取?!好，你説的是甚麼時辰？」

「丑時。」

「你説謊，惠大人整夜在府衙辦公，未曾離開過。丑時，大人忙裡偷閒，以竹笛吹奏了數曲，十分優美動聽。還記得其中一首是〈上邪〉。」民眾聽了不禁低聲私語，疑惑地看習一刀。幾名少女卻是羨慕地看著鳳蝶兒，鳳蝶兒臉上緋紅。

「啪」惠忠言再拍驚堂木，沉聲道：「肅靜。」

然後轉向鳳蝶兒，肅然道：「鳳姑娘，此處由本官主持。」鳳蝶兒偷偷吐一吐舌頭，然後又怒瞪習一刀。

他又向習一刀和氣的説道：「好了，習一刀，只要你交回治河款項，一切既往不咎。」

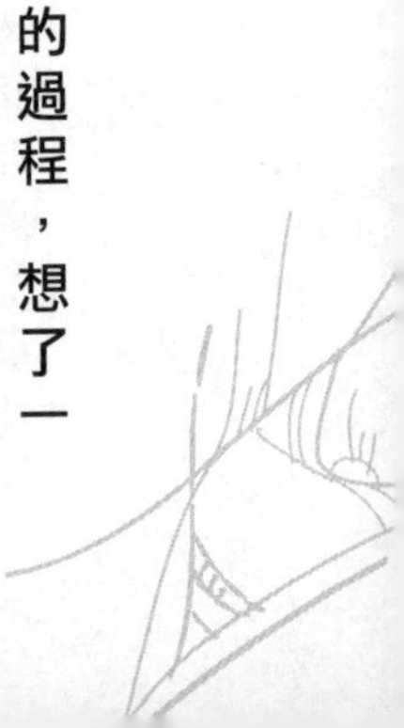

「沒有，你已取回了。」習一刀的臉已然漲紅。

「好，習一刀，你雖武藝高強；但有皇法天理在。人來，將盜用治河公款的習一刀拿下。」

「你這個貌慈心黑的狗官。」習一刀怒罵著，提刀便來劈惠忠言。

嗖嗖兩下比蚊吶還微的聲響，陳綱李絡的孝感流星鎚飛襲而來，鎚大小只如核桃，鍊卻幼若釣線。

習一刀揮刀往背後一撥，將流星鎚擊盪開去，繼續追殺惠忠言。惠忠言將桌椅推向習一刀，走入後堂。將探頭張望的小菊嚇得躲向牆角，驚呼：「習一刀殺人哪！」

文仲非連忙將小菊掩到自己身後，小菊緊緊拉他的衣角，挨著他的肩膊。文仲非但聽得背後嗞嗦之聲，原來小菊顫抖著在飲泣。

惠忠言擋在文紅二人跟前，喝道：「休得傷人。」

習一刀怒喝：「狗官，別假惺惺，滾出來受死！」

忽然，人影一閃，一人飛掠而至，立在惠、文、菊三人之前，卻是鳳蝶兒。鳳蝶兒雙手翼展，叱道：「站住。賊子，還不束手就擒！」

「連……連妳也不信我?!」習一刀聽到自己的聲音顫抖。

「信你?!我鳳蝶兒親證你說謊，你這人面皮還真夠厚！」

鳳蝶兒義怒的語氣，猶如霹靂雷電，碎盡了習一刀的心靈與鬥志。他茫茫然一步一步後退，眼前曾一起奮鬥的鳳蝶兒，與及諸般人物，一路縮小縮小。終於，他淒然轉身，離去。

嗖嗖，流星鎚乘虛奔襲。習一刀揮刀往後一撥。陳網手上鎚反撞向自己，慌忙側身閃避，那鎚立時與李絡的鐵鍊纏在一起。

二人合作無間，李絡立刻將手中鍊另一端的流星鎚射向習一刀，陳網同時發力，兩條鐵鍊連接，長度倍增，兩度力也相加起來。習一刀不虞有此一招，兼且心神已亂，勉強閃避之間，右肩被打出一個傷口，登時血染衣襟。

一眾年青捕快面對平日毫無架子，用心指導他們武功，兄長般的人物，遲疑之際，已被習一刀以左手推開，奔逃而去。

「沒良心」「天殺的」「不理人民死活」「還算得是人嗎」習一刀走得遠了，還能聽到平日自己罵貪官的話，盡數罵到自己身上。心，不住地楸痛。

說書先生在唱說：「習一刀呀，身世飄零命太苦，空有一身武藝，千里馬不逢百樂蹤。這夜明月映照，黃金真燦爛，繚亂了眼目。我為誰流血汗？他狂舞寶刀，難斷心魔

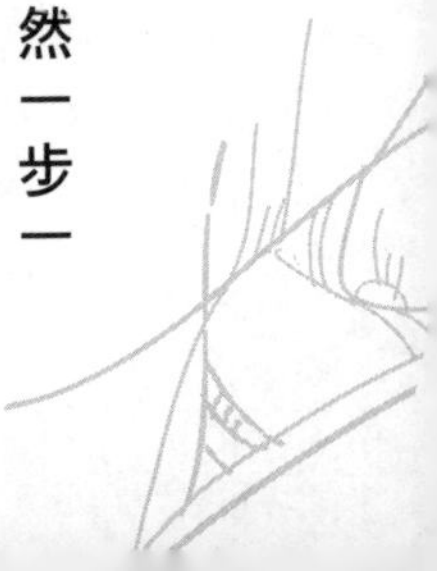

呀……」鄉民一時搖頭嘆息，一時握腕憤慨。

「不是這樣的。」習一刀躲在樹叢中聽著。看來貪官狗黨欲剷除自己，卻又忌憚自己武藝，如今口誅筆伐，發動天下人與自己為敵。只怕此等說唱，如今已遍行天下。他心中琢磨，那夜來提取黃金的是惠忠言無疑。習一刀當驗屍人時練就一種功夫，縱然來人易容，也能憑其骨架身形辨別其身分。

那麼，鳳蝶兒為甚麼要為惠忠言作證呢，難道，鳳蝶兒已被惠忠言的甜言蜜語迷住？世上還有誰人可信呢？肩膀流星槌造成的傷口，傳來隱隱痛楚，與心中的痛楚絞在一起。

幸好，這時他終於看到了那個「信」字，那是用白粉寫在說書臺下方的。信字下面還有三個字「馬蹄山」。習一刀心下一暖，大喜。某日他和文仲非視察河道途中，經過一山谷，文仲非笑道：「此山活像馬蹄。」

「畢竟還有文先生信我。」

習一刀剛踏上山路，卻聽得有女子輕輕喚他：「習先生。」

小菊自松樹後現身，對他說：「文先生藏身山泉旁的林中，我和你一起去吧。」

此時正午麗日當空，走著走著，習一刀瞥見小菊不時舐著嘴唇，眼角飄向他身上掛著的葫蘆。習一刀便將葫蘆解下，遞給小菊，道：「我真是粗心，小菊姑娘敢情是渴了。

不過這葫蘆本是盛酒的，文先生説妳喝不得酒；但些少剩餘酒氣不怕吧。」

小菊推辭，習一刀硬將葫蘆塞到小菊手上。小菊感激地向習一刀躬身，喝了一點，還給習一刀。習一刀不收，道：「到了那邊有山泉我再喝。」

到了山泉附近，小菊搶先走上去看，然後回身望著習一刀。沉聲道：「習先生，山泉乾涸了，相信我，是乾涸了。你現在一定很口渴，口渴是很辛苦的……。」

山泉上像飄著迷霧，再看果然是乾了。習一刀不禁喪氣。

然後，小菊的話更令他心神深受打擊：「文先生在説書臺寫的字，是惠大人命他寫的，好引你出來。」

「習一刀」小菊突然叫他，那聲調卻不再輕柔，竟是幽幽深深的，像來自遙遠不知何處的地方。習一刀這時心靈虛弱，再無反擊之力，便隨著呼喚望向小菊雙眼。

那雙原本小小的眼睛，此時張開了，大眼睛佔去整個面龐。習一刀只覺那眼睛內的空間不斷擴大、再擴大，廣於地、闊於天。看著看著，習一刀便被吸納進去。盈盈的眼波流動，漸化作洶湧浪濤，習一刀已掉在汪洋碧海中，浮沉掙扎。口乾舌燥，灌進口的卻是鹹水，更教他難以支持。海面下一條劍魚，正挺著鋒刃，朝他胸口撞過來。

習一刀張口求救；但茫茫無際的大海中，又有誰來援？

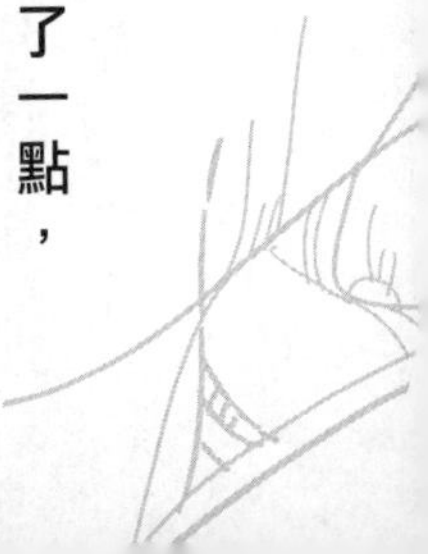

突地，幾滴水點飄進口中，是淡水，還帶著酒氣，和一點菊花香。習一刀驀然醒覺：這兒不是大海！再看眼前海面，有兩個漩渦總是沒有移動。

習一刀擎指作劍，向兩個怪漩渦刺去。兩個漩渦登時變作殷紅。

「呀……」耳畔女子淒厲慘叫。習一刀眼前海變作虛影；藍色的海水變綠，回復馬蹄山的景色。低頭見小菊雙目流血，張著口，猶如遇溺之人，不斷被海水灌入。習一刀心知小菊幻術被破，此時反幻覺自己掉進海中，海水湧進腔腹。這樣下去，小菊很快便會窒息而死。

這時山上樹叢傳來響聲。習一刀不理，躍向山泉——其實山泉根本從未乾涸。他以衣襟吸水，再躍回，將水餵入小菊口中；並在小菊耳邊喊道：「醒來！妳不是在海中，海中哪來的泉水。」

倏地，小菊停止吞喝海水的動作。喘息了一會，淒然道：「你……你竟然救我?!」

「你幻術已破，不能再害人，我何必多殺呢。」

小菊嘆了一口氣：「本想萬無一失，喝光了你的水讓你口渴。豈料你葫蘆中的酒氣雖微，我還是受不了。反吐出來卻又滴進你口中。唉，冥冥中救你的人，還是你自己。」

「妳是由東瀛來的忍者吧。如今受傷，能回去嗎？」習一刀說道。

此時文仲非已一撲一跌的奔到小菊身旁，喊道：「菊子！」原來小菊真名叫菊子，文仲非取出隨身藥為菊子敷上。

然後，文仲非攙扶著菊子起來，轉頭道：「習先生……。」

習一刀搖搖手，道：「你我猶如兄弟，何用多說。」

文仲非拖著菊子走，菊子的秀髮散亂如水幕遮住臉頰，也不理會習一刀。走了幾步，一摔手，嬌嗔道：「你顧一顧我，走慢一點不可以嗎。」

只聽得文仲非連連回應「是的是的。」急遑地牽起素白的小手。習一刀苦笑。

突然，不知哪來無數白絲帶，飛來將習一刀重重纏住，活像一隻蠶繭。

文仲非停下，安頓菊子坐好。

再次嘗到被綁成蠶繭的滋味，習一刀沒有掙扎，只是苦笑請求：「文先生，看來你要再助我一次。」

文仲非盤坐石上，拿出笛子，吹奏起〈上邪〉，清越動聽。先是含蓄，如女子捋著衣帶倚傍修竹；幽渺低迴，陷入沉思。然後女子站起來，踏步向前，下了決心向天設誓，如滾滾江水吐出誓詞：「上邪，我欲與君相知，長命無絕衰……。」此時笛音高吭處，拔上一層，直盪人心：「山無陵，江水為竭，冬雷震震，夏雨雪，天地合，乃敢與君絕！」

此時，菊子入神聽著，神態已顯得閒靜，如伏地的雌兔。曲罷，菊子伸出手來，讓文仲非牽著走了。

只是此曲愈動聽，鳳蝶兒聽著愈怒，到高吭處，已是咬牙切齒，震顫得如篩糠。

無論低迴高拔，皆與當夜堂上所吹之曲無異。當時吹奏之人，是文仲非，他易容扮作惠忠言！

看來當時文仲非已為菊子迷惑，受命假扮惠忠言，好讓惠忠言去向習一刀提取黃金。他説話的聲音不像惠忠言，所以只是吹笛，吹笛便不用説話。

於是，除了在場衙役，便是鳳蝶兒親證惠忠言沒有離開府衙。慈恩府百姓素來景仰鳳蝶兒，哪會不信鳳蝶兒?!習一刀便落得百詞莫辯了。

本來為了掩飾，文仲非不用自己技法吹奏，只是這曲〈上邪〉，他忍不住是為了菊子而發，故而灌注了真情真意。鳳蝶兒猶記得那時堂上吹笛人眼波飄來的情境；想不到為的不是自己，而是在身旁磨墨的菊子。怪不得那時默默低著頭的菊子，手勢如此輕柔好看，磨出的墨色也潤澤似玉……想到這兒鳳蝶兒更是氣結。

後來，惠忠言沒有再吹奏〈上邪〉。

鳳蝶兒腰肢輕揉，便將纏繞習一刀身上多條白練收回。鳳蝶兒的臉紅得像火，轉身便朝山上奔去。

習一刀跟在鳳蝶兒身後跑。

到得山上，果見惠忠言正跨上瘦馬。想來鳳蝶兒到底有點疑心，跟著惠忠言而來。

鳳蝶兒一見，便大喊著：「混蛋，你竟騙我！」施展輕功，急追上去。

習一刀隨後追去，突然「嗖」「嗖」響處，陳網李絡兩枚流星槌襲至。習一刀連揮兩刀，二人哪裡拿捏得住，流星槌連著鐵鍊，在日光中旋轉著，飛上樹頂。

二人竟是赤著雙手，撲向習一刀。習一刀急退，叫道：「別死心眼，我知你們父母皆是惠忠言所救；但他是個奸官啊！」

二人道：「忠義難兩全。你殺了我們，讓我們盡了義，接下來幹甚麼，是你們的事。」

習一刀的鋒刃，在二人的咽喉，胸口之間，晃了幾晃，猝然收刀還鞘。

「我實在想不到殺你們的理由。」習一刀說道：「兩位功夫不錯，只是招式有時依循了前人舊路，臨敵還應隨機應變才好。」

說著，習一刀隔著二人，看鳳蝶兒那邊情況。

鳳蝶兒如燕子幾下飛掠，已追近惠忠言。突地，他勒住韁，回轉馬頭，鳳蝶兒也定住，怒瞪他。

「北方雪山，連年少雪，今年其實是小汛，黃河不會泛濫缺堤。」惠忠言道：「我這樣做，自有原因。相信我，三年之內，我便會肅清朝庭奸臣，然後回來接妳。」

他開始撥轉馬頭。將轉未轉之時，俊美的雙目，含情脈脈地定在鳳蝶兒身上，道：

「中秋夜後花園，我對妳所說的，全是真心話；若有半句虛言，教我不得好死。」

鳳蝶兒但覺腦海一片茫茫然，不覺呆立著。瘦馬邁開四蹄，疾馳而去。

習一刀脫口驚呼：「無塵寶馬！」馬名無塵，因疾奔所捲起的塵埃，遠遠落後於馬身，故而一塵不染。馬瘦，因無贅肉，而筋肉堅韌如弓弦。

眼看馬去如箭，鳳蝶兒喝道：「誰信你呀！」幾道白練飛射，其中幾條白練，竟是連在一起，長度大增。

刀尖已抵惠忠言背心，就要刺進去。這時一陣風起，竟吹得小刀失了準頭，刺在馬臀上。那馬受痛，跑得更是快疾，轉眼已無蹤影。

習一刀跑到鳳蝶兒身邊，說道：「妳剛才……。」

鳳蝶兒一轉頭，凶巴巴地便喝罵習一刀：「收聲，我叫你收聲呀！」那聲浪震得習一刀耳朵生痛。

罵完，推開習一刀，飛奔下出去了。

習一刀呆了好一會，跟陳李二人辭別，也緩緩步下山去。

群山黛綠蒼翠，如美人環伺，天上白雲飄盪，鳥鳴又復婉轉。習一刀信步而行，發覺若是能細心欣賞，這兒景色其實十分美好。

回到主營，鳳習二人商議，既已有父老主持派發糧食，中央又不知會派個甚麼官來；還是躲躲再說。

「朝廷權奸當道，我們只能瞧著辦了。」

幾天後早上，二人收拾好正待離去，門外卻走進一名穿五品官服的胖子。胖子對二人笑笑，道：「鳳青天鳳大人，何須走得那麼急呀。」態度和藹可親，令人一見便欲與之坐下聊天。

二人大感奇怪，問道：「大人是……。」

「下官惠忠言。」

「吓！」「哦！呀！」

二人除了幾聲驚呼，實在說不出別的話來。

「下官原來只帶幾個隨從趕來，中途卻給幾個歹徒捉住了。前幾日又莫名其妙地被釋放。今次學乖了，帶了一隊親兵來。」二人望出去，果然齊整整地站了一隊士兵。

「二位不用走了。是非善惡，本官還是懂得的。鳳姑娘大可來幫本官，當個捕頭；如本官貪賄，便順手殺了，哈哈哈……。」

鳳蝶兒皺皺眉，但覺心頭一陣苦澀怪味，看來假扮官吏，不是自己的專利啊！

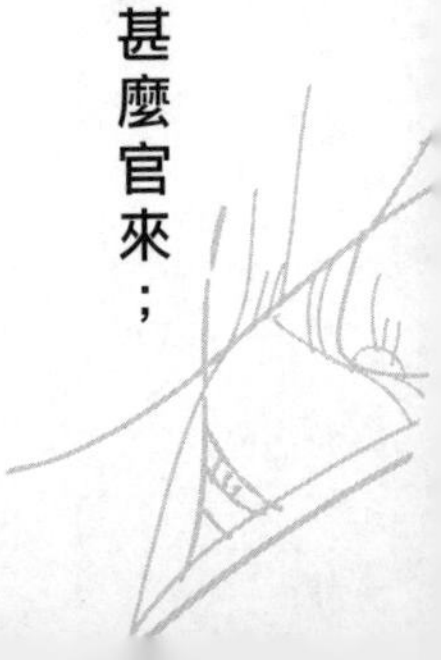

假的，一切都是假的

習一刀赴京

習一刀的娘親臨終時對他說道：「娘百年之後，你去追隨項大人吧。」

習一刀搖搖頭：「娘親，當初欲投靠項乙，只是為了奉養妳。」

「項大人查完金步搖那件案後，不是在我們村住了三天麼，大家跟他相處得很融洽，完全不覺得他是外人，你知道為甚麼嗎？」

「哦，為甚麼？」

「因為他與我們同喜同悲。恨奸官傷亂世，願百姓豐足。我留意到，村民捉到大魚，掘到大薯，他一定會開心地笑。

娘知道你也想為人做點事；但你一人之力能做甚麼？項大人聰明能幹，官階又高。你跟著他，一定能為人們做到很多好事。」

飛鴿傳書報知，習一刀願意來投。項乙大喜，立刻命沿途驛站接待，並報告行蹤。

得知習一刀和鳳蝶兒在慈恩府出格的義行，還奏請皇上，派了個好官惠忠言去接任。只是習一刀渡漢江後，並沒有到鄧州驛站報到，自此音訊全無。

項乙廣發人手偵查，卻找不到習一刀的蹤影。

習一刀到底去了哪裡？

只知為人，不識漢江

且說習一刀沿途見到處處餓殍，十分不忍。這日預計已近漢水渡頭，過河數里便是鄧州驛站，自己可獲接待，遂將破損了的鋼刀賣掉，連身上錢財賙濟乞丐。只留下兩文錢。

船至中流，船家來收錢。習一刀繳付一文錢。豈知收錢的道：「想撒賴麼？船費是三文錢！」

習一刀愕然：「一個月前才乘坐過，那時是一文錢啊。」

「你也知道一文錢是『上次』的價錢啦。現在甚麼都貴了，你別裝呆！渡頭旁柱子上寫了的。」

「我只有兩文錢。過河後到驛站取來給你們。」

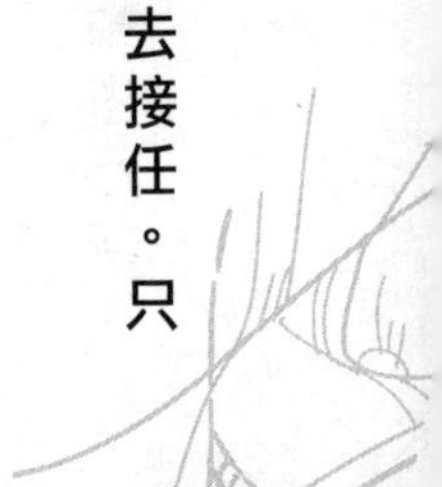

「別當我傻瓜。這世道爹娘都信不過。一是給錢，否則自己跳下去游過河吧。」

「真是欺人太甚。」習一刀不覺發怒，揚起了拳頭。

「甚麼！想打人呀。來打啊。只懂用暴力?!」

突然，旁邊傳來少婦哀求聲：「行行好。這嬰兒免收了吧。」

「不行。只收一文已是仁至義盡。」

收錢的船老大看看少婦胸脯，淫笑道：「不收也行，妳給我摸摸就是。」

「住手！」卻是習一刀暴喝。

船家向習一刀圍過來，起哄道：「想怎樣！」

「這嬰孩的船資我來付。」

習一刀將一文錢塞入船老大手中，道：「我警告你，我在朝中識得有人。你們敢欺負這母子叫你們吃不完兜著走。」

言罷脫下靴塞入懷中，噗通一聲就跳入水中。

少婦見有人代付，正欲道謝，突地見恩人落水，方知不妙，驚惶大喊：「不要跳……！」

習一刀自幼於揚州水鄉泅泳。以為游過這平靜的漢江，十分輕易。

豈料才入水，水下漩渦猶如巨人手臂，緊緊箍住他雙腳，絞動著便將他往下拖進水底深淵。

原來漢水這段貌似平靜，底下卻有湍急的漩渦。此時他毫無憑藉，死命地以本身蠻力與水中巨靈神相抗，向上掙扎。

他用盡全身力氣，突然腳下一鬆，竟爾將自己從死亡漩渦中拔了出來，立刻向船游去。船上爆發出歡呼聲……此地居民從未見過有人落水能再浮上來！船家也立刻伸長木槳，習一刀伸手便去抓槳。

就在他全心要抓槳的一剎，那水中巨靈突然乘隙抓住他的腿往下拖。這回他猝不及防，被深深沉到水中。他死命往上抓，卻哪裡能抓住些甚麼。

只聽到船上眾人「啊」地驚呼。「不要啊……！」那少婦叫得更是淒厲。習一刀只聽到少婦喊到個「不」字，便被無限量的水包圍。

他只來得及想到「完了，我不是魚」，吞了幾大口水，然後便失去意識了。

春夢

漢江上，有一艘官家的船航行。雖是官家船，卻不甚大，也沒有裝飾。

船頭，站立著一位眼神清澈，神色堅毅的中年男子。他凝望著水面。

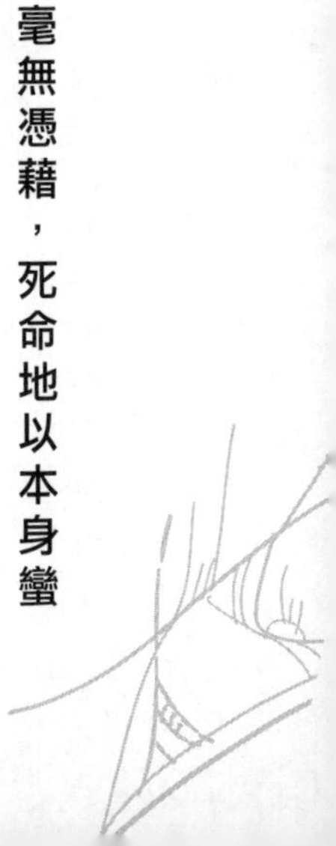

旁邊的船夫道：「老爺，水面有具浮屍呢。」

那老爺搖搖頭：「不，這人未死，救上來吧。」

眾人不大相信，撈起來一探，果然尚有些微鼻息。

這人經船上眾人救治，三日後徐徐醒過來。只是茫茫然忘了自己是誰，一點記不起從前的事。

那老爺道：「你這是溺水過久，頭腦受損。慢慢再記起來吧。我是山春縣縣令何晏，正在視察鄉鎮。你且先隨我回衙中靜養。你既忘了名字，又從水而來，我們暫且喚你作水生，可好？」

「當然好，這樣方便些。」

何晏隨即在水生幾個要穴上按揉了約一個時辰。一位眉目清朗、儒雅的青年也輪流地按揉。這位青年乃何晏之子，何世如。一番按揉之後，水生的血氣便通暢起來，身上舒泰，沉沉睡去。

又過幾日，下船。但見到處都是黃泥枯草的荒田。水生心中不由得沮喪。何晏察見他面色，向他説道：「這是隔鄰懷昔縣。那處小河東邊才是山春縣。」

過小河，禾黍無論站立的，割下堆疊的，都高及人腰。田疇一望無際，平原鋪滿黃金似的麥穗，在陽光下煥發著金光。

跟他處不同，田間多為男子，又以少年居多。他們揮舞汗水之餘，唱著嘹亮的農歌，偶爾還跟路過的村姑調笑。

水生見眾人都有工作，便搶了一擔來挑。誰知一挑起便不能平衡，登登登地腳步踉蹌。鬍子斑白的家丁老校輕輕一帶他的肩，讓他站穩，然後教他正確挑擔的姿勢。

水生挑著走了十多步，正自喜開始穩定，卻猛然發覺將要撞到一輛驢車上。他盡全力伸右腳踏前剎住，一個站不穩半蹲在地上。

頭頂便傳來吱噗一聲嬌笑。

水生抬頭見到一清麗少女。雖是笑他笨拙，卻笑得優雅使人愉悅。純潔的臉正好襯著無纖塵的青天。

「清萍，不許笑人。」

「知道了，娘。」說著偷偷吐了吐舌頭。

「長銘哥，今次買了甚麼好玩的給我呀。」。

樸實的長銘道：「小姐，我們忙著工作，沒時間逛市集。而且籐娃娃不平宜要三文錢呢。」

明顯是逛過市集了。

在衙門，吃的主要是米飯，也有點肉。吃得簡單；但很飽。

水生仍是那麼笨手笨腳，好在大家都樂意幫他。他釘到手指頭時，清萍在旁羞他。世如走過來，取過水生手上木几，兩三個動作便修好。

有天他入到廚房，看到一名女子跟校嬸和婢女娟娟一起煮食，手勢純熟，留心一看，卻是縣官的千金，清萍。

府中只有六名家丁，長工老校、長銘和另一位長工，另外三名只是間中來幫傭。另外校嬸是老校之妻。娟娟是來投靠的孤女，說是婢女卻似清萍玩伴多些。

世如清萍學習之餘，也來工作。他兄妹和其他人一樣，從不推諉工作，更主動幫忙。

起初水生以為只是府中家教如此。及後他外出辦事，見民居市集阡陌間，人人都是辛勤工作，且面帶輕鬆的笑容。店鋪間會互相關照。居民打掃時，會連鄰居門前的地也掃了。

不是吧。怎會這樣美好!?

假的嗎？那笑容可不能假。

怎會如此？

這謎團，在某一頓飯後解開了。

何晏通常跟大伙一起用膳。更經常款待百姓。

這天，和幾位縣民吃飯後飲茶聊天。數盞後，何晏對樵夫阿德道：「你幾日前提到鴨頭山東邊的路，我們看過，真要修理。半個月後開工。你也可以來幫忙，衙門會發工資。石料由官庫撥款購買。」

阿德高興地站起來，向何晏鞠躬道：「我只是偶然提起，想不到老爺就用心記住了。」

「呵呵，分內事而已，跟你們聊，就是要知道有甚麼須要改進啊。」

「老爺這樣落力為我們，我們也要向老爺學習，不能偷懶呢。修路時我會叫鄉親來義務幫忙，這是方便我們村的路啊。哈哈，我以後可以揹更大綑的柴下山了。」

「哈哈，縣衙一定會付酬的。」

這是人人都快樂的山春縣。

這夜。水生到花園收拾，卻見何晏立在園中，似是在吟詩。

水生放輕腳步，走到一旁收拾。不經意望見何晏側面，竟滿是愁苦。似是全縣民眾的苦，都聚到一塊面上了。

何晏感覺有人，轉過面來，卻已回復笑容，道：「這麼夜還工作，辛苦了。」

次日，水生到農家糴米，農夫留他吃飯……農夫不知他是縣令家丁。這些日子來，

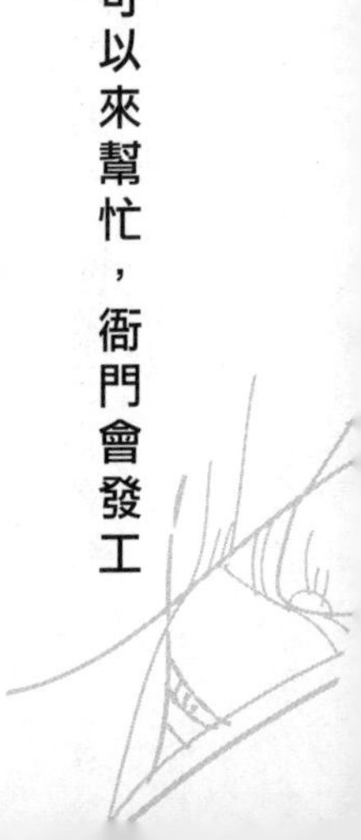

他發現在山春縣，「留人吃飯」竟是一種風氣，並非何晏獨家。

他揹著米袋回府。又被中堂那幅山水畫吸引住。

畫上書：「漁舟逐水愛山春，兩岸桃花夾古津……」

看著，驀地，「桃花源」三個字便跳進了他的腦袋。

他呆住了。這兒不就是桃花源麼？老爺愁苦些甚麼？

「呆水生，你在練力麼？」

見到清萍和娟娟笑他，他才醒覺背上的米袋頗重。

揹著米便要經過何晏的書房，由側門進入廚房。

自從康復後，他發覺自己的聽覺比別人靈敏。這時他聽到書房內有微小的聲音。

「水生呢？」

是何夫人的聲音。聽到自己的名字，他不禁停了停步。

何晏：「跟他們一起走……似乎懂武功……」

何晏：「三日後……走……」

何夫人：「不如早些……」

水生不好偷聽別人說話，走了。只是腦海中狐疑。這樣的世外桃源，竟有人要離開?!

次日，大家有暇，圍在園中踢毽子。何府這園子並無高牆，只築著矮籬笆，方便與百姓來往。

清萍幾腳踢空，最後氣惱地大力一踢，竟然踢中了，毽子飛到牆角。

水生跑過去拾。

背後傳來嘈雜聲。回頭，剛才的歡樂都變了，一切從此都變了。

大群官兵已湧入園中。四個兵對付一個人，抓小雞一樣將人按在地上，幾乎將人壓入泥土中。

清萍踢著腳，口裡咿呀的罵著；但很快便出不了聲音了。

何晏跑出來，喝問：「劉遵，你這是幹甚麼！」

劉遵道：「你貪污，證據確鑿。你看，這箱便是由你書房搜出來的黃金。」

「根本是插贓。我自會向皇上申辨。」

「哼哼，你馬上就要流放邊疆。你和這七個男的為奴。」

水生感到奇怪，剛才園中不是八個男的嗎？他悄悄看，發覺老校不知何時已溜走了。

副官郭八道：「女的嘛，當然做官妓。」

「我死也不會做。」清萍喊道。

郭八邪笑著道：「小姑娘，妳很快就會習慣的啦。」

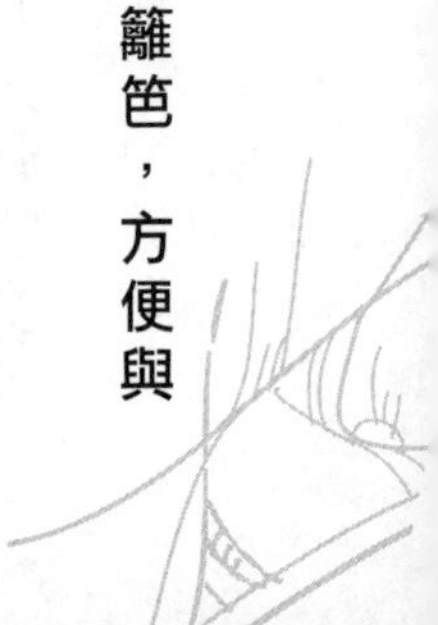

說著伸手去摸清萍的臉蛋。

冷不防，長銘從地上爬起，直衝過去，硬是把他撞開了。

郭八惱羞成怒，拔出腰刀就朝長銘的脖子斬去。

於是，水生看見刀了。

刀！

刀斬人頭，長銘生死頃刻之間。

霎時間水生體內對刀的感應復甦了……為救長銘，他的身心猛地喚醒了他體內的潛能。他清楚地看到郭八招式間的破綻。

電光火石之間，他本能地往前一撲，同時在長銘肩背一按，二人同時向郭八叩起頭來。水生喊叫：「饒命！」

喊叫的一剎，刀鋒自二人頭頂「呼」地擦過。

郭八一刀莫名其妙地斬空，卻不放過二人，揮刀再劈，水生捉住長銘，狼狽地滾動。刀鋒斬得地也爛了，就是斬不著二人。郭八大怒，運十二成功力快斬。

被按住的眾人見這刀凶猛，紛紛驚呼。水生看到他刀與人之間有空檔，鑽進去就可以避險，只苦惱這軍爺沒完沒了。

幸好這刀已不能斬下。一把長劍猝然刺到，架住大刀，再斜斜一引，大刀一滑，便劈到地上。郭八更被自己的蠻力帶動，疾跌出去，在地上打了無數個滾。

「郭八住手。」只聽得劉遵道：「項統領，你不留在宮中侍候皇上，來此有何貴幹？」

適時趕到的，正是御前禁軍統領項乙。他親赴鄧州，也追尋不到習一刀。某日，見一少婦抱著嬰孩，傷心地佇立漢江畔。他以為少婦欲投江，急忙上前問候，方知習一刀落水之事。他細究水流紋理，沿河追查。聽人説何晏救了個溺水之人，於是趕來。

項乙道：「這是我的拜把子兄弟習一刀。他與此案無關，來此也不過三月。還望劉將軍給我一個面子，讓我帶他回去。」

説時，水生突然見他朝自己一指。

「別叫我將軍了，我現在只是個小小的縣尉。不過人名冊上，此人不叫習一刀，名叫何水生。」

此時何晏道：「不錯，他名叫習一刀。只是個短工，而且經已辭工。」

水生腦中又似混亂又似空白：「難道我叫習一刀？」他完全想不起來。

「既然項大人説是你兄弟，便領回去吧。」

「聽著，為此人去枷，放了。」其時，何家眾人俱已被鎖上木枷。

突然，屋內傳來轟然巨響。眾人回頭望去。

這當兒，一匹駿馬在籬笆外奔出。何晏飛身而起，一躍便已跨坐馬上，輕功快絕。策馬便要絕塵而去。此驅極快。方圓百里無馬可及。

只要能逃，他便有方法申冤。

趁這混亂的當兒，項乙竟飛快地自那箱贓物黃金中，偷走了四塊。手法極快，只有水生看到。水生立刻對這貪心的項乙，產生了鄙厭之心。

何晏突然滾下馬來。

正當他雙手前推馬頭時，草叢中白光一閃，一把刀從下而上，自何晏左脅下空門刺進入胸口，刺得不深，卻剛好奪命。刀如毒蛇咬噬，一閃即沒。

這些，只有項乙和水生看得最清楚。

「混蛋。」料不到出此意外，項乙罵著，射出暗器。一道黃光，直襲草叢。暗器無聲而沒。水生知道殺人者已遠遁，並接走暗器。

「晏！」何夫人悲號著，死命掙脱軍士，衝過去攬著何晏。

何晏斷續地説道：「海寧……累妳……受苦了……」

何夫人哭道：「不，就算再修十世功德，方得與你相聚一刻，我也甘願。」

言罷，抽出何晏腰間佩劍，刺入自己胸口。

聽著兒女悲號，垂死的何夫人，竟沒有望向兒女，卻強抬頭，定定的望向水生，充滿哀求之色。

水生凝視著何夫人，點點頭，走向軍士，拿過木枷，將脖子和雙手套進去。劉遵便命旁邊軍士，為他上了鎖。項乙想了想，也沒阻止了。

回頭再看何晏和何夫人，已然瞑目長逝。

軍人將老校押來架上木枷。原來他察見有異，預先溜走。剛才弄出聲響和放馬出來的正是他。

項乙在劉遵耳邊道：「一路上請你好好照顧他們。我會找機會跟皇上進言，讓你官復原職。」

劉遵點點頭，道：「好，一言為定。」

二人聲音極細，水生卻是聽到了。

消失塞外

一路上野營粗食，十分艱苦。

所幸劉遵甚是守約，嚴束軍士，不准虐待囚犯，更不許對女子無禮；且棄厚重的木

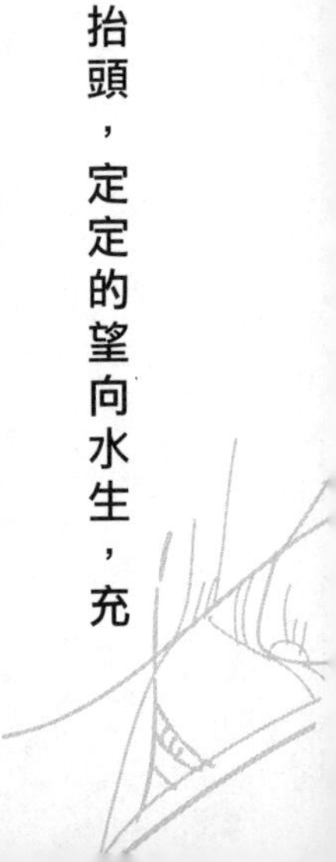

枷，改為用鐵鍊。

可惜剛出嘉峪關，壯健的劉遵卻病倒了，病勢來得古怪，他整日昏昏沉沉。

軍士由郭八指揮。何府眾人心中不安。

這晚，郭八下令：「早點睡，明早男的跟我們去運糧。」

眾人甚憂。清萍驚惶哭泣。

翌晨，何府眾男子載上鐵鍊，往西行。

西行一里，有個懸崖。眾人雙手被鐵鍊鎖住，難以平衡，走得小心翼翼。

可惜，在懸崖邊走了不久，水生不慎踏著碎沙，腳底打滑，整個人向懸崖滑去，完全停止不住。他驚叫著，頃刻間便消失在崖邊。

「官爺，救人啊。」

「救甚麼！都掉下去，死定了。」押解的軍人喝道：「快走。」

「同伴死了，你們還催我們上路！」

軍士不理，揚鞭便抽在眾人身上。

抵不住皮鞭亂抽，眾人只好哭啼著走了。

卻原來何府眾人早已沿途留意，知道這崖邊有幾塊凸出的岩石。

剛才水生「墮崖」，便是朝著凸出的岩石滑去。

才掉下，他驚恐地發覺，自己離凸出的岩石遠了！危急中，他整個人凌空，看準岩石，曲腰如蝦，雙手向前一撲，手間鐵鍊拋前，間不容髮的剎那間，雙手間鐵鍊套中了岩石！

鐵鍊拉扯，人往前盪，動作太急，鐵鍊稍微滑動，竟爾自石角脱落！

水生上身急速下墮。危急間，他雙腳猛地朝天上踢，一夾，硬生生夾住岩石；再運用強大的腰力，將上半身拗上去，跪坐到岩石上。

然後他再經歷幾次凶險爬回崖上。站定了，這才後怕起來，渾身冷汗泉湧般冒出，濕透了衣衫。

沒時間後怕了。他自褲管取出老校交給他的小鐵枝……這是老校剛趕及今早打造好的。他把鐵枝插入鎖中一扭，鐵鍊便解開了。

他拔腿就奔回囚營，心中充滿擔憂……能趕得及嗎？

離遠已聽到清萍叫喊。

他以平生最快的速度奔過去。營外看守的揮刀劈來，

他一伸手，便把刀奪過，直衝進去。

眼前景象，令水生目眥欲裂。校嬸和娟娟被綁在地上。清萍上衣已被脱掉。郭八剛將清萍的褲子除去，雙手抓住清萍腳踝，正欲將之張開。

水生恨怒一刀，直劈而下。將郭八雙手齊臂斬斷，刀勢不斷，直落下去將他那話兒齊根切去。

橫掃一刀，將按住清萍的二人，連頭帶肩，削成兩半。

水生隨即殺向圍觀的十數個軍人。看似亂斬亂劈，卻每刀都朝著他們身上空門殺入，務求以最快的速度，令此等禽獸從世間消失。

殺到最後一人，那傢伙刀才出鞘一半，死得太快，死了面上兀自淫笑未退。水生將刀放橫怒拍過去，將他的面拍碎。

然後他雙眼血紅，奔向郭八，就要將他千刀萬剮。

卻聽得已拾回衣裳遮蔽身體的清萍，以沉著的語氣道：「水生，給他個痛快吧，我們不能像他們那般邪惡。」

水生猛然冷靜下來，斬掉郭八的頭，將他踢倒。然後他奔出門外。把風的剛跑出十步。水生飛刀擲去，穿透此人胸背，登時斃命。

水生自帳外道：「小姐，請快……出來。我們立刻去找少爺他們。」

很快，三人出來。清萍卻一拐一拐的。原來剛才掙扎時扭傷了腿。

校嬸和娟娟扶著清萍，盡量跟上水生。走到懸崖。清萍叫住水生：「你揹我吧。」

水生犯難：「那怎行，男女授受不親……」

「我們不用説這些了。」清萍止住他：「……還用嗎。」隱隱地嘆了一口氣。

水生揹住清萍疾奔，腳下絲毫不慢。

跑著跑著，他心裡泛起奇妙的感覺。

三個月前調皮地取笑他那無憂的少女，已一去不復返了。從剛才開始，清萍無論眼神和語氣，都是那麼沉著、果斷。剛才那聲嘆氣，是那麼淒然。

水生便道：「小姐放心，我以後也會保護妳的。」

水生的頸項一熱，竟是清萍滴下淚來。

過懸崖數里，離遠便見到世如等人被按在地上，軍人正在拔出刀來。

清萍立刻從水生背上跳下。水生驚怒地飛奔過去，揮刀就殺。

這班軍人哪是對手。水生跑進眾兵之間，揮刀便殺。轉瞬間，原本要殺人的盡皆身死倒地。

餘下三個兵跪地求饒。

水生停下來看看清萍。

清萍問世如：「哥，該怎麼辦。」

世如向那三個兵道：「你們搜了死人身上糧水出來，連你們的也取出來。」收集糧水後，連三人的衣褲也取去。世如著老校將他們牢牢綁住，打暈。

走出數箭之遙後，世如輕聲道：「走。入了賀蘭山再說。」

於是，剛出了長城，項乙收到消息，他們殺死官兵之後，失蹤了。

君將何往

他們藏在賀蘭山深處，已經個多月，時雖仲秋已苦寒。冷得人身體中血液也要凝結。深山使他們安心；但也使他們飢餓。苦寒固然令野果難生長，野獸也要好幸運才獵到一隻。

這天，他們找到一個地穴，用樹木遮蔽住穴口，暫且棲身。

經常幫手抄寫文件的長工保庭，懂得天下大勢，道：「不如投靠西蕃國吧。他們正苦人口不足，歡迎漢人投奔呢。」

世如搖頭：「不行。若如此，則終身為夷狄之民了。他日若兩國交戰，難道我們或我們的子孫，要助西蕃打中國嗎？我只願將平生所學，報效國家。」

保庭苦笑：「報效國家？我們現在已是國家的罪人了。朝中有權奸，就算你想當個清官好官也難呢。」

一句話勾起了世如心中悲痛，不覺沉默了下來。

水生看看僅存的半邊野兔，道：「之前經過一個樹林，長了很多桃子，估計現在應該熟了。公子，不如我和校叔、長銘等六個男子去摘取。我們腳程快力氣足，一去一回只需兩三天。」世如想了一會，也就點點頭。

三天後，六人各揹一大袋桃子回來。將到山洞時，草叢中跳出數人，一看原來是世如、清萍、娟娟等人。

眾人見面，大喜。世如道：「好極了，糧食足夠過冬……。」

一句未完，水生突地起腳踢倒世如，同時拔刀。

世如才跌開，一枝弩箭已擦著他脖子飛過。

水生跳到眾人之前，舞動手中刀，啪啪啪之聲不絕，將弩箭盪開。

世如吩咐眾人：「躲到水生背後，退回地穴。」長銘立刻以身護住清萍後退。

水生心中叫苦。剛才只是二十枝弩箭，已然吃力。這弩機比弓箭力道和速度都強上十倍。若對面官軍的一百張弩機齊發，任是天下第一高手，也難以招架。

剛才摘桃時，完全察覺不到劉遵和那一百個官兵。他們一定是以哨探遙望，然後跟蹤，待何府人齊才動手。

劉遵右手高高揚起，只待一落下，便百弩齊快。更令水生心寒的是，這些全是可連射十枝箭的連環弩！

「住手！」突然一聲斷喝。水生一聽，竟是項乙來了。

「聖旨到，爾等下跪接旨。」項乙大喊，明黃色的聖旨高高舉著，好像整個天空都被染成了明黃色。

劉遵一愕，率領眾兵跪下。世如也率眾人跪下。

「奉天承運，皇帝召曰：山春縣貪瀆一案，查屬子虛烏有。何晏清白無辜。……殺官兵一事實為郭八欲行凶在先……

何府眾人無罪。

欽此！」

謝恩畢。世如水生等人爬起身來。恍如夢中。剛才瀕臨萬箭穿身，轉瞬深山之間，飛來聖旨，便已回復清白之身。

只聽得劉遵命令：「卸弩，列隊。」立時便有十五個兵歸隊。

水生卻感奇怪，怎麼還有八十五個士兵，沒有放下弩機歸隊?!

一個鷹鼻的轉身向劉遵道：「不能放過他們，丞……」

相字未出口，劉遵已然拔刀疾劈。一抹白光劃過鷹鼻人頸脖，那顆頭立時旋轉著直飛半空，血柱狂噴，正好灑到死人面上。

「你敢抗旨！」劉遵怒喝。

另一個鼠目的，指著劉遵道：「你……」

劉遵也不待他說下去，手一揚，暗器早已射穿鼠目人的咽喉。

「抗旨者，等同叛逆，誅夷三族。」

原來，陷害何晏，正是丞相在背後搞鬼。這一百士兵，其實是由丞相調派，暗中受鷹鼻和鼠目指揮。此時二奸已誅，餘下的士兵，攝於劉遵積威，也就聽命歸隊。

「幹得乾脆。」這時項乙自懷中取出一份文件，遞與劉遵，笑道：「這是你的委任令，恭喜你不獨復職，更官拜將軍，鎮守臨洮。」

劉遵揖手道：「謝了，項大人。」

項乙笑道：「我也是敬你是條漢子。」

劉遵朝宋老校道：「怎樣，你也來吧。」

老校搔搔頭，笑笑道：「老了，又捨不得老婆。」

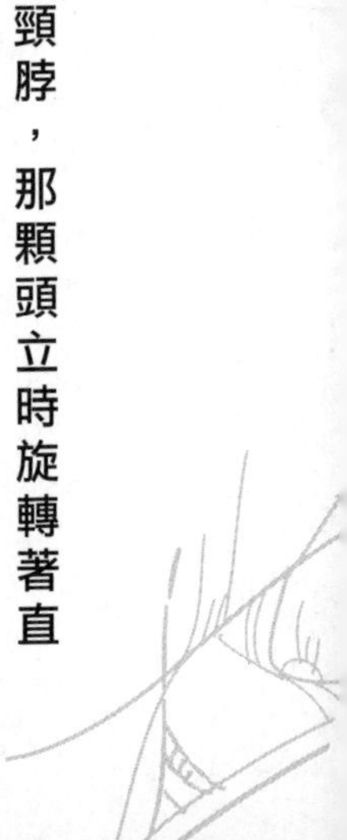

劉遵領著那十五個甘心聽他號令的士兵赴任，將其餘的遣回。官兵走後，項乙方過來與眾人相見。

眾人謝他救命之恩，復問他何以不到兩月已成功翻案。

「我從那箱贓物中，拿走了幾塊，放在懷中。」

於是皇上問我：「懷中何物如此沉重。」

我剛拿出來，皇上就笑問我，揣著三塊假黃金幹甚麼。皇上見得珍寶何其多，竟一看已知是假。

我告訴皇上，是從何晏的贓物中取來的。

皇上想了一會，便問我，贓款中有幾多黃金。我答是十八萬兩。皇上就笑了：「山春縣民雖豐衣足食；但全縣不食一年，也交不出一百兩黃金予何晏。這是插贓之人，欲以假金湊足贓款。」

然後皇上又說：「項乙，你既然有心讓朕看這假金，想必已搜齊證據。呈上來給朕看吧。」

皇上看罷我呈上的證據。嘆了一口氣道：「何晏德才兼備，朕欲提拔他入朝輔助朕。想不到招來忌恨。」

當下便命我來傳旨。我遠遠跟著劉遵，便找到你們了。

水生突然心念一動。項乙豈不是最能好好保護清萍等人麼？當下道：「項大人，我跟你真是結拜兄弟麼？」

項乙伸手撫著水生的肩頭，笑道：「我確是十分欣賞你人品武功，只是還未結拜。那時我是誑劉遵的。」

水生道：「如蒙不棄，小弟願拜項大人為兄。」

項乙喜極，拉著水生的手，道：「當然好，現在就來。」

當即二人跪下，對拜八下，約定患難富貴生死與共。

你只能娶我

一個月後某夜。京城一民宅內，舉行了一場婚禮。

男方主婚是項乙，女方則是何世如。

水生胸前扣上一朵大紅花。娟娟和校孀喜孜孜地攙扶著清萍出來。清萍臉上披了紅巾，仍是羞答答的低下頭來。

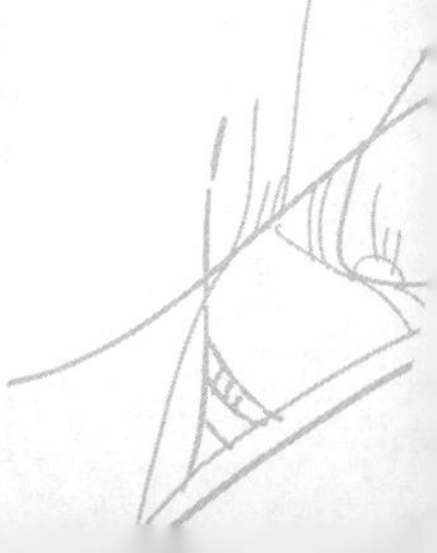

何府眾人，十分歡喜。世如更欣慰妹妹所託得人。只有長銘，默默地只顧做事，招呼賓客。

十幾位羽林軍副統領也來捧場。還有多位文官來賀，原來何世如已是皇上跟前紅人。皇上考過他的詩詞策論後，大為讚賞，賜進士。皇上准世如所求，讓他回山春縣作縣令。

拜主婚，拜天地後，就要夫妻交拜。

突然，門外一亮，進來了一位美女。這女子美得使全場人都覺得有點窒息。

項乙苦笑，心道：「這鬼靈精怎會不來。」

清萍隔著紗巾見到那女子，驟生不祥之感，叫聲：「哥。」

世如立刻示意何府家人攔住那女子，同時喊：「夫妻交拜。」清萍立刻跪了，盈盈拜下。水生也正待跪下去。

那女子卻在何府幾名家丁之間，游魚一般滑過。眾人回過神來，這女子已站到水生身邊。

女子正是靈芝。靈芝喜歡習一刀，當然不想他另娶別人。就算此時習一刀失憶，成了水生，靈芝也要趕在他們交拜之前阻止。

此時，老校趁靈芝分心，飛快地出手，制住其脈門，拖著靈芝就往外拉。

靈芝就在被拉走前，在水生的耳邊輕輕說了一句話。

膝已半屈準備跪下對拜的水生，登時僵住。

項乙聽力超人，聽到那句話只有三個字：「金雲英」。他心中咯噔一聲，想起習一刀原是上勝門掌門金虎的徒弟。金虎的獨生女兒就叫作金雲英。後來金雲英嫁了大師兄韋龍；二人已死。何以這金雲英對習一刀如此重要？

這三字立時在水生腦海中，展開了幕幕影像。

一個男子裝作笨手笨腳，在河邊滑倒。一名梳左右總角髻、十三四歲的少女看著便笑起來。笑得如春風搖動嬌花。

男子扶少女爬上樹。少女的肩和腰柔軟溫暖。男子感到幸福。

他們共坐樹上。縱是同樣的風景、日光，有這女孩在，便顯得特別好看。

少女在河邊唱歌，男子覺得這歌聲十分悅耳。水面有他們的倒影。水生看到倒影中的男子很是陌生；但樣子居然和他一模一樣！

怎會這樣的？

金雲英三個字又在腦際響起。

還站在門外那女子，當可解此迷。

水生站起來，向清萍深深一揖，歉疚地道：「我必須離開一會。我要去弄清楚一些事情。」

清萍靜默。本來歡笑嬉鬧的禮堂上，一陣死寂。

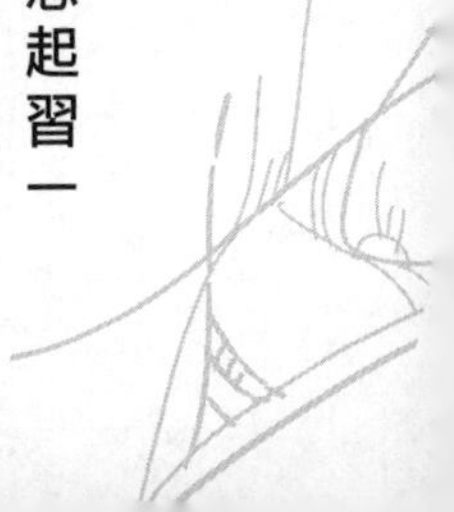

半晌，清萍幽幽地沉聲道：「那女子好美，比我美得多了。」

水生搖搖頭：「不，跟這女子無關。我很快就會回來告訴妳是甚麼事。」

「是妾言行不端，做錯了事嗎？」

「不是不是。」

「那你今日當眾人面前，明言是你負心棄我。」

「不是的⋯⋯各位，我真有要事，去去就會回來。」水生喊著，身影已是去遠。

清萍淚流滿臉，軟倒，校嬸和娟娟慌忙將清萍抱住。

水生當夜沒有回來。三日，五日，十日也沒回來。

世如要回山春縣履職。清萍、娟娟和項乙送來的幾名婢僕留在京城宅院。

愛？

這日，長銘來辭行。

辭行畢，長銘走到門口。只是清萍傷心的樣子，實在使他心痛；終於，他又轉身走回來。

清萍聽到長銘的呼吸聲，不似平日，於是抬起頭來。

「小姐，水生這樣走了，妳還要等他嗎？」

「甚麼？」

「他娶妳只是為了同情妳保護妳。妳嫁他，是想他和他的義兄項乙保護何家和山春縣。」長銘突然緊緊地握著拳頭，嘶聲道：「妳愛他嗎？他愛妳嗎？」

清萍愕然了。「愛？」

清萍這才發現，原來自己從來沒有想過這個問題。

老是被騙的人如何生存

那少女不住地跑。水生牽掛拜堂之事，遂高聲喊叫：「姑娘，請停步。」

見那少女無停步之意，水生急了，喊道：「姑娘，你再不停步，我只好回去了。」

那少女終於在日水生前面數十步處停了下來，回過頭來道：「這金雲英，對你來說是個十分重要的人。此事甚為機密，你隨我去一個地方，我再告訴你。」

「不行，要說現在說。我應承了清萍，盡快趕回去的。」水生覺得拜堂之時出走，很對不住人家，一急便發狠道：「看妳古古怪怪的。告訴你，我現在不是那麼好騙的了。」

其實，靈芝絕對不想水生回去。回去一拜堂，他們二人便成夫妻。靈芝怎能讓心上人跟別人成親。此時水生逼得急了，自己到底如何應對才好呢？其實說甚麼才能留住水生，靈芝心裡也沒底。

「好吧，那我告訴你，你仔細聽著。金雲英是你的……」

突然，嘭的一響，一陣煙霧在二人之間揚起。水生隱約見到煙霧之間有一條人影，疾撲向那少女。那少女只叫得一聲：「救我！」便了無聲息。

水生繞過嗆鼻的煙霧去追趕時，已遠遠落後。

追了一段，卻見那人挾住少女跑進一間石屋裡。水生追到，卻發覺石屋居然是沒有門的！他摸索了好一會，實在是不得其門而入。便高聲喝問：「妳是甚麼人？快放了那姑娘！」

但聽得少女咿唔了幾聲又靜了。另一把少婦的聲音響起：「你想救這姑娘，先幫我去殺一個人吧。」

「我不會幫你殺人。」

「你先聽我說完。我要你殺的人是魯奢。」

「我聽過此人。他也不是好東西；不過滿朝那麼多奸官，為甚麼要我現在去殺他？」

「他要當欽差巡視漢水流域數州，其中包括了我的家鄉。被他刮過的地方，只怕雞犬不留。」

「他現在哪兒？」

「在赤竹林西邊的魯家莊內。你提他人頭來，我便放了這姑娘。」那少婦道：「快去，否則我殺了這姑娘。」

不知從牆上何處，擲出一張圖畫。那少婦道：「畫中便要魯奢樣貌。」

水生趕到赤竹林，看到那大莊園，怕被發現，便不行正道，欲穿竹林而過。不料在竹林內兜兜轉轉，走了一整天，卻發覺仍在原地踱步。更糟的是突然一陣古怪的濃霧升起，他更是不辨東南西北、身在何方了。

可幸這個季節有新筍發生，他可以掘來吃。竹林中日暗夜黑，他竟就此過了十天。

他沮喪之極。小小一片竹林，難道自己就這樣在此終老？山春縣的居民怎辦？公子剛擢升為鄧州刺史，自己正想去幫忙，為人民出力；還有，自己實在很對不住清萍。

他喪氣低頭；卻看見前面小徑上，多了一對鞋。他霎霎眼，那鞋仍在；揉揉眼，那鞋沒有消失。那是自己的鞋吧!?但不對，那鞋尖是向著自己的！而那對鞋，是套在一對腳內的。

他猛然抬頭，便見一美女低頭看著他。啊，慢著，那應是一名青年男子；只是臉貌姣美，驟看疑是女子而已。

「兄弟你看來有些苦惱，有何事我可以效勞的呢？」語調甚是柔和，令水生的心情也平和了下來。

「唉，我出不去啊。」

「這迷宮設計得頗為複雜。好在我還懂一點五行八卦之學。請隨小弟來。」說著，便在前先走，完全背向著水。水生不禁驚訝：置身此詭異的險地，他竟是對自己毫無防範之意！

那男子邊走邊道：「在下江採蓉。未請教閣下高姓大名。」

「我叫何水生。」

「哦！」江採蓉聞言停下，緩緩轉過身來，雙手一揖，敬佩地説道：「原來是捨身護主，人稱忠義的水生兄！今日有緣相見，實在榮幸。來，我們先離開這古怪的竹林，邊走邊談。」言罷，仍是在前領路。

不久，出了竹林。江採蓉轉過身來。在此陽光充足之處看，更覺江採蓉眉目清秀如朗月天星，臉容俊美若清溪蓮荷，髮黑如漆，膚白如玉。和風輕吹，好一個花樣美少年。身量適中，穿一襲輕便布衣，自然一種使人如沐春風的氣質，觀之可親，可長久作伴而不厭，很自然地會和他愈站愈近。

他指著魯家莊道：「這魯奢也是惡貫滿盈；而且為了救那位姑娘，我願助水生兄一臂之力。」

「採蓉兄，我不想麻煩你。說不定有危險呢。我自己來可以了。」說罷逕往大門走去。

「且慢。」江採蓉一把拉著水生手臂，道：「那大門定是險徑，這傢伙壞事做多了，怎會不防備。」

他凝視了一會，嘆道：「好險，這道門不單只是假的；而且是道死門。」復拉著水生的手，繞著莊園走了一段，在一堵石牆前停下來，向水生道：「入口在這兒了。勞煩你為我護法，好讓我專心計算如何破解。」

說完他便陷入沉思，時而掐指而算、唸唸有詞，時而以竹枝劃地。如此過了三天，他突地長身而起，伸了個懶腰，道：「破解了。」容光煥發。

只見江採蓉走到牆邊，東敲幾下，西按幾下，那牆便向左緩緩滑開。他轉頭招呼：「水生兄，我們進去吧。」

這次卻是水生一把抓住他的手臂。水生道：「你已幫了我很多。這是我的事，我一個人進去可以了。」

江採蓉凝視水生片刻，伸手搭在水生的肩膀上，道：「果然是條漢子。那麼，好吧，

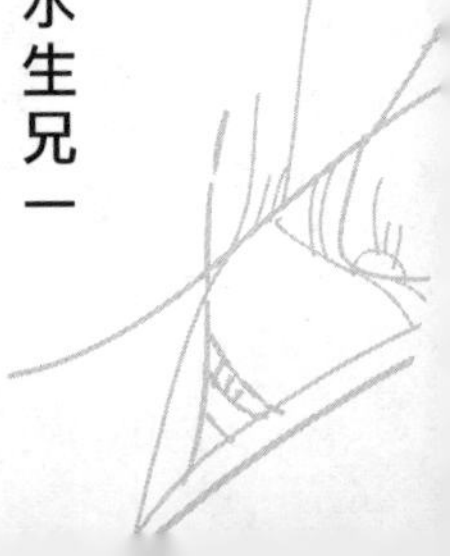

地上還有水生兄掘來的五條筍，我吃完後你還不出來，我便進去找你。」
江採蓉在地上畫了一幅圖，向水生道：「我還推算出裡面的道路，你依圖而去，便可找到那廝。記住這三個位置應有高手埋伏。」
水生依圖而往。果然在三個轉角處打倒了守衛，便到了主臥室。
剛到臥室門外，便聽到傳來陣陣鞭聲，每啪的一聲，便伴隨著女子的慘叫聲，內裡又夾雜著男子興奮的喘氣聲。水生大感奇怪，遂將門推開。
赫見一個赤裸的男子，正亢奮地以皮鞭抽打著一名赤裸的女子，女子在地上翻滾慘叫，身上已是傷痕纍纍。
那惡漢見有人進來，怒問：「誰！」同時向水生鞭去。
水生低頭閃過，同時疾進，一腳將惡漢踢倒，拔刀指住他。
那惡漢，即是魯奢，怒叱：「敢傷朝廷命官，你不怕抄家?!」
「你惡貫滿盈，今日要殺你。」
「我一點壞事都沒作！」
「你貪贓枉法。」
「是上面壓下來要我這樣做。你知不知道暗地裡我保全了多少人?!」

「你會這麼好人？你這樣打女人！」

突然，魯奢哭了，哭得很傷心，飲泣道：「你知道我多麼愛這女人？但我忍不住，我又要討好上司，又要冒死拯救無辜的人。我……我壓抑得太辛苦了！」

魯奢哀號一聲：「阿螺，我不應打妳。我用哪隻手把妳便斬哪隻手還妳。」右手猛地向水生的刀撞去，硬生生將自己的右手斬斷。

他按著斷手，呻吟著道：「我平時對阿螺很好的，你可以問問阿螺。」

水生轉過身去，蹲下問：「他平時真的待妳很好？」

那女子勉力點頭道：「是……是的。」突然眼露驚惶之色。

水生警覺背後有異動，立刻向旁閃避，右背已被魯奢的左手抓住。魯奢未能一招抓碎水生脊椎，左手五指卻也抓住了他的腰部。水生但覺尖銳的指甲，如五隻鋼爪直刺入肉，痛徹心肺。指爪毫不留情地運勁，水生痛得慘叫起來，手發軟，刀也掉在地上。運勁便覺痛；但還是要忍痛運內勁，以軟肉抵抗，以防鋼爪插穿身體。

水生向前跑，又往左右搖，欲甩開鋼爪；可是魯奢的鋼爪就是追附在水生的身上走，像吸血的水蛭般不能甩開。魯奢看著水生痛苦的表情，竟是興奮得發狂，張開嘴發出嘶嘶獸喘，口涎從嘴角滴下。

水生痛得整個人直立又向後彎曲起來。他惟有最後一搏，利用軀體遮擋魯奢視線，腳下使巧勁，將地上刀踢上空中。他盡量計算好方位，冀望長刀下墜時，能直貫魯奢天靈蓋。彷彿間，他好像曾見過別人使用此招。

魯奢狠狠抓住他的腰，愈抓愈深，對方愈叫愈慘，魯奢愈覺享受。這獵物無論怎樣逃，都是他手中玩物。

突然，魯奢頸項一緊，眼前漸漸發黑，然後腦門一痛。他好恨，恨手中獵物鬆脫了。只是水生感覺到，長刀貫腦之際，魯奢突然手上勁力全消，全身已經癱軟了。

水生回頭，卻見江採蓉正在將手一抖，一條長幼的彩繩，便乖巧地飛回他的手中。再看魯奢舌頭外吐，頸項上一條深深勒痕。原來江採蓉使的武器，就是一條繩子。

水生喘著氣道：「好在你來得快。」

「幫水生兄殺壞人比吃筍緊要得多了。」

水生望向地上的阿螺，發覺江採蓉已脫下外套罩在阿螺身上。他問阿螺：「剛才妳為甚麼說，魯奢待妳好啊。」

江採蓉插口道：「那傢伙要脅妳？給妳錢？」

阿螺道：「我家人……快餓死了……他說……打一鞭……十兩銀……」其時十兩銀可讓一名飢民延命大半年。

江採蓉頓足痛心地道：「唉呀，姑娘妳真傻，這樣打法，半兩銀未收到妳已死了。」

他又嘆了口氣，道：「過去的就算了。我的隨從就在不遠處。我出去發枝響箭，命他們趕來。待妳傷愈後，我們會給妳安排一份工作。姑娘妳以後要好好保護自己啊。」

出去發了響箭後，江採蓉又回來屋內巡視了一遍。不久他的隨從趕到，他吩咐好僕婦照顧阿螺後，便與水生趕去那少女被挾持住的石屋。

到達後，水生指著那石屋道：「就是這間，竟是沒有門的。」

江採蓉又沉思了一晝夜。然後對水生道：「已破解了。雖然你已提了魯耆的頭來；但我們要輕步潛入，有機會先救了那姑娘再說。」

水生緩緩而進，突然聽到格格笑聲，心中不由得一驚。是否他們的潛入早被知識，那少婦正在嘲笑他們愚笨？但細聽又不對，這明明是愉快的笑聲；而且……是那少女的笑聲。

他急步前行，越過一處牆角，赫然見到那少女正舒適地靠椅而坐，吃著饅頭，一隻腳翹起來；而那少婦正在斟茶給那少女，還邊說著笑話！

那少婦見水生突然出現，頓時呆住，忘了正在斟茶，以至茶都滿瀉了。少女的眼珠卻在骨碌碌急轉。

少婦道：「你是怎樣進來的？」

「花六郎，果然是你！」少女此時看見江採蓉自水生背後露出面來。

水生怒道：「原來妳們合計騙我！」

少女的臉漲紅，幾乎要哭出來了，道：「好，我是騙你；但你是不能和何家小姐成親的。

你失憶之前叫做習一刀，我名叫靈芝，跟你原是情侶，試問我怎能讓你另娶他人？」

江採蓉插話道：「若你們是情侶，水生兄怎會完全沒記憶，妳怎麼不一見面立刻跟他說？我看妳完全不知道誰是金雲英吧。」

「花六郎你這個卑鄙小人，在這兒挑撥離間，有何居心？」靈芝恨極，一揚手，暗器就向江採容射去。江採容側身一閃，暗器從他的俊臉旁堪堪擦過，啊呀驚呼。

「妳這人真歹毒，見人家的臉俊，竟然要令人家破相！」水生更是不滿。

「臉？這個人還要臉的嗎？我告訴你，他……」

「妳還狡辯，妳這人才不要臉！」。這幾天與江採蓉相處，水生已是對他大有好感。

「習一刀，你竟然說我歹毒不要臉！」靈芝又悲又恨，終於哭了出來：「你要小心這傢伙，他不是好東西，老是騙人。」

水生道：「我只知道妳從出現到現在，都在騙我。」

這時江採蓉拉拉他的衫袖，道：「別跟這女子爭辯了。快回去跟清萍成親要緊。」

「啊，是啊。」水生説著，便轉身隨江採蓉走了。

他們走後，少婦問靈芝：「怎辦，妳有甚麼計策？」

靈芝沉吟了好一會，抬起頭來對少婦道：「首先，我們要知道這廝有甚麼陰謀。花六郎從不安好心，無緣無故，他不會對一刀……現在是水生，一樣是那麼呆……這麼好。」

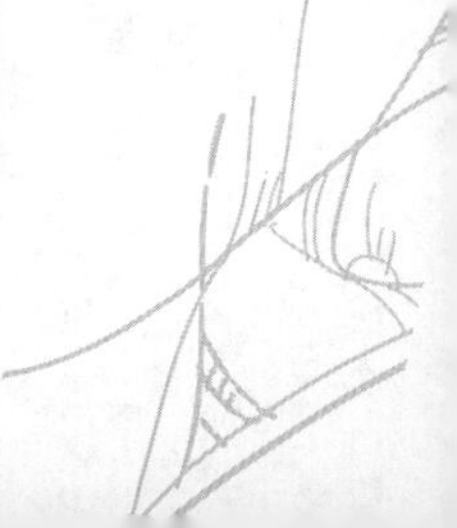

欽差之旅

水生隨江採蓉回到江家大宅。坐下來時仍是氣呼呼的。採蓉招呼水生稍坐，自己進了內堂。

再出來時，卻已穿著一襲明亮的紫色官服。他輕盈地轉了一圈，如雲飄逸。合適的裁剪，更顯出他優美的身段。頂著雙翅官帽，顧盼之間，自有一股風流。

採蓉笑問道：「好看嗎？」

水生道：「好看極了。不過，你這是幹甚麼啊？」

採蓉道：「幹甚麼？我要當欽差啊！」

水生霎時瞪大了眼，已忘了氣惱，愕然地問：「魯奢才是欽差啊。」

採蓉聞言，又轉了一個身，再向著水生時，竟已變成了魯奢。只聽得魯奢操著那陰森森的聲音道：「何水生，你中計了！」

水生急忙往後一跳，驚問：「魯奢，你詐死!?」

那「魯奢」哈哈一笑，脫下人皮面具，復變回江採蓉，道：「抱歉，小弟是見你氣惱，才開個玩笑給你解悶。」

「你幹麼要扮魯奢？」

「水生兄，你想想，死了個魯奢，奸相還不是另派一個壞蛋去。倒不如我和你去。」

「欽差不都是給奸相斂財！」

「敷衍奸相那一份是免不了的。只要我們不像別的欽差那樣肆意搜括就是了。」採蓉道：「我們還可藉機做惡鋤奸。」

「慢著，你剛才說『我們』？」

「哈哈，你當本欽差的副手呀。魯奢結仇不少，你要好好保護本欽差啊。」

於是水生跟隨採蓉展開奇妙的旅程。

一開始採蓉就在幾個縣迭破奇案。對惡劣的貪官，採蓉以巧計將之罷黜。採蓉自己分毫不貪。他與地方官協議，將當地特產交由採蓉家的澤遠商號代理。澤遠商行將經營所得，孝敬丞相。如此，他竟能不取地方分毫財富，就滿足了丞相的胃口；還令地方的商業興旺。

水生見此，對他更是又敬又愛；感覺與採蓉共歷其事，自己也沾了光彩。

此日來到淇縣境，採蓉仍像之前一樣，先不戴上人皮面具，微服巡視。

他暗察五大首富。最後到了姓樂的一家，才點頭讚許：「不霸佔半寸民地，人人提起樂善人也笑著讚好。」

這時，樂府僕人恭送一名縣主簿和隨從出來，那數人卻是憂憂愁愁的。

「這樂府家必然有事，我們跟著看看吧。」採蓉道。

採蓉聽力不差於水生。他們聽到書吏二人對話，原來淇縣附近的猛虎山上，有個賊窩名叫荊棘寨，多年來為禍淇縣。最近那寨主賽鍾馗探知樂家小姐貌美，便要樂善人獻女兒作押寨夫人，否則率眾來搶。縣令毛可頌竟稱賊勢太大，為免禍及淇縣，命樂善人獻女。

水生聽得怒氣沖天。採蓉卻擺擺手，叫他且莫衝動。

當夜，二人住訪書吏。此書吏單身獨居

進門後，採蓉便亮出欽差印璽和尚方寶劍。這書吏驟見二寶，霎時呆了。

水生便依採蓉所教，喝道：「見御賜信物，如見皇上，大膽萬守望，還不下跪！」

萬守望慌忙跪拜，採蓉扶起，道：「萬守望，你秀才出身，為吏十二年，本官聞得你頗有義名。

這毛可頌勾結山賊，是不會發兵剿賊的了。本官便助你滅此山賊，如何！」

萬守望聞言大喜拜謝。採蓉復問：「樂家小姐深居閨中。那賊酋在山上，是如何知道樂小姐樣貌的。」

萬守望和水生聽他此一問便問到要緊處，心想採蓉果然聰明，對他更有信心了。萬守望道：「經我和幾個心腹捕快查探，是府中園丁老九和山賊勾結。」

「你們可有將那老九拿下。」

「不，沒有。」萬守望道：「捉了他會打草驚蛇。留著，監視著他，反而可能有用。」

採蓉微笑頷首，踱過去輕撫萬守望肩膀道：「看來你不只忠義，腦袋也行。今番必能破賊！」

三天後的夜間，一輛馬車從樂府後門悄悄開走。匆匆趕路，欲速離淇縣。

只是走不到十里，道旁閃出一班蒙面馬賊。一名賊人撥開車幃，邪笑道：「果然貌美。」

一名女子叫道：「別……別傷我家小姐！」

眾賊哄笑：「怎敢呀！我們還要好好保護我們的未來寨主夫人呢。」

上到山寨，那賽鍾馗見小姐貌美，衝過來就要抱。那丫環急忙擋在小姐身前，鼓起勇氣道：「寨主請先行過夫妻交拜之禮，正式娶我家小姐過門。我家小姐金枝玉葉，你若待之以禮，日後還可借樂府家世，來提高荊棘寨聲譽呢？

小姐若覺受辱，恐怕會一死了之。天長日久，你們夫妻兩歡愉的日子還怕少了嗎？」

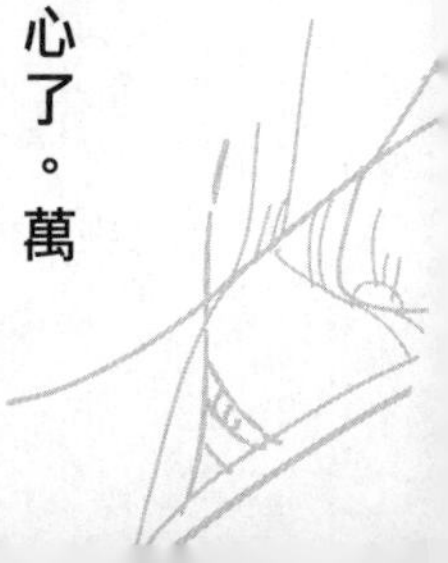

一鼓作氣說罷，怕得渾身顫抖；但仍擋在小姐跟前。

賽鍾馗哈哈大笑，傳令：「人來，帶樂家主僕入房安歇，安排今晚婚禮，大家同慶！」群盜轟然叫好。

是夜拜堂後，群盜宴飲，丫環扶小姐入洞房。賽鍾馗匆匆趕入來，醉眼中，見樂家小姐白皙的瓜子臉蛋，水汪汪的眼睛黑白分明，鼻子端巧，齒如白貝，黛眉插鬢，秀髮如水；躲在丫環背後，嬌羞無限。賽鍾馗看得渾身發熱，撲過來就要攬抱。丫環擋住叫道：「官人太急了，怎能一來就辦那事兒。你們先親個嘴。」一手就將小姐螓首推向賽鍾馗。

那色鬼吻著，就要伸出祿山之爪，突覺樂小姐的舌頭，竟向自己嘴中送來，不由得停了動作。那丁香小舌時而輕搖，時而微旋纏繞、吞吐輕點，每一下都觸著癢處，傳來一陣快感。想那賽鍾馗何曾享受過如此妙趣，早已魂銷魄盪。

丫環媚聲道：「是我教小姐的。待奴婢先為官人寬衣。」便繞到賽鍾馗身後，身子緊貼著那色鬼，扒開他的衣襟。

那色鬼驟覺兩團肉球頂著自己背心，口裡不由得不清不楚地道：「好……大……」伸向小姐的左手便中途改道，轉向背後抓著丫環胸脯。

丫環吱噗笑道：「官人壞壞的。」便捉著賽鍾馗手腕。

賽鍾馗打滾江湖，能活到今天，自是應變機敏。此時猛然省起有人立在背後，且抓住自己手腕，於是立刻抽手。

只是一切已是太遲。丫環抓住賽鍾馗脈門，指上猛然發勁按下，他左半身立時又痛又軟，哪裡還能抽手。同一時間，小姐的右手食指朝賽鍾馗裸露的左胸插去，賽鍾馗忙揮右手一抓，抓住了，卻是樂小姐快疾地伸出來的左手。他拼命提膝上頂，可是樂小姐右手食指早已狠狠點在他左胸的乳腺穴，他頓時全身酸麻，再也不能用力。

賽鍾馗想叫；但小姐舌尖早已將一粒小丸推送過來，那小丸入到他口中，立刻膨脹撐滿他口腔，就此出不得聲。

樂小姐不知從哪兒掏出繩索，將賽鍾馗紮個結實；更褪下他的褲子，玉手抓著他那話兒，笑道道：「剛才便宜了你。好生記住，萬惡淫為首啊。」

語氣極其溫柔，卻赫然是把男聲！賽鍾馗瞪眼看去，明明是嬌滴滴的姑娘；但他驚訝未完，那「樂小姐」已手起刀落，將他那話兒齊根切去了。賽鍾馗痛極，痛得冷汗涔流，最慘是喊不出聲。

賽鍾馗心中又痛又恨，更恨那安插在樂府的奸細老九，竟作了人家的反間。

突然，令他更驚訝的事發生了，他聽到「自己」在說話：「來人，將這埕酒賜給大家喝，連巡哨的在內，每人一杯。」他忍著痛睜眼看，竟是那丫環扮了自己的聲音，正在蓮步姍姍，走到門邊，將自己珍藏中最好的一大埕琥珀葡萄酒遞給小嘍囉。

過了半個時辰，外面由歡鬧變得悄然……顯然那酒中是落了迷藥，二人便出去。丫環亮出峨眉分水刺，那「樂小姐」仍作麗人打扮，卻是荊棘寨的催命厲鬼。二人奔向寨門，中途遇有仍能反抗的，丫環便當胸贈他一刺，或是「樂小姐」運繩如鞭，一下抽去，將盜匪斷頸殺死。

打開寨門，何水生、萬守望和十多名捕快便衝入寨來，將群盜牢牢綑綁。

隱定局面後，水生呆呆地望了那「樂小姐」又想了半晌，才道：「你真是採蓉兄?!」

二女吃吃而笑，那「樂小姐」望著站立的眾人，笑道：「你們色迷迷的看著我幹麼！我可是男的啊。水生，衣服帶了來吧。」

片刻，江採蓉換回男裝，煥然翩翩俗世佳公子，眾人又是一陣驚嘆。

此時，遠處更鼓聲響。那扮作丫環的女子向採蓉一揖，道：「已交寅時，我工作已畢，告辭了。」取過採蓉遞來的銀票，看了看道：「多了五十兩。」採蓉道：「補給妳的。妳被那廝抓了一把，原先的工作內容沒有這一項。」女子笑笑道謝，轉身走了。

大家看著那女子翩然而去，甚是惑然。後來採蓉對水生解釋：「這姑娘名叫蕭婉，是不屬任何人麾下的自由身。今次破賊，需要一位智勇相全的女子，便以一千兩僱了蕭婉，約定工作至今夜寅時。」

群盜手腳被鐵鍊鎖住，被投進淇縣大牢內。由於蕭婉倒了一瓶「半滴醉」入那埕琥珀葡萄酒內，此際群盜還是醉睡得迷迷糊糊的。

突聽得牢頭警戒獄卒：「這壺水是送他們上路的，另外擺開，你們千萬別喝錯了。」

一獄卒輕聲道：「牢頭，別給他們聽到啊。」

牢頭巡視了犯人一遍，道：「怕甚麼，都醉得死死的。你，去捉一隻老鼠來試試。」

只是，起碼有個賽鍾馗是睡不著，也沒心情醉的。

縣令毛可頌在內堂不安地踱著步。突然，有獄卒來報：「大人，荊棘寨那群盜匪，突然都抱著肚子叫痛，看來中了毒啊。」

毛可頌叫道：「我去看看。」一面上驚訝，心中卻是舒了一口氣。用牽機斷腸散將這幫劇盜殺盡，自己跟他們勾結的事便不會敗露。

縣丞和縣尉都是他心腹。他帶著兩人來到大牢一看，果然所有盜匪，都以雙手抱膝

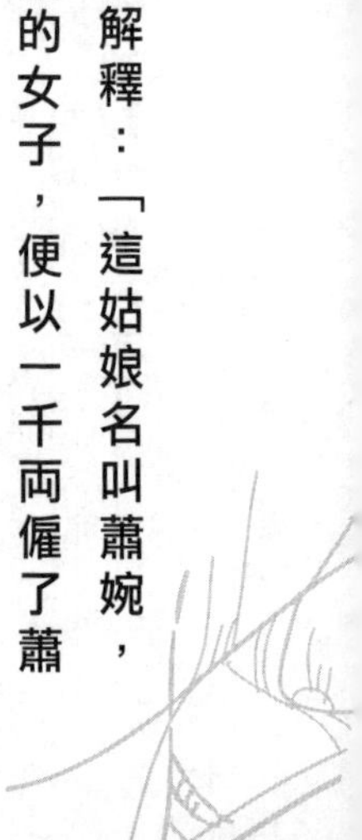

的姿勢死去。此乃因死前腹部劇烈扯痛，人自然拼命彎弓腰部，終至頭枕兩腿之間而亡；藥名「牽機」亦由此而來。這時群盜都死得翹翹的，整個牢中除了蒼蠅飛的嗡嗡聲，便是一片死寂。

毛可頌仍是不放心，帶著兩名心腹入內查看，若未死透，下狠手也要多灌一些毒藥。他首先將賽鍾馗的屍身板開，去探他鼻息。

突然，賽鍾馗面上的痛苦表情，化作猙獰的怒容。毛可頌以為是自己錯覺。只猛地，賽鍾馗鐵練繫著的雙手互握，夾著恨怒，朝毛可頌頭部的太陽穴猛力抽擊。毛可頌聽到自己頭骨咯嚓的碎裂聲，人便倒下。他瞥見群匪已然站起，兩個心腹已被毆擊得幾成肉醬。

他的頭部又被人重力敲擊了十多下。瀕死之際，他看見一名英俊青年，身穿欽差官服步入來。他想叫：「這欽差是假的。微服出巡，數天前傳召我和兩名心腹去晉見的那個魯奢，才是欽差。」

如果他能多活半盞茶時侯，當能想到，就是這位假欽差策劃，使人向群匪洩漏了他下毒之謀。只是此時頭顱再遭一記裂石重擊，一縷惡魂，已飛往十八層地獄報到去了。

既然縣令毛可頌和、縣丞和縣尉都死了。欽差便以代天巡狩之權，擢升萬守望為縣令。

別過新任縣令萬守望，江何二人又踏上旅程，朝下一個縣進發，儆惡鋤奸去了。

途中登高下望，黃河滔滔。河邊田畝中，金黃色的麥田頗為稀疏，反而處處廢田露出土色。

水生嘆息，道：「這美好江山，若能由你這般英明的人來治理，才是人民之福啊。」

「我但願能為百姓鞠躬盡瘁。」採蓉伸出手指，按著水生嘴唇，道：「你這個想法說不得，不能說啊。」

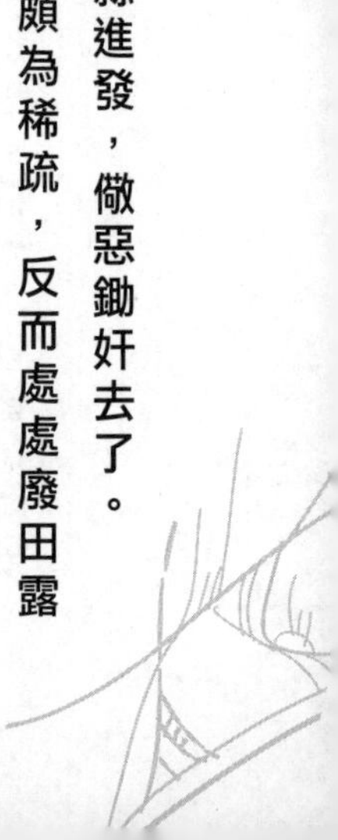

鶴翔縣事件

一陣風可能吹過就完了，也可以做個惡作劇、可以改變命運。也可以要了一個人的命。

江採蓉與何水生走在鶴翔縣的街道上。一輛華美的馬車駛過，風吹簾動。採蓉偶然朝車內一望，竟然呆了一呆。

到得縣衙，今次採蓉卻著水生正式傳牒。縣令即命大開中門，跪迎欽差。原來這秦縣令未見過真正的欽差魯奢，所以採蓉也無須易容，仍以原來俊美的臉目示人；並以自己家僕充當隨從，儀仗頗為盛大。

公堂拜謁畢，轉入後堂。水生取出巡訪文牒，對秦縣令道：「請大人用印。」霎時，秦縣令的汗上冒出豆大的汗珠來。

採蓉冷笑一聲：「官印不擺在當眼處，遺失了吧。」

秦縣令噗通一聲跪在地上，連連叩頭：「下官該死，下官該死！」

採蓉冷冷地道：「遺失官印，可知死罪！」秦縣令聞言，渾身顫抖，幾乎癱軟在地。

「我問你，你要老實回答。」採蓉道：「失去官印之前，發生過甚麼特別的事？」

「這幾日並無大案。不過為釐定田界進行過慢的事，略為責備過幾個衙吏。」

採容皺眉道：「你是主他們是從，責備就是責備，甚麼叫『略為』責備。」

「大人有所不知，這班吏員互相結黨，更與本地富豪勾結，本官施政，也頗為難。」

「只怕也有把柄在他們手上吧。」

秦縣令連連叩頭：「下官初上任之時，不察衙吏奸狡，一時不慎，有一次……」

採蓉擺擺手，道；「你的事，我已了然。我問你，你有將失印之事張揚嗎？」

「當時就召來衙吏責罵。」

「笨蛋。」採容道：「你這一罵，官印便不回來了。」

「哦!?」

「這班奸吏是想唬嚇你，別再以釐定田界之事催促他們。若你在此事上好言相慰，他們便會悄悄地歸還官印。」

「那如今如何是好？」秦縣令急問。他突然覺得，這位欽差大人可能會幫助他。

「如此狼心狗肺的污吏，正該好好的整治他們。」

縣令立刻升堂，召集眾吏，道：「小女説，目睹有野猴子，捧著盒子躍出縣衙。你們認得官印，明天一早搜山，搜到官印者賞銀百兩。」

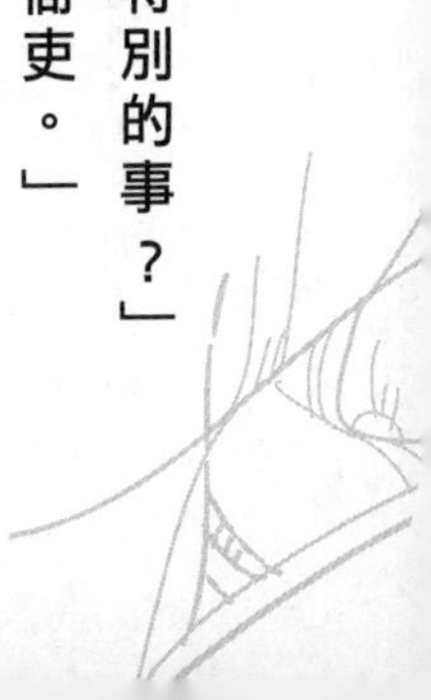

翌晨，群吏齊集，心內喜孜孜的，想著待會兒賞賜便可到手。只聽得採蓉喊一聲「搜」，群吏正欲進山；卻突然一班捕快向他們撲來，將他們按住就搜；群吏尚懵懵然來不及反應。

「搜到了！」但聽得一名捕頭喊道，手中高舉官印。被他騎在地上的曹縣丞，則驚慌失措，面無人色。

有一輛華美的馬車一直停泊在旁，這時車帷輕掀。今次水生也看到了，車裡有雙美麗如水晶的眼睛望出來。

採蓉判杖打四十，由他的隨從施刑。隨從暗施內勁，曹縣丞五臟震碎，當夜即死。原來此人正是惡吏集團首腦。採蓉更命秦縣令將殘餘的刁滑吏員，或辭退，或治罪。

一班奸商多年來侵吞民田，自然聯合起來反對釐定田界。採蓉雷厲風行，抄了最惡也是最富的兩家，財富充公，其業務由本朝最有實力的澤遠商號接管。澤遠商號為採蓉家族所有，水生也認同採蓉所言，如此可免大型業務倒閉傷民。龍頭既倒，其餘的也就乖乖地跟採蓉合作。

土豪惡霸、特惡奸商也統統被採蓉抓來殺了，百多顆人頭落地之際，整個鶴翔縣歡聲震天，鞭炮聲在縣衙之內也清晰可聞。

如此，十來天後，田界即已釐定。被土豪侵吞的田地，悉數歸還農民。田地徵稅，更是清晰簡易而公平。

這段時間，採蓉說要工作至深夜，且縣衙中房間多，所以採蓉也不與水生聯床夜話了。水生是獨自佔一間房。

又過了約十天，公務差不多完成。這天早上，採蓉正與秦縣令閒話，突然丫環匆匆闖進來，哭喊道：「老爺，小姐歿了！」

秦縣令整個人從椅子上彈起來，驚問：「歿了，昨天還好好的，怎麼就歿了。」

「小姐……上吊……」

「甚麼！」秦縣令驚呼。

採蓉道：「妳帶路，我們去看看。」

採蓉、秦縣令和水生進得閨房，水生見到死了的秦葭，原來非常貌美，一路來遇到的美貌女子，皆不及秦葭；可惜已是死了。

水生怪自己輕薄，忙收攝心神。

「看勒痕和現場環境，是自己上吊無疑。」採蓉指著桌面一張紙道：「而且留有遺書。」

水生伸長脖子去看，果然紙上寫著：「女兒不孝，今日離開父母，養育之恩，無以

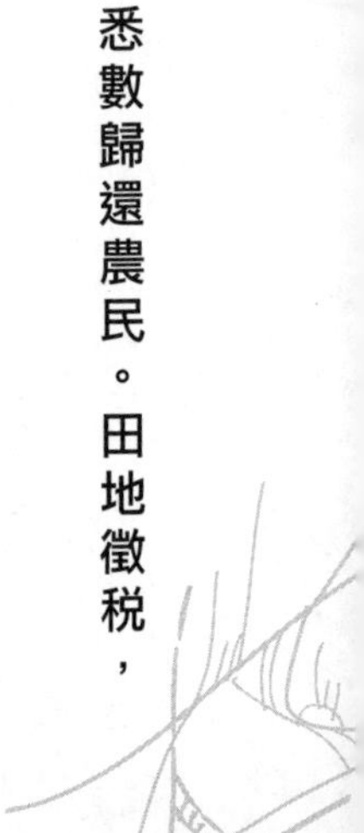

為報。」家人認得是秦小姐筆跡。

「你們既認得是秦小姐筆跡，那就是自盡無疑。」但聽得採蓉道：「為免外間多言，報個急病亡吧。遺體也宜立刻收殮。」

「下官遵命。」秦縣令悲傷地應道。

採蓉拍拍秦縣令肩膀，安慰道：「秦大人節哀。」

次日，收殮秦小姐畢，採蓉對秦縣令道：「本欽差公務已畢，今當辭別。經我考核，你為官清廉，這段時間內辦事能力也大大提升。考核成績本該保密，我破例告訴你，本欽差已把你評為上中，成績已上寄朝廷。」要知當朝考核從嚴，上等極為難得，秦縣令轉悲為喜，鞠躬拜謝。

離開鶴翔縣，走了一段，水生突然想起一事，問採蓉：「對了，當時是否要察看一下秦小姐頸背的大椎穴呢？萬一，我是說萬一，有人點了那大椎穴，秦小姐也會被掛在繩索上，動彈不得的。」

採容頓了一頓，哈哈一笑道：「你太多慮了，從秦葭的肌肉繃緊程度、及各種跡象看來，都是自殺；最重要的是，秦葭還留有遺書。你又不是驗屍人，別想太多了。」

水生想想也是，自己知的哪會及採蓉多。有採蓉主持就行了，何須自己理會呢，也就安心跟隨採蓉上路了。

漢水歸來

水生對世如講述採蓉的俠義之舉。他如何警惡鋤奸，沿途在各縣整頓吏治。世如深慶水生識得好朋友。三人交談甚歡。

世如偶然提及長王集銅礦，不覺皺眉。原來襄州也在爭奪銅礦治權，兩州正在角力。世如道：「銅礦收入可治河濟民，襄州刺史只會中飽私囊。」

十天後，採蓉向世如出示公文。原來他已向朝廷爭取到，將長王集銅礦判予鄧州。只是，一定要加緊開採，因為政爭風雲不定，說不定採蓉一派哪天失勢，銅礦便為襄州所得。採蓉提出，讓澤遠商號與鄧州官府，合作開採，澤遠只收工價和材料費。只求世如介紹鄧州商家給他認識。世如認為如此則官民兩利，遂答允。

採蓉硬是拉了水生去會見商賈。到了喜月樓，只見地板鋪設絲綢地氈，壁上掛畫；風吹得起的窈窕姑娘，到處站著，只為對客人躬身說聲歡迎。水生感到自己粗大的身軀，隨時會碰損樓中擺設，包括那些姑娘；魯莽的步伐，會踏壞地上的百花鳥獸。

到了廂房，水生探頭一看，宮殿也似，坐著幾個穿綾羅神仙般的男女。水生便死活不肯入去。

採蓉命人帶他到另一間房，說：「別跑開，有消息襄州會派刺客殺我。」

從窗櫺可見到採蓉。雙指端起酒杯（有那麼小的酒杯？）。水生拿起碗來喝酒，心想：「我就只能這樣喝。」卻見侍女訝然看著他，好一會他才弄懂這小碗是吃飯用的。採蓉吃菜是小小的一箸，倒像蚱蜢吃草「會吃得飽嗎？」他們連飲食的動作，都如合音律。採蓉酬酢吟唱之間，儀容更是優美，像從畫上走下來的人兒。

水生記得，一路上，採蓉是和自己一樣，大啖地吃；連穿的衣服，也和水生一樣，是粗布厚衣。有一次，採蓉身上的衣太薄，他便張羅了一件厚衣，硬是叫採蓉換了。此刻，採蓉身上的，正是薄衣，看來卻一點不覺得凍。

這時進來了兩位美女，綠衣的名叫翠華，紅衣的名叫丹鳳，雖不及秦縣令之女秦葮；但自有一種媚態。二女一進來，便一左一右擁著水生，不住勸酒，更貼著水生，以體溫催發酒力。水生迷糊之間，勉力猛然站起，道：「兩位別這樣，我是有家室的人。」但聽得吃吃笑聲：「來這裡的，十有九個是有家室的啦。」

「我跟他們不同，再說，我只是跟人來的。」他想起何清萍，神秘女子，神秘女子口中的金雲英；更想起自己跟隨何世如、江採蓉為百姓謀福祉，行俠仗義的事，便把刀「錚」的一聲半出鞘，喝道：「妳們出去。」

二女突然下跪，哀求：「公子是好人。你就讓我倆在這兒坐個通宵，我們乖乖的不動，行嗎？求你了！」

水生不信二女，也不大信自己的定力。想了想，索性自己走了出去。看看那廂房已空，原來採蓉和一班商賈已離去。

翌日早上，水生以一文錢買了三個牛肉包，吃得津津有味。一面看著熙攘的早市。初來懷昔縣時，這兒十分凋零，經過鄧州刺史何世如努力興革後，已恢復生機。

想到自己與何家關係匪淺，心下也感到光榮。採蓉來，更是幫助剷除壞人，看來這兒會愈來愈好。美好的念頭，猶如為牛肉包調味，那包子更覺好吃。

隔著窗簾，有一對眼睛看著水生的食相，心感厭惡之極。那包子餡中的下等牛肉，想想也要作嘔；而水生竟然吃得那麼高興。

這時一班壯漢悄悄包圍著水生。窗簾後的人心道：「一班笨蛋，正好來找死。」

最矯健的一個，繞到水生身後，隔著竹蘿，憑一名相士高舉的布幡定位，長槍猛地刺向水生背後。

刺中了！卻是貼肉滑過。霎時，十八名扮作相士、小販、顧客的壯漢，便亮出兵器攻向水生。水生伸手便奪過一把刀，只揮動了幾下，便將眾漢手中兵刃擊落，刀尖抵住一漢咽喉，喝問：「為何殺我?!」他這樣問，是真不明白，和採蓉一起誅殺了此地惡霸，

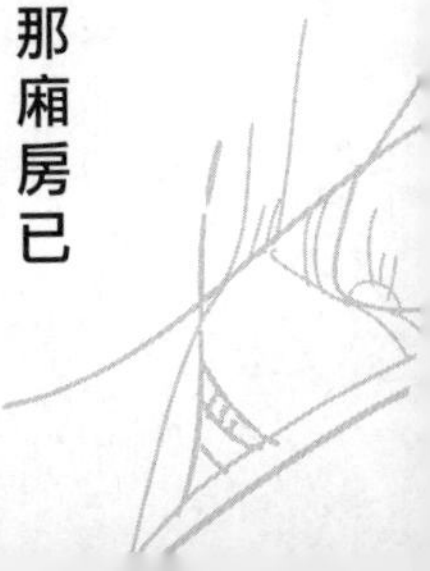

何以有人恨他？

「殺了我們吧！不能為黎大哥報仇，我們活著也沒意思。」

「黎大哥？是否黎義？那廝是十惡不赦啊！」

「混蛋，你才十惡不赦⋯⋯哎喲！」

不知何處飛來無數勁箭暗器，那十八名漢子登時了賬，水生欲救無從，呆立當場。

街市的人靜立，瞪著他。然後，不知是誰，向水生擲來了一條爛菜，緊接著，數條、數十條、數不清如雨的菜果蛋魚雜物向他擲來。水生本來可揮刀將之盪開；但他感到其中夾雜著的恨意，刀便沉重揮不起，只能張口喊：「甚麼事呀！誰來告訴我發生了甚麼事呀!?」

突然，一班武士出現，揮鞭棍向民眾狂毆，民眾亂跑逃去。

一個身穿華服，管家模樣的男子，來向水生作揖，道：「江公子請你到江邊船上相聚。你有甚麼想知道的，可以問江公子。」

很奇怪，近江邊便沒有行人，只有草聲鳥鳴。水生登上採蓉的豪華三層畫舫，畫舫便駛至江心下錨。

「江心下錨，不是會阻礙往來船隻嗎？」水生問。

「這段江山，我已買下。」採蓉道：「我還買下了這個下午的航道。」

「這是為何？」

「為了不被凡夫俗子打擾我賞景的雅興。」採蓉：「來，水生，嚐嚐這幾味小菜。」

水生試了兩味，採蓉問他感覺如何。水生道：「淡了一點。」

採蓉哈哈一笑，道：「可知這碟是以一百尾桂花魚的唇炒，這碟是以一百條不同品種的鳥舌烹煮而成！」

水生嚇了一跳：「太奢侈了吧？」

採蓉夾了一塊肉給水生，水生吃了大讚美味。採蓉道：「這是以駝峰頂的脂肪煮成的。烹調者有易牙之功，方能以十隻駱駝的精華煮成這碟，當然美味。」

「是呀，那醬汁在嘴還迸發出來，香濃極了！」水生道：「像極了今早跟盧大嬸買的牛肉包。」

採蓉心中冷哼一聲，道：「這些酒怎樣？」

水生灌了一口，問：「是綠蟻新醅酒嗎？」

「怎會是那等下價酒，是高昌進貢的葡萄酒！」採蓉不自覺地提高了聲調：「你這樣灌當然嚐不到真味，要在鼻端聞，讓酒味入心脾，再呷在舌尖之上繞三圈，再……」

「好麻煩。」

「我教你：天生人有味覺，就是為了嚐盡美酒佳肴。你以後跟著我，慢慢學習品嚐，便能享受到天地間給人帶來的美味，那將會令你心情激盪不已。」

水生疑惑地看著採蓉：「怎麼你今天的話，我不很明白的。一路來我們不是都樂於清茶淡飯的嗎？又說甚麼『我跟著你』，我們不是朋友嗎？」

採蓉不應他，一拍手，音樂起處，簾後便轉出四個舞女來，走到甲板中央跳舞。其中二女，正是翠華丹鳳。

樂韻悠揚，鼓聲中節，牽動人心。舞女身材婀娜，體態娉婷，迴轉跳躍，拋袖扭腰之間，如月殿仙子。舞跳得歡悅，畫舫頓變作百花叢。巧笑盈兮，顧盼傳情，教人看得目不轉睛。

舞罷，採蓉問如何。水生道：「看得人十分歡喜！」

採蓉道：「當然了，四位原是京中最好的舞蹈家，技藝自然不同凡響。要自少先練十年基本功，再循序漸進增長技巧。欲臻頂峰，還要涉獵琴棋書畫，詩詞歌賦，將自己修成美的化身，如此方能將『美』演繹出來。」

「比得上今早的市集呢。」水生道：「想當初來此時，人民失業，到處是乞丐，老少面有菜色。經整頓後，市集興旺，小孩子都長胖了。看著覺得美好，那才真叫歡喜呢。」

採蓉心下已愈來愈怒，也不理他，招四女過來，命翠華丹鳳坐在水生左右。二人坐下，便朝水生緊貼過來。

水生便伸手要推開，翠華卻順勢以胸脯抵住他的手掌，臉紅嬌羞地道：「公子別這樣嘛，奴家……。」

水生霍然站起，大聲道：「採蓉兄，你一路上表現得是個正人君子，你……你到底是個怎樣的人呀？」

「哈哈哈……」採蓉擁著兩名美女，狂笑：「天生男女，不就是為了讓彼此在床第之間享那魚水之歡嗎？一會兒你嘗過那欲仙欲死之樂後，保證你以後都會愛上這玩兒，那才叫不枉生人世上啊。放心，你武藝高強，只要你肯為我所用，以後有無數的美女供你挑選。」

「一路上你不是很喜歡儉樸的生活，見到美女都目不斜視的嗎？」

「哼，還好說呢，這一路上陪著你捱得我好苦。廉價牛肉包幾乎壞了我的味覺。粗布衣刺得我遍體生痛，你偏迫著不許我穿溫暖舒爽的天蠶寶衣，可惡！好在博得你好感，在何世如跟前給我說好話。讓澤遠商號參與開採。」

水生道：「你煞費苦心騙我，就只是為了那銅礦？」

「我哪裡希罕那些銅。」

「哦!?」

「告訴你吧，我聘用的西域礦脈師探到銅礦下面有金礦。此刻差不多讓我採完了。」

「甚麼！」水生張口結舌地道：「你已富甲天下，還要處心積慮奪金，你太貪了，恐怕要做個皇帝才能滿足你！」

「哈哈，承你貴言，到時你便是開國功臣。」

水生道：「我有重要事問你，黎義真是壞人麼？」

「當然是壞人，起碼對我來說是很壞的。」

「黎義真的是姦淫擄掠，無惡不作？何以那麼多人為他抱不平?!」

「你真煩！」採蓉道：「世上是非哪弄得清，問來又有何用，最重要是對自己有利益沒有。」他將一份名單遞給水生，道：「這些都是壞人，你給我殺了他們，我給你富貴，你幹不幹。」

水生看看名單，訝然問道：「這幾位都要殺?!他們是忠臣啊。」

「表面是忠臣，暗地裡私通安祿山。」

「我不信席豫、顏杲卿會這樣做。你要我殺這些人，我不幹了。」

採蓉大笑，笑了許久，慢慢飲完杯中酒，道：「你不幹我也由你。只是我給你一份優差，『幹』完這兩個美女，就讓你走。玩過了你喜歡就帶走，不喜歡便棄掉也行。哈哈哈。」

翠華丹鳳立刻水蛇般纏著水生。水生心知再下去便要被拖進蛇窩，猛地向上竄，一個空翻立在甲板中央。

但聽得二女大喊「公子！」聲音中竟是充滿哀求和絕望，水生心中大奇，只是不和妳們睡，怎麼好像要死的樣子。

回頭一看，卻見採蓉手揮彩繩，嗖嗖兩聲，已刺破二女咽喉！

「姑娘！」水生嘶聲慘叫。

「廢物，兩天也留不住一個男人。是何水生害死妳們，魂歸索命，找他去。」

水生怒道：「江採蓉，我殺了你!!」

翠華丹鳳供人玩弄一生，臨死前，終於受到尊重和真心關切，竟是勉力望向水生，含笑而逝。

採蓉見了，更是怒不可遏：「賤人，我花了多少錢養妳們，都未如此對我笑過。」

又指著水生罵：「天上人間的至樂，上等人如我方配享用。憑甚麼你這傻小子整天樂呵呵的。我最喜歡的東西還要給你奪去。

本來，你若肯為我賣命，我還可將你當工具般保存。如今，哼，你去死吧。」

手一揚，一物自袖中甩出，打在水生腳前，逢地爆開，塵粉飛揚，夾著異香。水生連忙躍起，要躍到距離塵粉最遠、船尾一凸出的欄位，那是為方便登岸而設的。待塵粉稍退，便可返身撲殺採蓉，他自信能破採蓉繩藝，為二女報仇。

豈料將踏未踏在欄位的地板時，整個欄與船身分離，急速下墜！

水生也不慌，手執木欄，心想待木欄觸水時，便可借浮力躍回船去。

誰知木欄落水，不但不浮，反而急速下沉！原來這「木」欄，並非木造，而是鋼鐵所製，只是採蓉命工匠漆成木紋，是用來暗算水生的陷阱。水生武功遠勝採蓉。只是論智謀，水生哪裡是採蓉對手，一盒婦女日常用的花粉，便輕鬆地要了水生的命。

水生一時間反應不及，隨著鐵欄，墮向江底……

……且說習一刀赴京投項乙，沿途見到處處餓殍。這日預計已近漢水渡頭，過河數里便是鄧州驛站，逐將破損了的鋼刀賣掉，連身上錢財賙濟乞丐。只留下兩文錢。

船至中流，船家來收錢。習一刀繳付一文錢。豈知收錢的道：「想撒賴麼？船費是三文錢！」

習一刀愕然：「一個月前才乘坐過，那時是一文錢啊。」

「你也知道一文錢是『上次』的價錢啦。現在甚麼都貴了，你別裝呆！渡頭旁柱子上寫了的。」

「我只有兩文錢。過河後到驛站取來給你們。」

「別當我傻瓜。這世道爹娘都信不過。一是給錢，否則自己跳下去游過河吧。」

「真是欺人太甚。」習一刀不覺發怒，揚起了拳頭。

「甚麼！想打人呀。來打啊。只懂用暴力?!」

突然，旁邊傳來少婦哀求聲：「行行好。這嬰兒免收了吧。」

「不行。只收一文已是仁至義盡。」

收錢的船老大看看少婦胸脯，淫笑道：「不收也行，妳給我摸摸就是。」

「住手！」卻是習一刀暴喝。

船家向習一刀圍過來，起哄道：「想怎樣！」

「這嬰孩的船資我來付。」

習一刀將一文錢塞入船老大手中，道：「我警告你，我在朝中識得有人。你們敢欺負這母子叫你們吃不完兜著走。」

言罷脫下靴塞入懷中，噗通一聲就跳入水中。

少婦見有人代付，正欲道謝，突地見恩人落水，方知不妙，驚惶大喊：「不要跳……！」

習一刀自幼於揚州水鄉泅泳。以為游過這平靜的漢水，十分輕易。

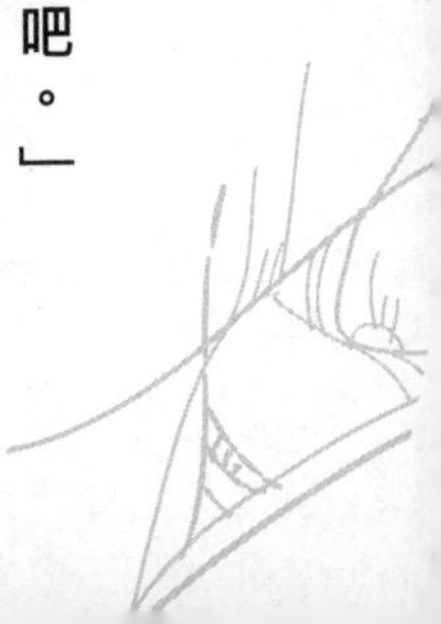

豈料才入水，水下漩渦猶如巨人手臂，緊緊箍住他雙腳，絞動著便將他往下拖進水底深淵。

原來漢水這段貌似平靜，底下卻有湍急的漩渦。此時他毫無憑藉，死命地以本身蠻力與水中巨靈神相抗，向上掙扎。

他用盡全身力氣，突然腳下一鬆，竟爾將自己從死亡漩渦中拔了出來，立刻向船游去。

船上爆發出歡呼聲……此地居民從未見過有人落水能再浮上來！船家也立刻伸長木槳，習一刀伸手便去抓槳。

就在他全心要抓槳的一剎，那水中巨靈突然乘隙抓住他的腿往下拖。這回他猝不及防，被深深沉到水中。

只聽到船上眾人「啊」地驚呼。「不要啊……！」那少婦叫得更是淒厲。習一刀只聽到少婦喊到個「不」字，便被無限量的水包圍。

他死命往上抓，心想哪裡能抓住些甚麼……

但他錯了，他竟能抓住了一顆硬物！而且這硬物有繩索連繫著。他拼命沿繩索上爬，終於浮出水面。

眼前所見，卻甚是奇怪，那簡陋的渡船，赫然變成了一艘華麗的三層畫舫。習一刀茫然不解，難道自己已被江水沖走了一段？那繩索原來是條柔韌的緞帶，很眼熟，竟是靈芝之物！靈芝幾時來的？

緞帶旁還繫著一隻水上飄。他翻身上了水上飄，盪回岸上。上了岸走了一段，卻聽到有女子聲音質問：「鶴翔縣秦縣令的女兒是怎樣死的？」卻是靈芝的聲音！

「不就是自盡的嗎？連遺書都有了。」是一把陌生男子的聲音。

「自殺的人，何以臉上毫無慽容，反而滿懷希望的樣子？還有，你說『有遺書』時，從你站的位置，根本看不清那紙上的字！」卻聽得靈芝道：「真相是：秦葭跟情人私奔，寫信給父母，寫了開頭幾句，便被人點了大椎穴，再掛在繩上吊死的。秦小姐懷了身孕。這都是你幹的好事吧?!」

「啊，習一刀已成了傻子，還有誰能連這些也驗到？」習一刀聽著，心想自己幾時變成了傻子了？

「南京的馬儉。」

「又一個傻子，改天我換個姓名去會會他。」

「啊呀！」靈芝突然一聲嬌叱：「你想怎樣？快解開我的穴道！」

「想怎樣？一會兒妳樂得叫翻天的時候不就明白了嗎！」

「你幾時如此淪落了？你不是自詡每個跟你好的女子都是心甘情願的嗎？」

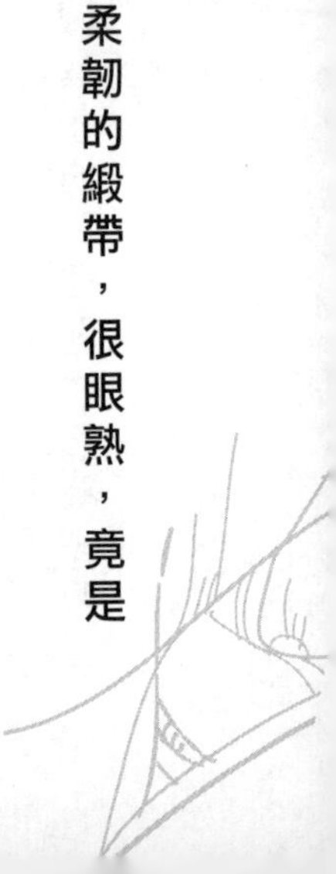

「妳太不識抬舉，我對妳已失去耐性。反正一會兒我讓妳快活夠了，妳以後會磨著我日夜須索呢！」說著，便伸手去解靈芝的衣服。

突然腦後勁風大作，他急忙低頭閃避。不料那暗器竟然跟著下沉，像是有生命似的。那暗器，其實是條枯枝，枯枝當然不會轉彎，而是發暗器之人，判斷到他會如何閃避，預早施巧勁讓暗器適時向下飛……他勉力前躍；但覺額際一涼，皮肉已被暗器劃破。耳邊聽得來人喊：「靈芝，我來了！」他一聽心知不妙，那傻子不但沒死，還恢復了記憶。他不敢再留，施展輕功急遑溜了。習一刀正想追趕，忽聞一聲虎吼，便回身守住靈芝；但虎吼一聲後便寂然。想想，這兒從無虎蹤。

習一刀便問：「靈芝，那傢伙是誰？」靈芝心裡又喜又疑。喜的是習一刀重又記得自己。疑惑的是習一刀隨姓江的遊了十多個縣，剛才若不是自己出手，將連著緞帶的鉛墜子射向他手中，習一刀更險些為江採蓉所害，怎麼這一會兒就記不得江採蓉了？

正當清萍逛得有點疲累的時候，便聽得長銘道：「這兒有個茶水攤子，我們歇一會吧。」清萍不由得心中一暖，長銘永遠是最了解、最關心自己的人。這樣想著，心頭不覺又有點繃緊。

自己跟水生有婚約，只是自從長銘問自己：「妳有愛過水生嗎？」之後，清萍的確想了很多。水生無疑忠肝義膽，武藝高強，連自己的爹娘和哥哥也欣賞他。只是水生所做的一切，全是為俠道正義，為百姓；沒有一點兒是為自己的。長銘不懂武功，也不算聰明；但也是個忠厚正義的人，最重要的是，長銘向來都關心自己，他似乎無須多想，便明白自己心思。在賀蘭山中，亂箭射來之時，長銘想也不想，便伏到自己身上作盾，那時自己在長銘懷中，感受到一種溫暖，至今沒有忘懷。

如此胡思亂想之際，清萍偶然抬起頭來，赫然便見到對面街的一名男子。

習一刀走到攤子前，要買一文錢三個的牛肉包。他對檔主說：「兩文錢，賣給我七個吧。」檔主說：「要趁熱吃才好的，你一個人能吃七個？」

「不，和我朋友一起吃的。」他回頭指指靈芝。這時他見到對面茶水攤坐著的幾個人看著他，而靈芝也好像看著那幾個人；不過他不認得那幾個人，便繼續和攤主議價。

好像有人喊甚麼「水生」。

議價成功了，他多得了一個牛肉包子，十分高興。

回頭要將包子拿給靈芝，卻發覺一位姑娘站到了身後。這姑娘身量嬌小，身軀有點單薄，十分清秀。眼神柔和之中帶著抑鬱；但堅毅。

「水生。」這姑娘叫他。

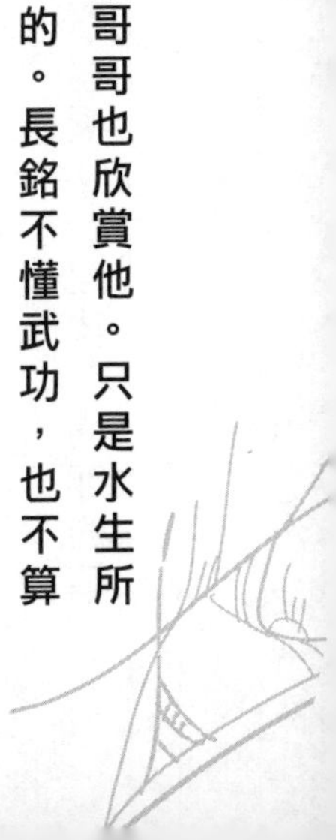

「姑娘，我不叫水生。」

一名粗眉大眼的青年衝過來，喝道：「何水生，你怎能如此無情！」

靈芝早從項乙那兒查探過水生、清萍和長銘之間的轇轕，這時走過來，暗地運勁拍斷竹枝，攤子的帳篷便塌下來。長銘也顧不得說話，立刻護著清萍跳開。

靈芝道：「習大哥，你幫這位老闆收拾好攤子，賠他銀両。幾位，我們到茶水攤子那邊再談吧。」

坐下後，靈芝向清萍、長銘、校嬸和娟娟解釋：水生溺水失憶之前，原是習一刀。數日前他再墜漢水，死裡逃生後恢復了原來記憶；但中間水生那段經歷卻神奇地從他腦海中消失了！「漢水阻隔於中原腹地，每逢戰亂，兵家爭渡，死者無數，新鬼怨恨，舊鬼煩愁，便做出捉弄活人的事來。」

靈芝繼續道：「習一刀就是習一刀，本來就沒有何水生，只是現在重歸於無吧了。水生只是在一個偶然的錯誤下存在了一刻。清萍姑娘，妳現在明白我為甚麼要阻止你們成親了吧。那夫妻交拜的一下叩下去，以後就弄不清，不知怎樣解決了。」

靈芝牽著清萍的手，走到一角，低聲向清萍道：「其實……我跟一刀已……私訂終生，我們……兩情相悅。」說著臉就紅了。好在說謊跟害羞同樣都是臉紅的，清萍見了也就更同情靈芝了。

靈芝道：「妳是否非嫁習大哥不可？」清萍無話，不答。靈芝嘆了口氣，幽幽地道：「但我這一生卻只能嫁他了。」

清萍復走到習一刀面前，最後一次問他：「你真是記不得我？」

習一刀抱歉地道：「我是從未見過姑娘。」

清萍笑笑，道：「那麼，是我認錯人了，我還以為你是我的一位親人呢。」

清萍回過頭來，校嬸赫然見到清萍一直緊蹙著的雙眉舒展開了，猶如烏雲散盡，冰雪消融。

「聽說桃花江現在花兒正盛放，不如我們去遊玩吧。」清萍道。

長銘聞言，立刻跑去雇驢車。

娟娟埋怨：「今早逛到現在，有些倦啦。」

說時，便吃了校嬸一記爆栗，摸著額頭呼痛。

校嬸笑罵：「一會兒給妳買串冰糖葫蘆。」

「我要吃兩串。」

「好吧，今天給妳買三串也行。」

這時驢車來了，四人便說著笑話，登上車子去了。

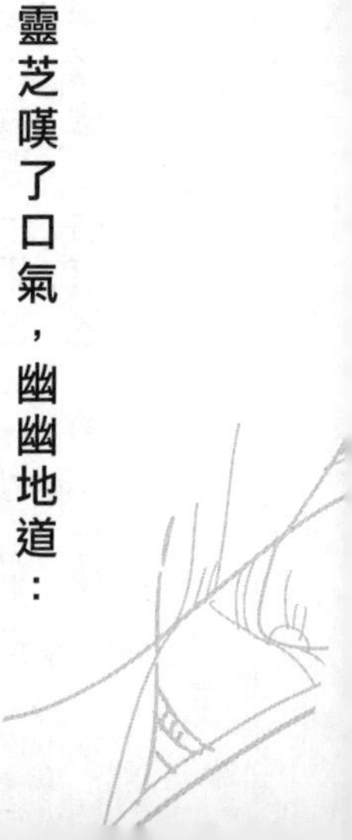

霸中原銅錘虎虎生風，江採蓉被迫得左支左拙，一閃身，便避進草叢中。

霸中原冷笑，因為他有個外號，叫耳聽十方，天上地下的動靜，都逃不過他的耳朵。

「嘶」的一下繩鞭破空之聲，來自身後。他循聲認定敵人身形，銅錘反手一擊。面上露出殘忍的微笑，期待敵人骨頭碎裂的聲音。

一擊落空，背後空空如也！同時面前繩鞭如劍襲來，他回手已然不及，便被江採蓉手中繩刺穿咽喉，倒地喪命。

背後，蕭婉自樹中鑽出來。江採蓉讚道：「妳這最後一票，幹得漂亮。」

突然「嘶」的一聲，蕭婉一劍刺來，嚇得正在低頭收繩的江採蓉急忙閃避。

卻沒有劍刺來，江採蓉定下神來，發覺又是蕭婉嘴裡發出的聲音，才想起蕭婉用的不是劍而是兩枝峨眉分水刺。他笑笑，道：「這口技也是一絕，扮劍風、虎嘯、人聲，都維妙維肖，幫我除去了不少敵人。別退隱吧，留下來幫我，我加妳酬金。」

蕭婉搖搖頭，道：「這些年來，多謝公子惠顧。我也賺夠，要好好享受一下。」

江採蓉道：「隨妳吧，來，多年相識，我給妳餞行。」

江邊，二人相對痛飲。蕭婉神情愉快，曲起一腳，舒坦地倚坐胡床上。江採蓉數說著合作過的買賣。說到蕭婉威風之處，蕭婉豪邁地仰天而笑，響徹山岳。

「那次只我們二人，就破了荊棘寨，擒殺一百四十七個賊匪，想起也痛快。」蕭婉大笑，又痛飲一杯。

「只恨妳被那匪首賽鍾馗當胸抓了一把。」

「所以我說，公子閹他閹得好。」

「但說來，妳的胸脯也真的大呢。」

「公子醉了。我的胸脯大不大，是我自己的事，與你無關。」

「我也想看看啊。」

「你胡說甚麼！」蕭婉聞言大怒。這一怒，才發覺自己全身已使不出勁來。

「姓江的，你在酒裡下了甚麼藥?!你……你想幹甚麼，放開我！」江採蓉已是將蕭婉放在地上，將其身上衣物，一件件地脫下來。

「我這個一百兩可陪上床的破貨，有甚麼好看，你放了我吧。」

江採蓉數算著從蕭婉身上搜出的銀票，道：「妳這項一百兩的買賣從未發過市吧。」

他將銀票收到自己身。蕭婉急道：「銀票還我！」

江採蓉笑笑道：「妳要來也沒用了。放心，我那裡希罕這些少錢，我會加倍送到妳徽州的家鄉。」又道：「抱歉，妳知道那麼多我的事，以為我真的安心放妳走?!」

「其他的接頭人都讓我離去啊。」

「傻丫頭，那些接頭人，全都是我的人。妳以為自己真的是自由接買賣？妳一直只為我工作啊。」

說著，已將蕭婉脱光。口裡讚嘆道：「嘖嘖，果然是極品啊！」

為了好好觀賞，他站起來，退後一步。

蕭婉突地鼓起聚積起來的一點力氣，翻了一個身。江採蓉卻是氣定神閒，他也估計到蕭婉有力氣翻動一下，然而翻動後離江邊還有兩步距離。他且讓蕭婉滿懷希望地掙扎一下，再慢慢將蕭婉捉回來。

然而這女子不知哪來的一下彈力，身子竟能再翻了兩翻，便轉出江崖外，朝崖下滔滔流水墜去。

江採蓉一愣。其實他只要飛撲過去，還是可以懸空將蕭婉擒回。只是蕭婉容貌只是中上，比不上任何一個跟他相好過的女子，他不值得為此冒險。

他朝下看，寒天急流，蕭婉不熟水性，且中了烈性麻藥，鐵定活不了。他暗嘆一聲；

但旋即轉念一想，要成大事，一張仁義的旗幟還是少不了的。本朝開國太宗，招聚人才，號召民眾，靠的就是仁義之名。管他的仁義是真是假，總之他成了不世之功。自己暗地裡幹的事，怎能被蕭婉傳出去?!

只是想起這奇女子，胸脯竟能有如此彈力，能讓身子翻兩個滾，心裡竟覺有點可惜：「極品，真是天下第一，人間極品啊！」。

江畔，高高瘦瘦，背著大鐵鑊的蔡順在釣魚。

他看到江心載浮載沉的白色人體，細看其血色知其未死，遂將釣絲拋去綁住，以巧勁將人拉回，再以竹竿挑到岸上。

蔡順頭頂鐵鑊走回村中。一群孩子抬頭見到鐵鑊中伸出白皙的手和腿，都圍了過來，跟著蔡順走，笑鬧著：「蔡順哥，你釣了條美人魚呀!?」。蔡順來到一間屋前，回身連踢，給每個頑童的屁股賞了一腳。頑童吃痛逃開去，他這才進入屋中，對屋中一名三四十歲的女子道：「季姐，用米水煲些薑餵這女子。」說完便轉身離去，也不取回蓋在女子身上的外衣。

次日，蔡順來探視。問過情況，便對女子道：「為甚麼不吃東西？」

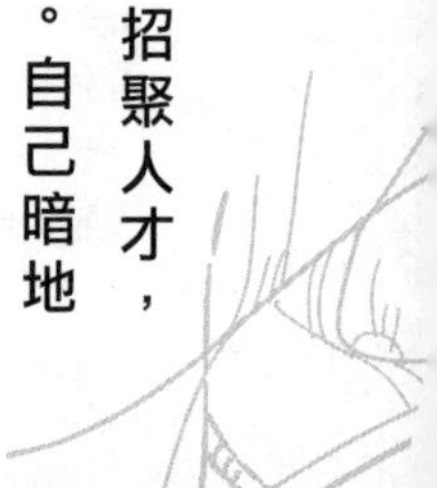

「你舊俺幹啥，俺就世不時咯。」

「妳說甚麼？」

「你救我幹麼，我就是不食。」

蔡順眼神一亮，道：「妳再說一遍剛才我們聽不懂的那句。」

蕭婉卻不說話，將頭埋到雙膝之間。蕭婉來到中原大城市後，為怕被人取笑，才努力學習城市人的腔調。此時蕭婉是自暴自棄了。自以為是個豪邁不羈的女中丈夫，誰知從一開始便被人當成小娃娃般，玩弄於股掌之間。利用完了，最後還被人脱得赤條條的，丟在冰冷的地上肆意觀賞。幸好聽師父教導，收藏起絕技，一直讓江採蓉以為自己是隻旱鴨子。不過想到那屈辱，覺得不如浸死了好。

就在這自暴自棄的情緒下，不經意便用了鄉間的語調說話。

次日，蔡順捧了一碟食物進來，放下，道：「吃一口。一口之後，吃不吃，死不死，隨便妳。」

蕭婉聽了，便隨意夾了一箸。卻不料才入口，便猛然全身一震。這……這不是在鄉間，娘親煮的小白魚嗎？

深山之中物資短缺，蕭婉的娘親有時在深潭中捕到小白魚，便烹煮給蕭婉吃。蕭婉很喜歡那鮮美的味道，那是童年最美味的食物，便叫娘也吃。娘說不喜歡吃，只是看著蕭婉吃，眼裡流露出幸福的微笑。

回憶從前，和娘一起，娘說故事，二人一起玩小孩子遊戲，就是快樂。高山早寒，不過只要伏在娘懷中，便覺溫暖。蕭婉的童年，是幸福、充滿歡笑的。

只是後來這溫暖的軀體也變冷了，漸漸變冷的時候，望著蕭婉，拼了最後一口氣叮嚀：「要……快樂……好好……生活」

蕭婉邊吃邊哭，任由眼淚小河般淌下，也不理嘴裡含著食物，一把鼻涕一把淚地呼喊著：「娘，娘親啊。」

蔡順悄悄地退出去了。

翌日，蔡順來探望。一入門，便見一女子，包頭束腰紮袖，拿著鋤頭和鏟子。一時認不出是誰，以為季姐幾時又收留了個女子。細看，原來是前日從水中撈起來的那名女子。

季姐道：「阮笑和我出去掘野薯山芋。你想個新的烹調方法吧。」

阮笑臉上無喜無悲，只在專心執拾用具，正在細察布袋有沒有破洞，一副準備外出掘取冬季食糧的樣子。幹活的裝束穿在身上，十分合適協調。阮笑脈搏綿長有力，寒天墮水可以不死，蔡順好肯定阮笑會武功；但此刻看來，這女子已是一位腳踏實地，為討生活而忙碌的村姑。蔡順感到放心了。至於阮笑是否真名，也無須深究。

他有點疲倦，便坐到椅上。才坐下，一晃眼，便見呂多多執著曲豌豆的手，冒著風雪，推門進來。呂多多笑嘻嘻的道：「你看了人家的身子，要娶人家啊。」

他聽到自己回應：「呸！我才沒你那麼迂腐。」

這邊蕭婉見到蔡順一坐下便沉沉睡著，大感驚訝。季姐卻笑笑，將一張特長的被蓋在蔡順身上，對蕭婉道：「他經常流浪修練。聽了妳那句鄉音語調，便知妳來自徽洲深山。那兒的人，最珍貴的就是這道清水煮小白魚了。他徹夜不眠，才以江中白鱸魚，烹調成那地道味兒。

昨夜又一定是憂心不知效果如何，沒睡好了。」

山道上，季姐與蕭婉各牽一匹驢子，將江中肥魚送上山上的東節村去。深山居民易患頸項腫脹之疾，蔡順遊歷各地，知道只須每隔數天進食小量魚油，即可預防此疾。

突然路旁竄出四名惡徒，淫笑道：「趕了十多天路沒沾女人，憋都憋死了。今兒走運，一來就是兩個女的。」一說著就張牙舞爪撲過來。

背後勁風掃來，四狼急忙閃開。卻是蔡順解手後回來，揮動鐵鑊驅狼。

四狼見只是一名高高瘦瘦的漢子，便舉刀圍上去殺人。只聽得哐噹哐噹之聲，蔡順舞動鐵鑊將刀招盡數擋去。四狼見第一番攻擊未能殺死來人，手中刀劈斬得更是綿密。蔡順一時間也破解不了，索性將鐵鑊護住身軀，在地上滾動，看上去就像隻翻滾著的烏龜。四狼的刀招，一時間也奈何他不得，更幾次被蔡順衝開刀陣，只是蔡順心掛二女，沒有藉機逃走。不過這樣避下去，終會失守。蔡順心中發急，這阮笑會武功啊，怎麼又不逃又不來幫忙？

季姐也急，催蕭婉快逃回村。蕭婉卻只是低下頭，從地上揀著樹枝。終於揀好了兩枝，才跑向四狼，揮著樹枝去擋刀。木頭擋鋭鐵，一時間木屑紛飛。一狼淫笑道：「娘子別心急，一會再跟妳……」卻奇怪，那「好好地玩兒」明明説了，自己卻聽不到那五個字，更突覺咽喉被異物塞住。最後見到眼前女子一抽手，從他的咽喉抽回一截尖鋭染紅了的樹枝。濃烈的血腥味湧入口鼻中，眼前一黑，便結束其罪惡一生。

原來蕭婉利用敵人的刀，將幼細而堅硬的樹枝削尖，當成分水刺使用，此時撲殺其餘三狼。像燕子般從刀底下滑過，當胸一刺穿心；又像飛燕穿越樹叢，從刀網鑽入，刺穿殘餘兩狼咽喉。

「妳不如多等兩個時辰才來救我。」蔡順拍著身上塵土，從地上爬起來，一邊不滿地嚷道。

「揀樹枝要時間嘛。」蕭婉道：「再說，一時三刻你也死不了。」剛才一場打鬥，阮笑發現，以蔡順跑江湖的武功和一股巧內勁，別人想殺他不易；但要他殺人，也是很難。

蔡順指著左邊一具屍首道：「這人我見過，是紅蓮教的。」因修習廚藝而長期流浪，令他善於記人樣貌。

蕭婉道指著右邊的一具屍首道：「這個是紅蓮教的一個副堂主。」江採蓉跟紅蓮教的人有來往，蕭婉見過好幾個紅蓮教的人。

蔡順也不問蕭婉怎會知道，想了想，道：「紅蓮教的勢力，跟這兒原本相隔五、六個縣，怎麼派個副堂主，鬼鬼祟祟地跑到這兒來？這樣吧，我去那幾個縣，托朋友查探一下。」

隨後又道：「叫東節村民，有事便循穿山古道，到我們村子聚集。如見到三道煙火，也立刻來。」

朝蕭婉說了聲「拜託妳了。」便轉身走了。

山上村民，見二人到來，立刻丟下工作來迎，且奔走相告。轉瞬間，村口偌大的空地幾乎擠滿了人，蕭婉懷疑全村人都來了。他們蔡先生近況如何、蔡大哥身體無恙地問候蔡順。看來村民尊敬蔡順，愛屋及烏，對二女也是待如上賓。

蕭婉長於深山，知道高山土地遠不及平原肥沃，因此糧食都極為短缺；但這兒無論大人小孩皆面色紅潤，小孩子更全是胖胖的。蕭婉心中大奇，在自己村中，大人將食物留給小孩，小孩還算健康但大人就吃不飽。

村民請二人吃飯。綠色的一碟，是炒樹葉；棕色的是燴樹皮。高山雖難種農作物；但樹木茂密。蔡順教村民將其中幾種樹的皮和葉，製成食糧。還教他們略施小技巧，將之弄得美味。桌上還有一碟黑色的餅，吃下去香脆可口，裡面混著白色的肉，很有嚼勁。

村長還說：「蔡先生還教我們吃觀音土呢。」

蕭婉愕然：「觀音土吃下去雖能飽肚；但會塞住人的腸，使人喪命的啊。」

村長笑道：「土會塞腸；但泥中有飽肚之物。蔡先生教我們，只要將觀音土浸水，然後只飲那水就可以了。剩下的觀音土，適宜耕種呢。」

村長叫孩子拿「碧青水」來奉客。季姐飲著很享受的樣子。蕭婉飲下，心頭猛震，幾乎將杯中液體濺出來。

這明明是酒，是好酒，而且可以說是第一流的好酒！甘香醇美，且飲下使人渾身舒暢忘俗，猶如聽聞日暮倚修竹的美人，彈箏唱歌。

那次江採蓉偷掘了長王集的金礦後，設宴與親信狂歡，飲過據說是天下第一，產自西昌，只進貢皇上的琥珀金黃葡萄酒。碧青「水」絕不會給琥珀金黃葡萄酒比下去。而且，聽村長說，碧青水是以此地的碧青竹葉和山中溪水釀成。附近幾座山長滿了碧青竹，高山流水更是取之不竭！其產量，必遠多於一年只能釀得數十斤的琥珀金黃葡萄酒。

可惜，生逢亂世，窮鄉良民而有此寶，恐怕結果只會引來貪官土豪惡霸覬覦。聖人無罪，懷璧其罪，想到這兒，蕭婉只覺碧青竟可能是不祥禍水，於是對村長說明，並說道：「碧青水的存在，千萬別告訴他人。」

村長笑笑道：「多謝姑娘費心。此中利害，蔡先生釀成碧青水時，已告訴了我們。要不，怎麼我們只叫它作『水』。」

「沒人拿過碧青水去換錢吧!?」

「放心，絕不會，這兒的人都聽蔡大哥的。」村長的大兒子一拍胸口說道。

夜裡，二人睡在房中，閒談著。

季姐問：「妳知道那黑色的餅是甚麼嗎？」

蕭婉說不知。季姐道：「是蜈蚣和毒蝎。從前這些害蟲為患，蔡順教他們如何捕捉，如何燒烤成為美味。這樣還補足了這兒缺乏的肉類。」

若是從前跟著江採蓉混，錦衣肉食時，聽到原來自己吃了這些醜惡的蟲，一定嘔吐。現在蕭婉雖然嚇了一跳；但隨即想起那香脆的滋味，還可以令自己吃得飽。

蕭婉拉拉身上的被，道：「這被短了些，露出腳掌來了。要是蔡大哥，只怕連小腿都要露出來了。

對了，妳家的被也真長呢，妳怎麼會有那麼長的被？」

鄰床不答。蕭婉轉頭去望，才發覺季姐竟這麼快睡著了，發出微微的鼻息。

蕭婉一個人回想著白天面色紅潤的大人小孩，他們笑著玩著工作著。這背後，全仗蔡順以自己的見聞和專長，幫助他們。

從前的自己，三不五時出去殺人，賺取酬金。殺人回來被江採蓉和他那幫馬屁精捧得飄飄然，直覺自己不可一世，英姿勃發。有時夜靜時想起殺人濺血，便安慰自己，說自己也不亂接買賣，不殺好人只殺有惡行的人。然而好壞誰定？往往只是聽江採蓉和他身邊的人說。也不知幫姓江的作成了幾多壞事。

自己只是以不正當的殺人手段賺得厚利；而蔡順，是一味幫人，將窮村變成樂土，且也不為報酬。於是蕭婉又計算著，今天送了肥魚來，可以幫多少村民免於頸項腫脹之疾，讓多少孩子可以快樂健康地聽娘親說故事。說不定將來，自己還可助村民抵擋紅蓮教的惡勢力。

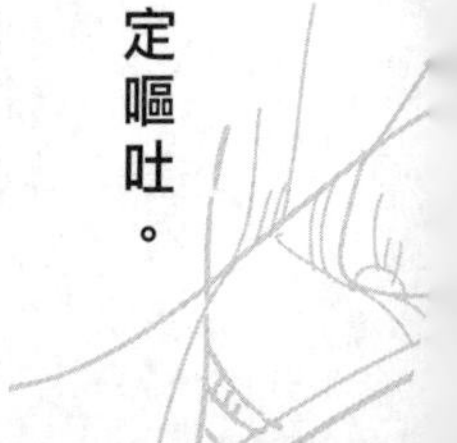

此時，蕭婉感受到山村的靜，是安寧祥和的靜；跟以前黑夜埋伏，伺機殺人時那種緊張的死寂截然不同。

透過窗櫺，剛好直望到一輪明月，如霜似雪，月華洗淨碧空。蕭婉生平第一次感到，月兒的純潔可愛。

盜墓迷離

正瀟瀟夜雨鬼吹燈，深宵盜皇陵。度冷月疏星，野店荒城。如鼠入蛇窟，蛛網走流螢。為明珠寶鼎，神祇祐命。

難逃落石萬鈞，怕雨箭無聲，百毒無形。與君覓富貴，生死亦迷離。壇上何物指陰兵，盡左右八門皆死地。爭如我膽正命平，拔刀，共鬼王拼。

習一刀和靈芝在山春縣遊玩了數天，靈芝看來十分高興。突然聽說有人騎著肥豬，撞倒了市集的攤子，沒錢賠被罰去建城牆。他立刻趕去東城，果然見到豌豆和肥豬十五兒呆在那兒。呂多多見到習一刀，立刻交了罰金走過來，道：「還是用這個方法找你便捷些。」

呂多多告訴他，紅蓮教多行不義，玉蓮盟欲將之剿滅，雙方對峙於車廂峽。玉蓮盟教主銀舫知道，如能向梁王借得軍隊及其大將霍猛虎，便可剿滅紅蓮。只是梁王要先得到天下第一行書蘭亭序，才肯發兵。

「如何方可得到蘭亭序？」

呂多多道：「梁王已找到藏有此帖的墓穴，但須得能人盜墓。」

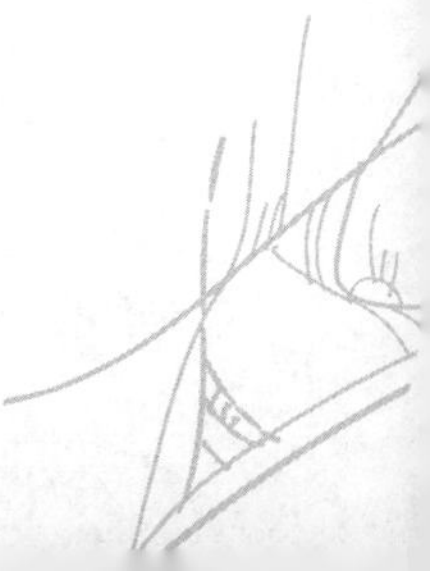

習一刀慨然道：「我去取之。靈芝，妳精通陰陽五行之術，應付墓中機關一定綽綽有餘。」

靈芝急道：「墓藏天下第一珍寶，其中機關必定非同小可，怎可輕往呢？」

習一刀道：「紅蓮教勾結貪官，為禍州縣，我豈能坐視不理!?」

靈芝沉吟了好一會，道：「好吧，我助你吧。」

習一刀喜道：「那最好不過了。」

二人進入深山，依地圖來到入口處，卻只見石壁。靈芝領習一刀直朝石壁走去，看看撞上，卻原來崖壁之間有隙縫剛可容人通過，只是離遠完全察看不出。

後面是另一道崖壁，靈芝計算方位，在某處撥開藤蔓，便見小洞，這小洞必是以前的盜墓人所鑿。盜墓人得手離穴，必會將洞口封閉。看來之前的盜墓人，竟全都有進無出！

進入墓穴後，二人避過無數蛇蝎毒蟲，繞過幾個下面佈滿利刃的陷阱，便到一方形隧道。

巨石陣

這方形隧道的地上，遍佈著壓扁了的人，好像一張張薄紙。旗幟本是一塊布，因此還能辨認上面書的一個溫字。看來是那個專門盜墓的溫韜，怪不得後來史書上沒見説他，原來死了在這兒。

靈芝看了一會，將一塊小石頭，擲在平地上某處。霎時，一塊巨石落下，蓬的一聲震耳欲聾，掀起的勁風吹動衣衫。習一刀再張眼時，眼前只見石體，哪裡還有洞穴!?正發愣間，那巨石又緩緩升起，洞穴復行露出。靈芝道：「可以過去了。」習一刀怔怔地道：「這是為何？」靈芝道：「機關發動一次之後，需時以水力推動恢復，方能再次發動，我們可趁此際跑過去。」

走過巨石陣時，見到地上衣衫旁盡是白粉，當是骨頭經多次重壓而成，習一刀想著，不禁不寒而慄。

毒箭陣

再前行一段，見地上有數堆白骨，白骨中有短箭，箭頭發黑，顯然有毒。靈芝計算一番後，向地上連擲十三塊石頭，都沒有觸動機關，沒有箭射出來。靈芝道：「踏這十三個位置過去。」

一路順利，十一步跳到十二步之間，距離較遠，且要側身而跳。仍是習一刀先跳，站穩了再接靈芝過去。

誰知二人剛站好，一陣飛箭疾射而至！此時二人身形彆扭，難以施展。

靈芝這才明白了五行八卦、奇門遁甲之中，更深奧的學問。弄通了這機關安排的算法，靈芝頓時豁然開朗，突破本身學問層次，進窺宗師之境。

只是，如今毒箭已射到身畔，二人能活命嗎？

習一刀索性做了個更不自然的動作。他抱著靈芝，倒向地上。

這一倒下，便避過大蓬箭雨。他再將長刀在半空劃了一圈，刀鋒便擋下大部份毒箭，可是餘下的十多枝毒箭，卻是刀長莫及。

只是這些漏網毒箭，卻如疾風中的蓬草，全被吹到一旁去。

原來習一刀兩次在漢水力抗漩渦時，不自覺地提升了內力。此時因禍得福，內力帶起的勁風，將毒箭吹走，救了二人。

雖然暫時避過危機；但若二人倒在地上，必會觸動機關，會有更多毒箭射出。

幸好觸地之前，習一刀及時將刀尖刺中第十三步位置，抱著靈芝，一個大翻身，便躍離了毒箭陣！

冥河

他們步步為營地走了一段路，靈芝突然將火把吹熄。說道：「我嗅到黑油的氣味，這黑油遇火即燃。」

完全的黑暗中再前行一段，赫然便見天上閃爍的繁星，照耀者黑黑的一條河。星星還會動。二人深入地穴，怎會處身夜空中？

二人習慣了黑暗後，赫然發現，那星星是無數隻狸貓的眼睛。河中黑黑的便是黑油，在這幽邈的地下，恰恰便是一條冥河。這冥河頗闊，施輕功也要兩三個起落才能渡過。

二人思量之際，黑暗中竟隱然盪出一輕舟來，舟上竟立有划槳之人！二人細看，原來是一隻胖嘟嘟、眼睛圓滾滾的狸貓。靈芝左右顧盼，便道：「登舟吧。」

習一刀遲疑。靈芝指著冥河上散佈的白色物體道：「看到那些白骨嗎？那便是不願登舟的後果。」稍停又道：「可能，這一關是考驗『信任』吧。奸惡之人，一定連如此可愛的小動物也不信任。他們以自己的方法過河，結果大都掉進冥河中死了。」

二人登舟。輕舟飄盪著，冥河如處於幽靜的靈界中，舉頭是詭異的星空。突然划槳的那隻狸貓唱起歌來，竟如幽怨的女子，夜半哀鳴，柔腸百轉。聲如玉簫，清越動聽，直入人心。這時其他的狸貓一起加入，就像眾多女子一起哀鳴，如自遠飄至，乍聽似散亂，卻是和應著最初那位女子，訴說著各種不幸的際遇、夜夜的無奈；卻怨而不怒，哀而不恨，像說著別人的故事。

孤舟之中，聽著奇幻的歌曲，二人何曾遇過如斯景象，不禁聽得悠然神往。到得彼岸，二人一躍離舟。那划槳的狸貓也跟了下來，向他們伸出手，小孩裝大人似地，和二人拉了手，才輕快的走了。這時一隻體形較大的的狸貓向牠走去。

突然，那較大的狸貓向划槳狸貓撲去，張口就咬，嘴裡露出尖銳的獠牙。

靈芝驚叫：「不好，那隻不是狸貓，是狐狸假扮的！」

划槳狸貓不住慘叫，狐狸咬著牠朝一個小洞跑去，看來狐狸就是從那洞穴潛入。其他狸貓見到狐狸，吱吱叫著亂逃。眼看就讓狐狸得手，逃出去後將划槳狸貓吃掉。

靈芝急忙大喊，指著洞口招呼眾狸貓：「快堵住洞口，我們會幫你們！」

眾狸貓平素懼怕狐狸，見之即逃，今日見有人相助，竟然回身擋住狐狸去路。那狐狸料不到有此一變，腳下一慢，習一刀早已趕到，從後一劈將之了結。

看划槳狸貓，受傷不輕。靈芝撕下衣袖給牠包紮，習一刀將牠抱在懷內，一面走一面以內力為其療傷。

黑暗中拐了數彎，突然燈火通明，亮如白晝，二人驟然未能適應，眩目不能視物。到恢復視力時，二人卻是驚嚇得目瞪口呆。

地底深處，古墓之中，眼前竟是一個明亮的大閣樓，閣中人影綽綽，竟是有數十人在活動著！二人如墜夢中，呆呆地看著。

光是來自利用黑油燃點的火把，閣中十數張桌上擺滿珍珠寶石，映射著璀璨光芒。待二人定下神來，才發覺閣中人並非真在活動。只因他們的姿勢，是正在行走之中，看寶物的神情是如此專注、歡欣，火光掩映之下，看去便是栩栩如生，可以說是比真正的活人更逼真。

習一刀見一人穿紫色官服，手執上佳寶石，面卻露出悲苦之色，大感奇怪。再看此人腰間，佩有紫金魚袋，上刻一蕭字。難道此人竟是從辯機手上騙走蘭亭序的蕭翼？他怎麼會在這兒？習一刀大是好奇，便走過去要看清楚。

入得閣內，寶石突然散發亮光，如陣陣微波盪漾而至，吸人眼目。

此時地上鮮紅磨菇發出宜人香氣，悠悠襲來。習一刀嗅著，便看到，每塊寶石底下都閃爍著另一個世界，綠的是原野，紅的是熱情，玫瑰紅的如美女的唇，藍的是冰雪無塵，通透的是澄明世界。珍珠不同層次的白，更是絕對的純潔。

在這些世界中，忘了世間的煩憂吧！世間有甚麼煩憂呢？他竟一時想不起來了。所以他更不想離開這兒的世界，因為害怕一旦離開，無數的煩憂便會紛然襲至。

靈芝驟見習一刀入閣，阻止已然不及。再看他入閣後，人便恍恍惚惚，似是與外界完全隔絕，叫之亦不聞。靈芝心下惶急，卻不敢貿然入內拯救，一時想不到方法。難道便任由習一刀永留閣內，和那些人一樣日久衰竭而死？

習一刀正自快活，忘卻歸去之際，突然有柔軟的小嘴吻在他的臉上。他低頭一看，不禁愕然。在他懷中的，不正是經常入夢的小師妹嗎？小師妹怎麼復生了，而且縮小得整個人能讓他抱在懷中。

小師妹調皮地向他笑笑，便跳到地上。由於只有小孩的高度，小師妹高舉起小手來，拖著他的大手，便緩緩步出閣外。這時習一刀只顧低頭看著小師妹，沒理會珍寶了。

閣外，靈芝見到習一刀懷中的狸貓，伸出脖子來，用舌頭舐了舐習一刀的臉，習一刀便跟著牠走。有一刻，靈芝竟也有點幻覺，見到狸貓變成了一個小女孩。

習一刀平安歸來，靈芝便嗔怪他：「我叫你，你怎麼不應我！」

後來二人細思，這賞心悅目閣應是蕭翼所創。只是此人愛財，有才無德，以為可以安全盜走閣中最好的寶石，不料陷在閣中不能自拔。臨死時省起作繭自斃，故而露出悲苦之色。

壇上何物

蘭亭何以真跡絕？

蘭亭序，筆法如落霞孤鶩，行雲流水，天人合一，取法自然。帖內有黃酒小菜，小橋流水，城鄉人家，夕陽餘暉，雪浪崩岩；由此堆成的兒女情懷，英雄氣魄，歲月江山。人壽有盡，藝術無限。二人離遠看見蘭亭序的真跡時，習一刀便白了何以帝皇死矣，猶不欲放手。

只是二人與蘭亭序之間，橫阻著二十名穿上將服的武士，分別持槍、槊、大刀、畫戟、鐧、九齒鎲、竹節鞭、開山斧等武器。高處另有一壇，壇上黃袍人執令旗，最是威風。這二十將連同黃袍鬼皇，應是已死多時，只是不知以甚麼咒語何等巫術藥物，讓他們遇盜墓人時可以活動起來。

習一刀甫入陣中，黃袍鬼皇便揮舞令旗，二十將迅速結陣。習一刀迴旋騰躍，閃過兵器，窺空出刀，立刻劈中近身四將的致命要害。正當他要繼續破陣時，這四將彷彿不知自己已中刀，武器仍是擊打下來，虎虎生風。習一刀不虞如此，幾乎中了一鐧。他倒地避開，狼狽地滾出陣來。

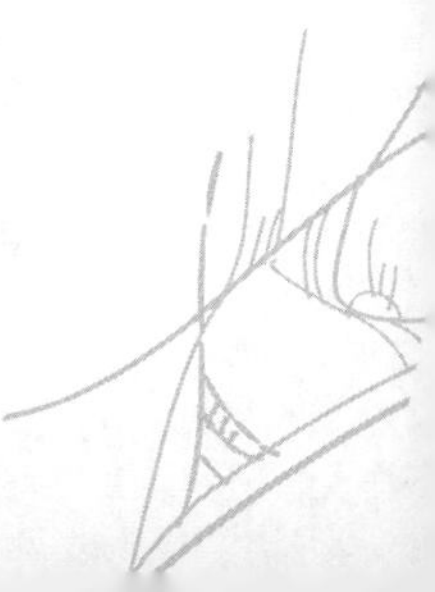

他定過神來再闖，這次出手更快更猛，連劈十多將，有幾個被他劈成兩段。然而結果仍是一樣，眾將恍如不覺，中刀的仍是向他攻擊，劈成兩段的將肢幹一接，馬上便黏合了。

習一刀再度逃出陣來。「這樣打法對他們無用，他們根本就是已死之人，再中多少刀，都不會再死一次的。」靈芝道：「從這地上死人的服飾，我認得幾位還是武林名家呢。這樣打下去，只有死，不會勝。」

靈芝又道：「其實你無須跟他們打。」

「不打怎樣拿到墨寶？」

「我們的目的是蘭亭序，而不是要打倒他們。」靈芝道：「看見嗎，他們結陣之處，離開蘭亭序足有十丈。」

「咦，對啊，要保護如此珍貴之物，怎麼不就近保護呢？」

靈芝望望習一刀，道：「你給漢水淹壞了腦袋嗎？這問題從前是不會難倒你的啊。」

習一刀搔搔後腦，訕訕地道：「給妳這一說，我的腦袋也真是懶了點。讓我想想……呀，對了，他們好可能是害怕這寶物！」

「不錯，因為他們都是陰物，蘭亭序則是天地正氣，他們是近不得的。墓主當初也是想不到這點。」遂附耳教習一刀凌波微步。靈芝武功不高；但於避敵逃走卻自有一套絕學。

習一刀忽左忽右，似退還前，眼看是躍高忽然又貼地蛇遊溜走。那些武將生前無不是萬人敵，臨的盡是叱咤戰陣、千軍萬馬，幾曾見過如此無賴招式；況且靈芝天賦聰明，更在這套「武功」上鑽研多時，陣勢轉瞬便被習一刀衝過大半。

忽然，眾武將調整步伐，習一刀又覺人影疊疊，難以前進。原來是壇上黃衣鬼皇識得竅門，揮令旗指示眾將變陣，走動阻擋。

靈芝立刻放出長長的緞帶，緞帶直撲鬼皇，鬼皇要應付緞帶，遂未能指揮自如；而且下面眾將抬頭，只見緞帶亂舞，根本認不清令旗。眾將分神之間，習一刀一個懶驢打滾，已滾到放置蘭亭序的架下，跳起來取了蘭亭序。

他將蘭亭高舉頭上，越眾將而出陣。鬼皇拼命催眾將上前攔阻，然而眾將見到蘭亭，都不敢近前。有上前者，稍近蘭亭，蘭亭便似有一道黃光射出，上前者皆掩面急退。

鬼皇眼睜睜看著蘭亭遠去，氣得手舞足蹈，吱吱亂叫。這叫，其實是罵，只是人死已久，咽喉已腐，只能發出刺耳難聽的吱吱叫聲。

靈芝驟然停步回身，舉頭朝鬼皇道：「你人都死了，卻攬著天下第一行書不放，不讓後人欣賞。你說你如此自私，做得對嗎？而且這一腔私欲不了，害得你和你麾下這二十員大將不得安息，值得嗎？你不如放手，大家好好安息去吧。」

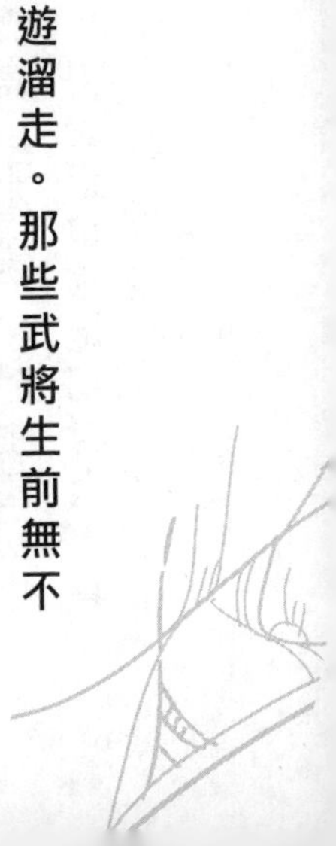

那鬼皇聞言，仰天「吱呀」一聲狂叫，叫得墓穴震動，然後便翻身嘭的一聲倒下。那二十將也隨之倒了。

二人小心翼翼地走出墓穴。習一刀只見落葉亂舞，秋菊遍開。任務完成，豪氣頓生，轉頭看靈芝，也覺靈芝英姿颯爽。

靈芝沉吟一會，有感而發：「這後三道機關殺盡盜墓人，都是針對人的內心，不信任，自以為是，貪嗔痴。唉，其實整個墓穴都是因為人的妄念而產生。」

回去見梁王；但直至梁王應允，每年至少一天公開展示蘭亭序，習一刀才將寶物獻出。

這天，習一刀安排好赴京跟從項乙，便到靈芝房中找靈芝説話。他喜孜孜地進得門來，看看桌上，便驚訝地問：「咦，我昨天買給你的牛肉包，妳為甚麼不吃啊？」

靈芝狠狠地瞪了他一眼，道：「習一刀，我幾時説過喜歡吃牛肉包？」

習一刀呆了起來：「牛肉包好吃呀，而且這檔賣的多汁呢。」

靈芝提高了聲調：「我喜歡吃的是饅頭！我從來都不愛吃牛肉包，你有沒有問過我？還有，你不知道吃太多牛肉包會長胖的嗎？」

「得了，我以後會先問妳喜歡吃甚麼。」

「問？不勞費心了。你從來都不會理會我的感受。你去盜墓，有先問過我嗎？」

「這是行俠仗義的事啊。」

靈芝道：「天下的事，你能全管得了嗎？今日玉蓮，明日玉石，後日玉牛叫你去衝，你也去嗎？

你跟銀舫、紫憐感情很好的嗎？這樣為人家賣命！

闖毒箭陣時，我們就幾乎死了……我不是永遠都計算正確的。若不是你的內勁在力抗漢水時提升了，我們已經死在墓中，已經是兩具屍體了！」

「不是妳自己應承去的嗎？」

靈芝忍不住喊了出來：「習一刀，你這個白痴，你還不明白麼?!我不跟你去，你現在已經死了！」

一時二人靜默，只有靈芝吸鼻子的哭聲。半晌，靈芝頭也不抬地道：「怪不得清萍姑娘不要你了。一刀，我也要離開你了，你以後不要再找我，你以後……萬事小心。」

習一刀卻道：「也好，我也要赴京找項乙，妳還是回家去，跟妳爹好好過平靜的生活。」

這一下靈芝怒不可遏，跳將起來，拿起桌上的牛肉包，運足內勁朝習一刀狠狠擲去。然後拿起包袱衝出門，施展輕功走了。

習一刀摸著額角腫起來的地方，慢慢走出房來，看看，已沒了靈芝芳蹤。

今夜酒不醉人

八月十四夜，濃雲遮月，皇宮院內。

一名巡邏的侍衛，瞟見暗角柱後，似有一片衣角一閃而沒，遂跑過去察看。

他剛繞到柱後，突覺胸口一涼，已被刺穿。臨死前，他見到一名負責打掃的低級宮女，正從他胸口拔出尖幼的利器。

刺客以為已殺人滅口。誰知侍衛倒地，其身一橫，身上銅鈴便自動哐噹作響，立刻便聞侍衛趕來。

眾侍衛見刺客衝入置酒的醇香閣，便待衝入去。

突然，刺客破窗而出，衣衫飄飄，已化身成蝶，飛過高牆，逃出宮外。

眾侍衛躍上高牆，暗器弓弩便朝刺客身上招呼。但聽得只有噗噗噗衣衫穿破之聲。一名黑衣勁裝女子，已竄到十數丈開外。

「金蟬脫殼」之計！眼看刺客就要遠遁，海闊天空。眾侍衛心想這次糟糕了。

突然，刺客發覺前面豎了一堵牆。

是一個昂然而立的男子，劍已出鞘。

是羽林軍統領項乙。

他聽聞習一刀潦倒江南，四處流浪，便將他招到宮中，欲讓他當侍衛副統領。習一刀不愛當官，只願當項乙的助手。此時項乙著習一刀留守皇上身邊，自己施展絕頂輕功，先眾守衛而至。

刺客右手執長如手臂，但尖細如幼竹的兵器，朝眼前人當胸疾刺，是完全不要命的打法。

項乙閃到刺客右側。刺客窺準這一剎空檔，向前飛逃。

突然刺客右脇下劇痛，兵器脫手。

原來項乙閃避的同時，長劍自刺客右手底下滑過去，點刺脇下，廢其右臂。

項乙劍不停，畫了道弧線，已削斷其右腳脛。

項乙鋒銳再吐，欲廢其左臂，將之生擒。

刺到半路，正好雲破月出，流光照射，赫見刺客左手已拉出一條幼線。

項乙立刻飛劍斷其左手，同時向一旁翻滾開去。

飛劍雖能斬手，然而引線已拉出。但聽一聲炸響，混著火樂味的血肉碎片，如雨灑在項乙身上。

項乙吩咐趕過來的侍衛，仔細搜查現場遺物，便趕回宮中，趕緊安排追查幕後主腦。他當然沒有告訴手下，自己心中很惱恨。

剛才，他的第二劍，其實應該立刻廢了刺客的左手，阻其自盡，而不應該斬腳。若此一失誤，導致主腦逍遙，讓危險繼續潛伏，實在是有負皇上對自己的信任啊！

當晚查明，刺客是進宮才十日，低級差役宮女沈姑。其房間內有燒毀了的衣服雜物。其爹娘被即時收押。爆炸現場有玉石碎片，拼合後，其爹娘認得是他們送給沈姑的配飾。侍衛赫然發現，同房名喚馮秀的宮女被殺！屍首被藏於床下。

更令眾人在意的是，馮秀臨死時，以指蘸血，依稀寫了：十五刀上。

項乙和習一刀推斷，這寫的應是：八月十五刺（刀）皇上。

如果是斷頭，馮秀便沒機會寫了。只是沈姑身形生得矮胖古怪，常被嘲笑欺負。惟有馮秀善待沈姑。

馮秀跟沈姑親近，可能偶然發現了沈姑的秘密，因此被滅口。沈姑欲讓其留全屍，故在其胸口刺了五個透洞。

「卻不料，馮秀的一顆心天生歪了二、三寸，所以留得絲縷氣息，寫了簡單數字。」原職驗屍人的習一刀即時剖驗後説道。

皇城早晨的空氣，略帶寒涼。徹夜無眠的項習二人，吸了一口，猛然抖擻了精神。

「八月十五。現在就是八月十五的早晨了。」項乙推敲著案情，向身邊的習一刀説道。

習一刀應道：「會不會是，沈姑原本計劃今天行刺，只是被馮秀察覺，等不及了才在昨夜提早行動。」

項乙沉聲道：「我是在意，馮秀的遺言，竟合了京師近來流傳的童謠，其中有句『狐狸碧眼兒，拜月吞至尊』。」

習一刀插話：「碧眼狐狸，是指胡人了。不如奏請皇上，別讓番邦使臣參與今晚的中秋宴會吧。」

項乙搖搖頭，説道：「皇上説，絕不會因幾句童謠而絕中外友好，如此也墮了天朝威風。

順藤摸瓜，已知童謠源起平康里。希望能趕及入夜前逮到造謠人，令他們供出幕後計劃及主腦。」

此時，一名待衛隊長奔來，向項乙報告：「不好了，京兆尹拒絕抽調衙門人手。他暗示是丞相施壓阻止的。」

「身為隊長，皇城之內，你氣急敗壞的跑甚麼！」項乙罵得隊長低下頭去，然後想了想，道：「你立刻出城，請丐幫八大長老，各攜兩名得力弟子，暗中入城，協助追查。你記得帶二十四套整齊衣服去給他們更換。」

那隊長問道：「只是丞相府下了令，中秋前不准丐幫中人留在京城。」

「皇上的安全最重要，別理那不知所謂的禁令了。若被追究全部由我負責。快去！」

隊長去後，習一刀氣憤地道：「丞相竟置皇上安危於不顧！」

項乙平靜地道：「他壓根兒不相信那童謠。而且，他是想乘機參我，遲遲未能追緝到散播謠言之人。

我們今夜，一定要隔斷胡兒移向皇上的路線。」

（我是一段沉浸在死水中的木頭。我沒有生命，沒有思想，甚麼都沒有，我消失了，消失，已消失……）

月氏帶來的侏儒，口中居然噴出烘烘烈火，羯族的崑崙奴，獻的雜耍竟是飛刀。

皇上鼓掌稱好。眾侍衛的一顆心卻懸到半空去了。他們散落地，似是隨意地站著，其實是面向胡人，在皇上前面組成了扇形、密不透風的防衛陣勢。

在別人眼中，項乙是從容地站在階下。

實則此時，他將視野擴闊到極限，眼與心並用，盯住混雜在宗親、大臣中的每個胡人，他知道不能看漏了每個胡人的動作神情。遺漏了任何一個小節，都可能造成極嚴重的後果。

他還要監察著每名侍衛，看他們的士氣和警覺性夠不夠高。

此時他已渾然忘我。存在的，只有鷹一般的偵察，兔子一般的警惕。他，項乙本身，猶如已消失了。

精彩的獻技後，便是皇上賜菊歌酒。酒是開國年間釀製，今年始熟。

所謂賜酒，實只是儀式。太監小高子會將酒呈到高坐五級丹墀之上的皇帝，再由天子親手開封。

（啊，水動了，天地動了。生命再度回歸。我是蟄伏土中多年的蟬，是破繭的蝶，馬上就要向世人展示我絢燦的一刻。）

習一刀覺得小高子有點滑稽，想笑。

這小小的酒瓶，小高子竟捧得吃力，微微喘氣。

陡然，習一刀神色陰沉起來，突然以最快的速度，邊轉身邊奔上丹墀，拔刀在手，

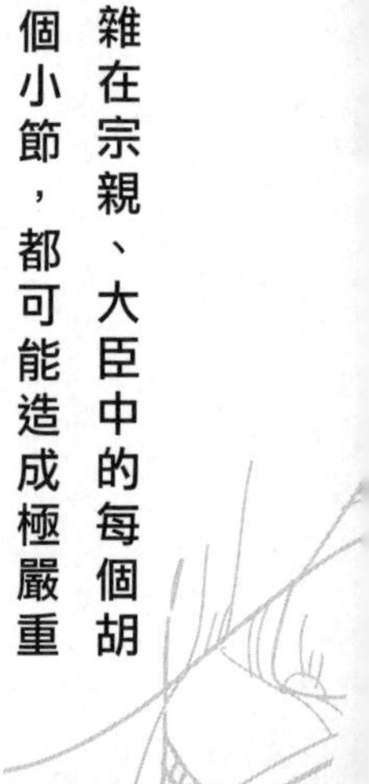

疾刺皇帝！

項乙也立刻動！

（二級、三級、四級……

去吧，這就是我生存的意義！）

天子的雍容氣度，使人如沐春風，如瞻仰青蔥的高山。

其實他豈不知，今夜可能有危險。只是，他對自己說，「國在朕掌中，而朕的性命安全，卻交給項乙好了。我且安心享受萬國衣冠拜冕旒的尊榮吧。」

突然他就看見習一刀持刀從右邊朝自己衝來。項乙也從左邊拔劍躍來。

緊接著，毫無預兆地，平靜的酒瓶，乍然裂開。

玉碎和酒液暴濺，散作漫天飛雨。眼前的一切被籠罩住了，他被籠罩著了，整個中國也被籠罩住了。

他依然穩坐如山，只拼命睜開眼。

眼前出現了一張女子蒼白小巧的臉，舉著右臂，手持一尖幼之物。眼珠冷冷地，帶著死氣直朝他望。他發覺，這定定的眼睛，因他鎮靜的迫視，霎了一下。

瓶中竟然藏有刺客！

習一刀能趕得及嗎？

不，不用懷疑，他和項乙一定趕得及，朕相信他們。

項乙和習一刀驟見酒瓶爆裂，猛然盛放一朵張狂之花，要吞噬前面的一切。酒花如浪，波浪中直竄出一條身影，猶如一條衝浪的劍魚。刺客手執形如竹筷的尖刺，疾刺向皇上。蜷伏多時，蓄勢而發，其迅如電。

一首童謠，將侍衛調到了八步之外。此時皇上與刺客之間，已無人防守！眼看下一刻，天子就要血濺殿上。

突地，刺客發覺手中尖銳之器再也刺不過去，硬生生被停住了。

一把鋼刀的尖端，斜斜刺到，正好檔住尖刺。原來習一刀到了！

再下一剎，一個人一堵牆似地擋到了皇上跟前。是項乙。

刺客毫不遲疑，尖刺在習一刀的刀身上一點，借力翻飛，直撞到一面牆上去。

刺客沒有撞牆倒在地上，反而左手一推，牆壁竟出現一個小圓洞。刺客滑洞而出。圓洞顯然是預早割好，再以漆油遮蓋。

眾侍衛繞牆追出時，只見一個小點，如月下流星，轉瞬消逝。

只是刺客亦未能全身而退。

當刺客的尖刺，果斷地在習一刀的鋼刀上發力一推，全身即將遠離時，習一刀已知不能留客。他立刻將鋼刀一翻一削，如鷹展翅、鶴翼擊水，刀鋒過處，留下了刺客那最接近刀鋒的半隻右手腕。

胡兒親睹中國皇帝天威，處驚浪如蕩輕舟；復懾於御前武士智勇無雙，皆顫慄俯伏，山呼萬歲，一時不能站立。要知大唐皇帝一旦遇刺身死，這難得的和平，塞外風吹草低見牛羊的光景，即行幻滅。

刺客現身時，丞相面如死灰，腦海中盡是一個念頭：「自己的靠山要倒了！」及至雨過天晴，他一面祝賀皇上無恙，一面心中暗喜。這項乙素來不賣自己的賬，幾次幾乎壞了自己富貴好事。如今竟讓刺客近天子之身，一會兒要抓緊時機，在皇上跟前添油加醋的説一番，好將他扳倒。

天子神色自若地，另選佳釀賜酒，然後才徐徐散席。

天子安頓好貴妃後，還恬適地睡了一覺。到早上才召見項習二人。丞相亦在座。

項乙伏地請罪：「臣辦事不力，讓刺客驚擾聖駕，罪該萬死！」

天子啟言：「項統領有功無過。若非你和習一刀合力，只怕昨夜就危險了。卿家平身。」

皇上轉頭問：「一刀如何猜到瓶中暗藏凶險？」

習一刀應道：「我聽到小高子微微喘氣，再看他肌肉繃緊的程度，估量此瓶比正常重了四分之一。我當時就驚愕住了。

我急速回想，八月十四夜，刺客直接竄上宮牆逃走，不是比較穿過醇香閣更快捷嗎？刺客還要費時間殺死守閣太監，那太不合理了。沈姑行刺，為甚麼要帶著能證明身分的配飾？即使已準備將一切炸碎。

我們從一開始便被引導著，走向要命的、錯誤的方向。

我想，侍衛見到刺客越牆。其實是此人將外衣擲出，然後快速藏身酒瓶內……刺客矮而瘦小、擅長縮骨功及龜息法。酒瓶圖畫山水優美，設計嫻雅，且擺放在近窗較遠的角落，以致看上去令人覺得小巧。小高子身材高大，而這酒瓶，竟遮住了小高子大半個胸膛。

牆外面另有矮胖的同伴接應，從衣下竄出，便使人錯覺刺客越牆。炸碎身體，是要自毀容貌，使人不知道，其身分並非宮中的沈姑。

其實這個也不是真正的沈姑。刺客早已將矮胖的沈姑殺死，盜用其身分，並在身上貼上物料裝成肥胖。房間中所焚滅的，正是那些物料。

項大人已差派侍衛，於沈姑離家赴宮途中的僻靜處，尋到沈姑屍首。稍後當釋放其爹娘。」

「一刀果然智勇雙全。」天子撫掌讚道：「若非項統領識才引薦一刀，更預先令各侍衛身上，帶著放橫即響的鈴鐺，怎能解昨夜之厄！」

皇上又問項乙：「幕後主腦調查得怎樣？」

「經已查明。」項乙稟報：「於凌晨丑時，於平康里逮到散播童謠的七個人，其中二人即時自盡。五人被微臣及時生擒。經個別審問後，查出主事人為……」

皇帝問道：「是誰？」

「是漁陽節度使。」

「甚麼！」皇上一拍座椅，龍顏大怒：「枉朕待他如此之厚！」

項乙接著道：「他們亦供出宮中內應，是一個低級太監，於其寢處搜出鋒利異常的刀。他趁漆牆時，以此割出牆洞，好讓刺客逃走。」

此時丞相發話：「現時的偵察組織，只針對已知的敵人，人手亦嫌不足。看來應添一個新隊伍了。這樣，便可將禍患消除於初起之時。」

皇上點頭道：「那麼，就交給項統領辦吧。」

項乙道：「啟稟皇上，丞相所言極是。只是微臣已身兼六組情報主持。不如讓副統領李傲負責。他能力極高，定能勝任。」

丞相道：「項統領所言不差。李傲領導禁衛，表現出色，深得大家稱讚。」

皇上沉吟了一會，終點頭應允。

項習及一眾侍衛，俱得重賞。

殉職的侍衛，獲恩恤之隆，令人咋舌。

馮秀至死忠心，獲厚恤。沈姑因皇事而歿，亦獲恩恤。

皇命：將所有叛逆，秋後凌遲，誅九族！

項乙卻不立刻回家，拉了習一刀去酒家。

悶悶地飲過數杯後，習一刀忍不住問：「增添諜報組織，大哥不是去年就向丞相提出過的麼？當時是丞相否決的。

剛才丞相卻當是自己首議，還暗暗指責大哥辦事不力。大哥為甚麼不申辯啊!?」

此時項乙微醺，面也微紅，說道：「丞相為皇上疏理好財政，聖眷正隆。若御前爭論，徒添聖上煩惱。」

習一刀又道：「李俶只是憑皇孫的身分而為副統領，其能力……」

項乙舉手截斷習一刀的話：「李副統領有其一定能力。更重要的是，丞相和他一定能好好合作。我就因不肯與丞相同流，以致遲遲未能增添情報組織，才有昨夜之危。剛才面聖前，小高子告訴我，丞相已向皇上提出，禁衛分日夜兩班，夜班由李俶任正統領。」

習一刀說道：「剛才皇上應允你的提議，看來是一定重用李俶的了。」

項乙突然笑了道：「蘇揚二州的刺史，大貪官熊八爪，不是剛給你的老朋友鳳蝶兒誅殺了嗎？我明天就會向皇上求為蘇揚刺史。」

「哦，大哥不當這統領了?!」

「當這個統領，時刻要顧及皇上、丞相和朝中貴人；偶爾趁機向皇上進言又無效果。這個統領不當也罷。不若治理好蘇揚，為國家保留一點元氣。而且，去到那兒，只要是利民的事就可以自己作主去做。哈哈，你叫鳳蝶兒別把我也當貪官殺了。」

習一刀說道：「揚州是小弟故鄉，能在揚州繼續追隨大哥，當然極好。」

見到項乙近來罕有開懷的樣子，竟難得微醉，習一刀突然心念一動，道：「只是，大哥……。」

「嗯……？」

「難道說，這段日子來，你都有點緊張嗎？」

項乙聞言，停下杯來，靜靜地深視習一刀。半晌，哈哈大笑：「賢弟幾時變得如此細心？不過，遇事迎難解決，人生才覺樂趣無窮啊！」

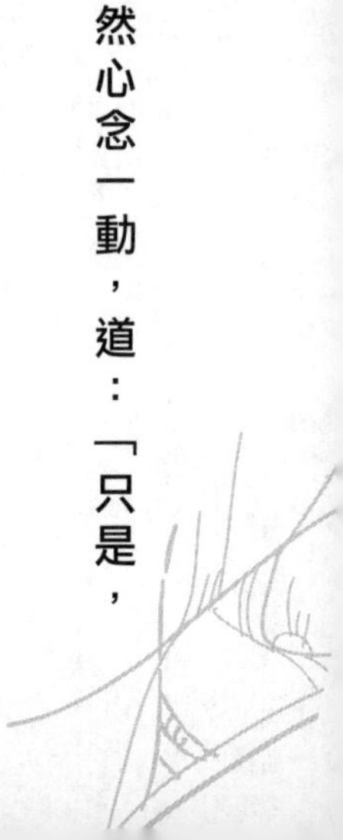

奪盟

曾經，習一刀飲馬長江時，忽聽得啜泣聲。他四下尋找，原來泥濘中躺著一名青年。青年赤裸，只腰間圍著一塊布，從肩上的勒痕看出，是拉船逆長江而上的縴夫。

「你怎麼了？」習一刀蹲下去問。

青年滿面泥污，淚眼汪汪，掛著兩行鼻涕，那眼睛讓習一刀想起少時看見過，一頭掉在穴底多日的狗。

「餓了……拉不動……。」

習一刀放下包袱內所有的乾糧，拍拍青年的肩頭才離去。

他很快便忘記了此事。

習一刀接到項乙的信，立刻趕回揚州。校場上，各門派的營寨圍著中間空地，偶而風捲起黃沙，發出乾澀的號叫，殺氣騰騰。習一刀看著甚覺討厭。中間的空地若搭起歌臺舞榭，大家圍著飲酒食肉豈不是好。他走到「唐」字旗下，旋即被請進。

「不知大哥召喚小弟有何吩咐？」

項乙與他寒喧了幾句，便入正題：「想你為大唐出力，比武奪盟。」

又是比武，習一刀噁心得想吐：「各門派皆為大唐出力，而大唐將軍兼揚州刺史，作盟主是順理成章，怎麼又要比武？」

「馬嵬坡之後，皇家威信已弱，各門派説肯為百姓出力，不願為皇上賣命。」

「以大哥的武功，足以技壓群雄。」

「我初時也是如此想，只是，中原三大高手都先後敗在一人手上。」項乙指指對面旗幟，道：「而且，都是一招，兵器便被打飛，俯首稱臣。」

習一刀看著斗大的「縴」字，疑惑道：「縴幫？他們終年縴引船隻逆流而上，有幾分蠻力，未聞出過高手啊。」

「三天後劍尊會挑戰他。若劍尊敗了，便輪到我們出戰。」

迎面來了個蓋住面紗的女郎，女郎的面紗掉下。「好美！竟然可以這麼美！」玄女讚嘆，卻覺被女郎碰了一下。玄女十分謹慎，雖然那女子的碰撞似是無意，也撫撫腰間。卻發覺小包裹已不翼而飛，大驚，回身便抓那女郎。那女郎卻泥鰍般滑行，施展輕功逃走。玄女疾奔追趕；但袋中法寶已被盜去，身法便沒有從前那麼快，難以追及。拐了幾個彎，便失去女郎蹤影。玄女面色煞白，心裡蓬蓬亂跳。呆立一會，轉身，更覺驚惶。

只見一群流氓正包圍過來。原來剛才只顧追趕，已深入陋巷。「你們意欲何為！」玄女叱喝。

玄女一轉身，流氓驟見玄女凜然的神色，都怯住了。半晌，才推出一個來，道：「你説呢，當然要你身上銀兩了。」伸出手來。玄女抓著骯髒的手腕，一扭便把他摔倒地上。其餘幾個一擁而上，玄女思忖打下去終要吃虧，沉思如何脱身，突見橫巷轉出一個漢子，看身形步法，武功不俗。流氓們見到漢子紛紛恭敬地稱呼：「幫主。」加上這名高手，玄女更難應付。玄女先是一驚，繼而一喜，大刺刺地喝道：「張牙，看你如何管教手下？好沒規矩。」張牙一愣，轉頭看，見竟是玄女，先是一喜，繼而見手下圍住玄女，一個傢伙更是倒在地上，約略估到何事，心內一驚。只見張牙躍起，半空中身形不歇，啪啪啪十數聲，每名手下便在他一招之間給結實地摑了一記耳光。

張牙折腰低揖，道：「抱歉打擾了尊駕。」原來這張牙武功不賴，自組了個小幫會，名字倒起得響噹噹：雄獅幫；卻苦無晉身之階。上次玄女來時，張牙見玄女伴在項乙身旁，便厚著面皮巴結玄女，不受理睬。

「尊駕何事光臨小地方，今欲何往？」

玄女心念急轉，此際反而去項乙的軍營安全。便無可無不可地説了。張牙聽了喜不自勝，心想怎可錯過晉見項將軍的機會，忙道：「若不嫌棄，待小人護送尊駕。」

玄女呸的一聲：「我還用你護送！」

「小人失言，小人意思是鞍前馬後，侍奉尊駕；而且由此去揚州項將軍駐紮處，小人也熟路。」

「既如此，引路吧。」這時天下已亂，盜賊如毛，有張牙這傢伙帶路還管用。

張牙和眾嘍囉簇擁著開路，果然路上平安，有些小毛賊見張牙武功已是不俗，還這般諂笑哈腰的，侍奉馬上神色冷傲的女子，這女子一定厲害得很，遂不敢來招惹。

也不知張牙從哪兒弄來駿馬；玄女原不欲張揚，被這雄獅幫幫主盛意請上馬背，心下雖慌，卻也極力裝得鎮定。幾個大膽的匪類來搞事，張牙倒是賣力，毫不惜身，掄起大棍就打，更因此身上掛了幾處彩。

這日將到揚州地界，入得大城到底安全些。不料小路上轉出一條黑漢，此人披頭散髮，活脫脫深山跑出來的野人，呼喝道：「嗤那花姑娘，快下來陪陪老子。」

「哪來的野漢，不識我們雄獅幫幫主！」眾嘍囉么喝。

「竟敢在我狂獅王面前叫甚麼雄獅！」手中大棒一劈，將身旁一塊大石擊得粉碎。

張牙見他揮棒的速度和力量，心下怵然，便喝道：「你找死，竟敢冒犯玄女大人，看我教訓你。」口中雖說教訓，實是希望借玄女威名將他嚇跑，自己也好邀功。

「甚麼玄女，我只知美女。」

張牙心中叫苦，想不到碰到這山野渾人，連玄女也不識。只得硬著頭皮應戰。大棒呼呼亂舞，也不知是何招式。張牙甫衝前，驟覺身陷棒影之中，恍似無數大棒擊來，挾著風雷之勢，他的捲風獅吼棍法施展不出。幾下閃避，不覺便陷入死地，這時狂獅揮來奪命一擊，張牙舉棍格去，喀嚓響處，獅吼棍斷為兩截。張牙轉身就逃，口中大叫：「玄女救我！」

玄女在馬上見一追一趕，轉瞬便到馬前，正不知如何是好。突地寒光一閃，一招燕掠韶光斜斜劃過，狂獅轟然倒地，出招的將軍已然在還劍入鞘。張牙見了，慌忙跪倒，口呼：「項將軍！」原來項乙到城中理事，恰巧聞聲趕至。

項乙先不理他，自向玄女拱手道：「尊駕別來無恙。」眼中卻掩不住殘餘的疑惑……怎地武功天下第一的玄女，剛才竟是一副要掉頭落跑的樣子？項乙師承華山派，劍和人都講究沉穩不露，但剛才赫然太甚，竟不能完全掩飾。

習一刀正在軍營閒坐，那名黑面的守帳小兵通報，項將軍回營。他站起來，卻聽得笑聲，項乙叫道：「一刀賢弟，你看誰大駕光臨。」

帳門開處，與項乙並肩而入的女子，容顏俏麗，隱隱凜然之氣，和藹中又教人不敢侵犯，卻不是玄女是誰？自九天一會，習一刀便視之為女神仙，想不到在此重遇，怎不喜出望外。

眾人談了一會，習一刀問起帳外何人，項乙才傳召張牙。劈面罵道：「照說你在鄉間橫行，本當誅殺。好在今番路上，侍候玄女大人還算周到，玄女大人也保舉你。本將軍暫予收編，若有半點行差踏錯，休怪軍法無情。」張牙歡天喜地去了。

過了三天，便是劍尊師盛光跟緯幫代表盤弓決戰的日子。師盛光身形看似平常，習一刀卻看出他渾身每寸肌肉充滿勁力。樣貌因充滿信心而顯得好看，他簡單的往場中一站，便讓人覺得他必勝。崆峒自創派以來，以他武功最高，他出道以來從未敗過，中原三大高手也是他手下敗將。盤弓卻跟上幾次一樣，甫出場便將雙刀插於沙地上，手抱在袖中。

師盛光不動則已，起動即快愈飛箭。突然大風颳起，盤弓逆風。崆峒派眾人大喜，暗呼天助我也。師盛光卻完全沒有憑藉風力，只因他比風快。一隻閃鳥被驚起，欲逃離師盛光。閃鳥是世間最快的鳥，此時也被遠遠丟在師盛光身後。突然，師盛光更快了，快得從舊的自我中脫殼而出，舊的「師盛光」雖快，也被丟在地上，發出重重嘭的一聲，地也陷了一個坑。習一刀眼尖，看見他是在疾刺途中，以內勁將外袍震脫，而此袍包有重物，重愈百斤。

外袍的重力一去，師盛光飛得更是快愈閃電，他從未試過如此快。數十年玄門正宗功力，習一刀看見他在重力改變之下完全維持身形。

他出手更快，別人見到他手還按在劍柄上，劍鋒卻已然刺及對手身上。

就在刀劍相交的一剎，盤弓一閃，拔起地上刀，劈向對手。握刀的手法依然笨拙，然而快。習一刀完全看不到他的動作。「完了。」習一刀心道。

群雄見崆峒劍一發即至，疾飛便要刺透盤弓，正待喝采。卻見白光戛然而止，半空中灑起血花。師盛光竟被盤弓雙刀劈成三截。雙眼仍是充滿信心地睜著，似還正思量著如何出招。天啊，盤弓運刀之快，師盛光連自己死了也不知道！

師盛光中刀的一剎，玄女瞪睛看著，疑惑不定。項乙也驚愕得身俯向前，同時奇怪：「盤弓今次竟然殺人。」只有習一刀坐著不動；他完全動不了，他脊樑發寒，肩膀僵硬；若今次是他上陣，此刻已屍分數段，臥於血泊中……他，完全沒有勝算。

回營的幾步路上，人人看習一刀的眼神都很怪，夾雜著同情與絕望，如看將死之人。那守帳的小兵的黑面，也變得煞白，看著習一刀似是欲言又止。

窗外夜風吹動芭蕉颼颼，一把女聲悠悠地從夜風聲中分辨出來：「小習，小習……。」

習一刀霍地從床上坐起。女子纖巧的影子投在窗上，蕉葉晃動，衣袖飄飄，身段美妙，恍如一舞。「師妹！」習一刀叫著就要推窗。

「小習，你我陰陽有別，你莫推窗，否則我便要走避。」只聽得金雲英幽幽地道：「天庭有旨，命我來傳：大唐氣數未盡，你要比武奪盟，為大唐盡力。」

突然啪的一響，爆起一個火團。窗外「啊」的嬌呼，卻完全不是金雲英的聲音。「妳沒事吧。」有男子關切問道。習一刀認得那是青年副將李敬。遂隔窗道：「你們別裝了，回去吧。」

李敬恭敬地道：「習先生，此事跟項將軍無關，全是小人主意。」

習一刀道：「你也是忠於國家，此事咱們再也休提。」心裡奇怪是誰發的火彈。

窗外二人退去，習一刀失了睏意，步出房外。卻見那名黑面的守帳小兵左顧右盼，往暗處走去。

習一刀奇怪，那小兵走在自己地方，怎地鬼鬼祟祟，便跟蹤著他。只聽得有聲音道：「要金要銀。」那小兵應道：「要怡春院花姑娘。」

習一刀大皺眉頭：「怎麼這營中又有自己的暗號，暗號又是如此不堪？」他也扮作鎮定走過去，照樣回了暗號通過。

這營內又是一番光景。幾個副將校尉隊長和一群兵卒似在商議要事，倒不見那小兵。一名滿面肥肉的校尉道：「若姓習的勝了，我們打著義軍旗號，山東山西的金銀便取之不盡。」另一名猥褻的漢子道：「若那個甚麼一刀被分屍，我們隨項將軍南下，也好搶幾個湖南姑娘做妾。」鬧哄哄的，竟無一保家安民之語。

「喂，張牙，你這個小隊長，今日讓你入伙，互相合作，錢財大家分，好不好！」原來張牙也坐在一旁，只是沒揚聲，故而習一刀沒留意到他。只見張牙被點名叫到，便站起來抱拳笑嘻嘻道：「蒙各位不棄，我們九人，不若起個名號，叫『摸魚九雄』吧。」眾人哄哄亂笑：「敢情好，你倒喜歡起名號。」

習一刀氣得渾身打顫，悄悄退出。回到房間，卻見枱上有紙條，寫著：緯幫雖低微，卻無惡行。官軍腐敗，你何必為他們賣命，出戰盤弓，打無把握之仗。

看來守帳小兵有意帶他去看官軍醜行。習一刀想了一夜，次日早起便向項乙辭行。項乙大驚，道：「本擬與賢弟一起努力報國，為何要分別啊！」

習一刀不吐不快，遂將昨夜所見說了。項乙沉吟了好一會，道：「你無謂急著走，先回房休息，明天我就給你個交代，好讓你去得安心。」

習一刀在房中睡覺，朦朧中聽得外面人馬喧嘩。心想明天便別去，也不理會。睡了一覺，醒來但覺軍營安靜，安靜得有種異樣，便步出房間。走過幾個營帳，運起內力探聽，竟都是空營。他急步走進將軍大營，卻見玄女、項乙正在議事，旁邊還坐著一人，這人一見他便過來跟他拉手，原來是林之炎！他不在廣東花縣隱居，竟來了這兵荒馬亂之地。

習一刀跟林之炎互道別後情況，甚是高興。然後問項乙：「項將軍，何以軍營中如此寂靜？」

「賢弟所提九個傢伙中的八個，及其原領之兵，經已調回京師。」項乙道：「我用不著此等兵痞。」

習一刀大驚：「如此說，只餘下李敬、梁尚兩位副將的兵，還不到原先的兩成兵力啊。」

項乙搖手道：「兵貴精不貴多，也多謝賢弟提醒，讓我清除無用之物。」

項乙又道：「一刀你說緈幫無惡行，林先生，你將銀票和收據給一刀看看。」

林之炎遞上的竟是千兩銀票，收據則明明寫著付予緈幫。習一刀大是驚訝。

項乙道：「我和玄女大人都奇怪何以盤弓要殺師盛光，師先生也是忠君愛國之士。商議之下，便邀了林先生往探緈幫。」

林之炎道：「在下幸不辱命，打探得沙陀使者已進駐緈幫陣營之內，並盜回銀票作

證。」林之炎輕功高絕；但如此拋棄安逸，孤身探敵，可謂捨死忘生。難得他說來輕描淡寫，毫不邀功，習一刀大是感動。

林之炎還說，沙陀使者要盤弓將習一刀的人頭斬下。莫非那使者與習一刀有仇？

項乙命人押出張牙，便令拖出去斬，張牙呼冤說只是虛與委蛇。玄女也說情，項乙念他還沒有惡行，將他攆走。張牙眼看本可立戰功向上，也只好垂頭喪氣地離去。

這時玄女說要外出尋訪故友，先自離座。見習一刀無言，項乙道：「賢弟，你若要走，我也不留你，明早為你餞行吧。」習一刀朝項乙拱拱手，自回房去了。

習一刀在房中呆坐，有人叩門，是項乙。項乙喜孜孜的道：「你以為玄女是去為你找誰來？」原來項乙的身後，躲著一名少女，少女蓮步款款，盈盈轉出。少女慢慢抬起頭來，尖尖的秀麗的臉，輕輕喚道：「小習。」，卻不是師妹金雲英是誰？雲英站到項乙之前，修長的手指輕撥髮鬢，露出額角細小的疤痕，是從前和習一刀攀樹掉下來時弄傷的。

習一刀驚訝得瞪大眼睛，道：「師妹，妳不是已經……？」

「那天在鳳舞樓上被那天殺的大師兄刺了一刀，是玄女救活了我。」金雲英道：「即使他不死，我和他之間也是完了。」

看著死而復生的師妹，習一刀的表情甚是複雜。二人在廳中，互道別後流離。習一刀似是甚高興，飲了很多酒，唱著揚州小調，歌詞古怪有趣新奇，金雲英在旁和音哼唱。

那黑面小兵心裡納悶：「這習一刀的品味也真怪，金雲英雖不算醜，也不算絕色美女。淡眉小鼻薄唇，嘴尖如雞啄，臉比馬臉長，眼睛又窄又尖，眼神迷迷茫茫。哼，這眼睛裝得楚楚可憐，每霎一下，姓習的心便被牽著跳一下。」

金雲英霎霎水汪汪的眼睛，道：「小習，有國才有家，我和你才有將來。你不若助項將軍比武奪盟吧。」習一刀聞言點頭，跟著伏在桌上，他醉了。

習一刀雖在師妹面前點了頭，卻想不出破敵之法，正自發愁。突軍士來報有人求見。習一刀奇怪竟有人找他，便道：「待我出去見他。」

「柴婆婆，是妳!?」驟遇故人，習一刀興奮莫名，執著來人雙手。原來柴婆婆從前是上勝門廚子，常留著好菜讓習一刀在廚房吃。二人坐下閒談，柴婆婆道：「阿一，你可知當年金掌門的傳位玉牌在哪？」數年前金虎突然身死，沒人知道傳位玉牌收藏於何處。大師兄韋龍得人心，遂被擁立。習一刀有點懷疑玉牌是被大師兄收起。此際突然有人提起，他驚疑不定。

「玉牌在我處。」習一刀赫然，滿腹疑問，但眼前柴婆婆手中拿著的，卻是如假包換的玉牌。不錯，玉牌藏在柴婆婆處最安全，沒有人會料得到。

「金掌門已用佩刀刻上繼位人選，你看。」這不，牌上明明刻著：第十四任掌門：習一刀。

習一刀撫牌嘆息：「可憐上勝門早已煙消雲散……我也不希罕當甚麼掌門。」

柴婆婆默然。回想當年金虎也覺韋龍將上勝門當生意來搞，實在不像話，正想整頓好再傳位于習一刀，不料突然身死，籌劃成了空談。柴婆婆旁觀習一刀的個性，就算手執玉牌也成不了事，徒惹紛爭，便索性不聲張。

「上勝門被韋龍弄得烏煙瘴氣，這個掌門不當也罷。」柴婆婆道：「但本門至高心法還是要傳的。」說著掏出錦囊，遞給習一刀。

習一刀想不到還有秘傳，於是焚香禱告，拆開錦囊，有紙寫著：臨街三道窗。

習一刀看罷，「啊」的一叫，立刻飛奔直往上勝門故址。玄女剛在旁，大感奇怪，也跟隨而去。

昔日熱鬧之地已荒涼，屹立完整的是臨街的三道窗。

從下勝窗望出去，但見街上熙熙攘攘，來往諸色人等。中勝窗卻是一面鏡，清清楚楚照見自己面容。上勝窗看似是鏡，當前一站，卻是堵照不見人的白壁。

習一刀猛然大悟，不自禁拍腿高叫：「怪不得，怪不得我的武功始終未臻化境！」

習一刀回到軍營，便說要見師妹，玄女聞言也自離去。半晌後，習一刀與金雲英外出。項乙、林之炎看他面色有異，便道不若一起去。習一刀道：「也好。」

到得一間小屋，習一刀便請項林二人稍坐，自與雲英走入房內。

這是女子的閨閣，中間置有牙床，繡帳放下，不見床中光景。習一刀回頭深視了金雲英一會，逕自掀帳坐到床邊。被丟下了的金雲英卻覺白日之下房中陣陣寒意，抬頭見床頂架有大塊長條晶瑩之物，逼人寒氣就由此塊堅冰滲出。此時聽得習一刀道：「我回來得遲，累妳孤單久了。」竟是情深款款，金雲英大是奇怪，床上究是何人？

卻聽得習一刀道：「現在只有妳不騙我，他們都騙我。」金雲英心頭一震，便往牙床走去。

床上躺著的女子，雙目緊閉，如在熟睡；臉容奇白，已沒了血色，顯得嘴唇像塗了血紅的胭脂，長長的秀髮，因躺臥而往下垂，露出額角小小的疤痕。「金雲英」這才看清楚，床上的人，容貌跟自己一模一樣，正是另一個自己……金雲英。

習一刀凝視著床上的金雲英，輕聲道：「他們都扮妳；但哪裡唱得出我和妳合作的小調。他們哪裡知道妳對我說的第一句話是：『你的工作很有趣』。」

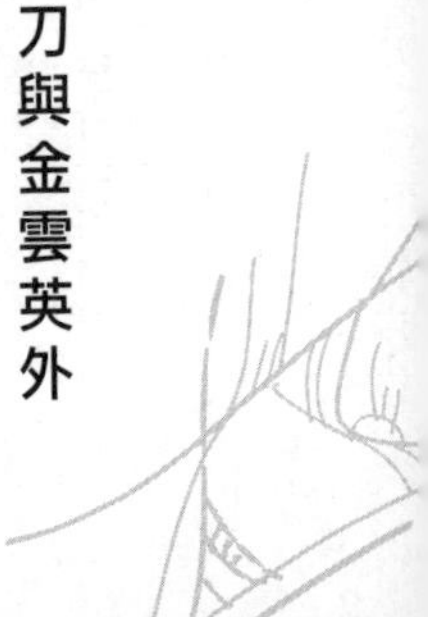

站著的「金雲英」激動得身軀劇烈顫抖，想不到習一刀竟以身為驗屍人之便，將師妹金雲英的屍身收藏於此，並以萬年堅冰保存。站著的「金雲英」以震抖的手指向習一刀，顫聲道：「習一刀，你，你變態！」再也忍耐不住，飛奔而出。

外面項林二人問何事，「金雲英」定一定神，道：「沒甚麼，習先生想飲點水。」

「金雲英」靜靜再回到房內，習一刀仍俯視著至愛的人，「金雲英」看著他的背。只聽得習一刀緩聲道：「你們放心，我會出戰盤弓。」

習一刀又問：「妳跟玄女從沒一起出現，妳……尊駕可是玄女大人？」

「你猜得不錯。習先生，我有時覺得你很聰明；但有時又不是，或許，你是固執吧。」

習一刀發出一下苦笑，玄女聽著竟沒來由地有點心痛。自己何嘗不知此戰凶險，自己也不是想推習一刀去死。只是自己不小心遺失法寶，很可能為盤弓所得。若緯幫因此而成功奪盟，再跟沙陀人勾結，便會給中華百姓帶來更多戰爭和災難，死亡及受苦的人以千萬計。

「你……可有信心，或許大家從長計議一下。」

「我有信心。」習一刀說道。玄女但覺他像塊磐石，很奇怪，自觀上勝門三道窗後，總覺習一刀換了個人似的。

那守帳小兵到了金雲英房門外，舉手欲推門，一想男子進單身女子房不好。「他」走進門外一塊布簾，只幾下呼吸的時間，再走出來時，竟已是個嬌滴滴的女郎。

玄女坐在房內，沉思著習一刀勇於決戰；又不知他從那普通不過的三道窗悟到甚麼武功。突然門被吱的一聲推開。玄女轉頭看，大是愕然。「竟是這女子！正愁找不到此人。」這個正是當日竊去法寶的女賊，真是天掉下來的好事。玄女身上另有法寶，能擾亂別人眼目，令別人看自己還是金雲英；遂鎮定的坐著，看這人找金雲英何事，口中道：「妳是誰，怎麼不敲門。」

「我是習大哥的情人，我倆已私訂終身，妳和他之間已是過去的事，請妳退出成全我們吧。」女郎說起謊來，流暢如河，跟著說的卻是實話：「妳也不要推他上去跟盤弓鬥吧，他贏不了的。」

「妳怎知他贏不了。」

「因為盤弓有件法寶，可令自己的速度加快很多倍。」

玄女心中怵然一驚，問道：「妳怎知他身上有法寶。」

「十多日前，我見有個女子呆呆的走在街上，只顧左顧右盼，便施妙手從女子身上取了個包袱。我見其中一個盒子不值錢，便棄在地上。後來想取回好給當鋪估價，卻見個骯髒如乞丐的人拿著盒子。」女郎回憶道：「很奇怪，他不知按了甚麼機關，便閃電般動起來，按另一個機關又回復正常；再按，便飛一般走了，快得只留下一道影子。那傢伙便是盤弓。」

玄女猛地站起，喝道：「賊子，妳剛才説誰呆呆的只顧張望，妳今番自投羅網，才真正的笨蛋。」

女郎見金雲英不知怎地，面容突然變化為當日的苦主，比自己易容還快得多。女郎大驚失色，便要往外逃，奈何玄女已守在門口，一把捉緊女郎手腕。

玄女道：「還有，可知那天我在陋巷多驚險。」

「不，我見那小幫主認識妳才走的，我已準備施放小霹靂火彈。」

「哦！」玄女心想這女郎心地原來也不是那麼壞，手一鬆，女郎卻趁這一鬆，泥鰍般溜了。

「別跑！」玄女邊叫邊追，女郎穿過幾道布簾，失了蹤影。

項乙及習一刀等人聞聲趕來。項乙急問士兵有沒有人離開軍營，回説沒有，便猜那人還在營中。

問起詳情，玄女對習一刀道：「那女子説是跟你私訂終生的情人。」

「啊，我知是誰了。」習一刀恍然。

「習先生好多情。」玄女笑笑。

習一刀急急搖手道：「不是不是，別誤會。」

林之炎插話，嚴正地道：「習兄，若那女子鍾情於你，你也不可負人啊。」

習一刀還待辯，項乙道：「不若我們先找那女子吧。」

「我想我可找到這女子。」習一刀和眾人出到大營外，直走到那守帳小兵跟前，喚道：「靈芝。」那小兵茫然望望左右，操著沙啞的聲音問：「你叫誰？」

「別裝了，我真笨，第二次給妳的易容騙了。想不到妳天天在我眼皮底下轉。」小兵仍似不解其意。原來習一刀初看其身形動作，也覺似靈芝，只是被自己否定了。

「你要我動手給妳卸妝嗎？玄女大人，還是請妳來。」玄女便要上前。

那小兵一頓足，氣呼呼地，嗔道：「習一刀，你好！」聲如鶯歌啼囀，手往黑黑的臉上一抹。

「啊」「呀」猶如皓月破雲而出，白皙俏麗的面容驟然出現，照亮了、震動了整個軍營，眾人如見仙子下凡，禁不住紛紛讚嘆。項乙暗地調整了呼吸，笑道：「靈芝姑娘，委屈了妳給我天天站崗了。」

大風中旌旗獵獵，聲如殺殺。兩個人上場，片刻之後只有一個站著，另一個永遠倒下。群雄看著習一刀，心都往下沉。心中雖瞧不起縴幫；但規矩是大家爭取定下來的，也只好遵守。玄女手心冒汗，靈芝面色煞白，項乙看上去仍是那麼鎮定。

論刀法招式和速度，習一刀還不及師盛光。只見習一刀拔刀在手，閒庭信步般向盤弓踱去。到了適當距離，揮刀便劈。但見盤弓雙手突地自袖中抽出，拔起地上雙刀，便還劈習一刀，連串動作比閃電還快。突然，盤弓發覺前面有一把刀待著，他急忙收刀，手指已被割傷。數場決鬥下來，這是第一次有人傷得了盤弓。群雄也愕然，噢地喊了一聲。

這就是習一刀在上勝門三面窗悟出的心法：下勝勝人，中勝勝己，上勝無我。此際習一刀心中只有國家興亡、人民苦樂，「我」的利益、安危都消失，沒有了「自己」的牽絆，欲運刀至那裡，刀便在那裡出現。

三面窗置於公眾之地，無人去領略其中道理。「無我」這詞誰不會說，卻誰懂得如何方可無我？在適當的時候，略為作出適當的點撥，使習一刀心領神會，茅塞頓開，焉知柴婆婆不是箇中高手？

盤弓連連出招，只是劈到那兒，刀便在那兒出現。眾人但見習一刀被一團白光包圍住，而白光中心卻是一片殷紅；那是因為盤弓手指和手腕已傷痕纍纍，他忖度難道要按法寶上最後那個機關？只能用一次啊。盤弓正焦躁，突然習一刀猛刺向自己面門。刀與刀對拆得正熱鬧，白刃猶如從花叢中突然跳出的蚱蜢，驟然撲到。盤弓嚇了一跳，幸好那法寶使習一刀速度減慢不少。這一來盤弓卻甚是高興。對戰以來，習一刀總是待自己進招時傷己。好在今番習一刀的刀終於離開門戶，盤弓堪堪閃過，雙刀直刺習一刀胸口。

他已感到雙刀觸到習一刀的身體，有刺破肌肉的感覺了。突然手腕劇痛，然後麻木失去感覺。原來習一刀的攻擊，只是虛招。只見習一刀手腕翻處，手指般長的匕首便露鋒芒，倒似是手指突然長了一倍；那原是剖屍用的短刀，他一直藏於掌中，動作雖然不及盤弓快，卻完全出乎盤弓意料。他右手持刀，雙靴內藏雞爪刀；而這第四把刀，便斷了盤弓手筋！

盤弓雙手一撥，袍袖揚起，露出縛在左腕上的匣子，用右手手背按向上面的紅色掣，動作快絕。習一刀眼尖，距離又近，故而看到。玄女、項乙、靈芝的目力也超乎常人，一瞥之間也是看見了。「果然在這廝身上。」玄女暗道。

「決勝負了。」習一刀心裡明白。

玄女曾對他說過奇怪的話。說這儀器並非大唐之物。並不是盤弓快，而是儀器令別人慢了！他也不甚明白。

此時盤弓雙手已受重傷，如何發招？莫非他也會施展雞爪刀？這時靈芝正巧站於盤弓後方，他想起靈芝之父百里洪是。「貔貅戲！」他立刻留意盤弓的嘴。

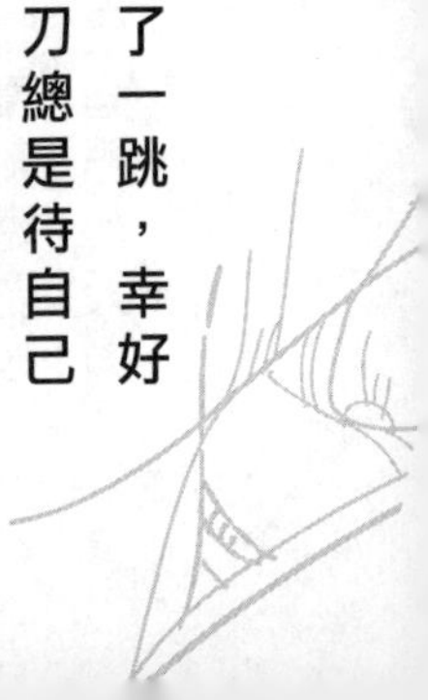

不是嘴，是頭髮！

只見盤弓猛地將頭一甩，一道黑影襲來。原來縴夫縴纜時，盤腰如弓，雙手叉腰借力，遇敵人攻擊，即以繫於頭髮的筷子作暗器，敵人以為縴夫騰不出手應戰，每每大意飲恨。此時那法寶令習一刀動作更加慢上幾倍，根本來不及反應。習一刀勉力閃避，「噗」的一聲，筷子沒入頭顱正中，眉心之間，習一刀登時全身癱軟，頹然倒地，再也不動。

「賢弟！」

「習先生！」

「習大哥，不要死啊！」卻是靈芝淒厲的叫聲。玄女緊擁著靈芝，心噗噗亂跳。若縴幫當了盟主，歷史就真要改寫了，看自己弄出甚麼樣的亂子啊！

盤弓雙手仍有餘力，拾起刀走到習一刀屍身旁，利刀插在屍身旁的地上，接下來他要用腳將刀踩下，以切斷習一刀的頭顱。突然他停止了，看著地上習一刀的屍身，默然半晌，上前俯身去合上習一刀雙眼，低聲在他耳邊說：「習先生，我也不想的……呃……」

誰在「呃」？為甚麼有血滴在習一刀面上？盤弓疑惑。然後他覺得胸口有奇怪的感覺，有些甚麼正在離開自己身體，人發軟，有液體湧向喉鼻。他低頭，看見雞爪刀已刺穿自己胸口。

習一刀未死，而且贏得勝利。變生俄頃，第一個從噩夢驚醒的是靈芝。靈芝飛奔過去，扶起習一刀，又哭又笑。

「娘……娘親……。」倒地的盤弓發出微弱的呻吟。習一刀示意靈芝扶他過去看盤弓。黃土地上，他淚眼汪汪，掛著兩行鼻涕，那眼睛讓習一刀想起少時看見過，一頭掉在穴底多日的狗。

「是你！」習一刀赫然。盤弓竟是當日長江邊，獲他送贈乾糧的青年，怪不得盤弓以為殺了他後，會上前看他。

他俯身安慰盤弓：「你不該殺師盛光；但我會照顧你娘。你還有張千兩銀票在我處。」盤弓垂死之間，雙目突地射出感激的光芒，然後才永遠閉上。靈芝乘機以飛快手法，取回盤弓腕上法寶，後來交還玄女。

習一刀似是喃喃自語：「何苦決鬥！眉下鼻上，看似死穴，其實只是鼻竇；但腦部受震，我的雙臂也是不能再運勁了。」其實讓暗器插入頭顱，凶險至極，只是他心念無我，電光火石之間便如此行了。他原是驗屍人，裝死也是天下第一。

是夜緯幫和沙陀兵聯手夜襲唐營。項乙有備，人雖少而精銳。正在酣戰，他預先伏

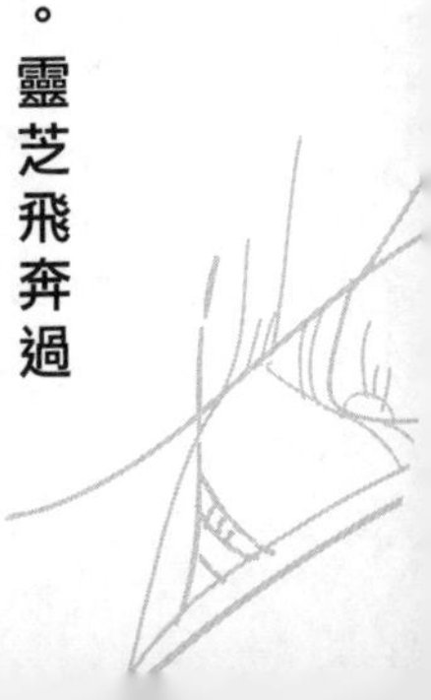

下的一枝兵馬衝出擊潰敵賊。那隊兵領隊的卻是張牙。原來靈芝與玄女料定赤力圖會偷襲，預早跟項乙商議，玄女還親身去召張牙來戰，張牙自是對玄女言聽計從。只是給沙陀使者赤力圖跑了。

項乙擢升張牙為副將，並給他取名張仁，張仁大喜。

項乙命人請玄女來見時，玄女卻已留書離別！

拔刀記

習一刀陪伴師妹金雲英，閒聊、回憶、唱古怪的小調，快樂地度過一個下午後，步出小屋。

他看見一名女子站在屋外，是靈芝！靈芝定睛看著他，好像想罵，又像欲哭，如恨他又似憐他；深深望著他，偏又如看陌生人，終於，一言不發，扭頭走了。

「怪不得玄女姐姐臨離別時似有話欲言又止，原來，原來他竟然……」靈芝心裡，思緒紊亂如麻。

拖沓的步伐，踽踽的背影，習一刀知道自己傷了靈芝的心。

「靈芝姑娘，我對不起妳了。」習一刀呆呆地望著靈芝的背影，剛才他實在不敢望靈芝盈淚的大眼睛。

數日後，習一刀不辭而別。他沒有經過城門，只悄悄地將「活冰」註一浮在河上，自己與雲英坐上去。他雙臂乏力，便以滑輪吊臺，手腳並用，將活冰拉動。他將繩掛在身上，縴動活冰和車子——這動作令他想起縴幫的盤弓。

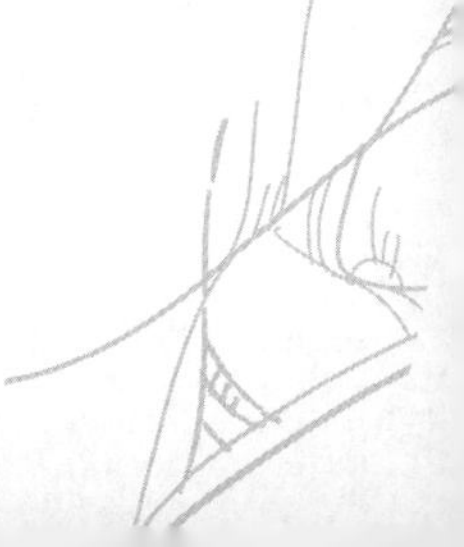

風雪紛飛，路面結冰，走得艱辛；體力的辛勞，令他覺得正在為師妹付出著，他心裡很高興，暖暖的。

他欣賞著路上一輛驢車。馭車的農夫很老，牙齒脱盡，嘴都塌陷了；然而仍能揮鞭趕驢。習一刀不禁苦笑，別人都讚許自己武藝高強，結果落得戰一次傷一次，到頭來渾身傷殘。腰間刀如今只作工具用，用時雙手危顫顫地持刀，慢慢切割。

風夾雪打在身上，老伯卻不瑟縮。驢車上只架了簡陋木板，堆滿草堆，習一刀細看，原來草堆裏著有位婆婆。老伯在冰天雪地中迎風坐直身子，原是為婆婆擋風雪。習一刀欣賞著眼前美好，羨慕他們能同偕白首。

再走數天，他與師妹便轉上山路。

樹林，愈走愈靜。他回頭向師妹説道：「不用怕，天黑前會到了。在那兒我們避世隱居，再沒有人騷擾我們了。」

説罷，他朝下面的樹林細看了好一會。

此時日已中天，他邊上行邊聽著林中一兩聲的鴉鳴。終於，他選了個最濃密的樹蔭，繫好車子。輕聲道：「雲英妳稍待，我很快就回來。」

轉身走向林子，又回頭望望車子，便朝林子喊話：「出來吧，雖看不到你；但你的殺氣令寒鴉不安，繞林而飛，不敢近你百步。」

林中響起枝頭墜雪之聲，一人越林而出。此人闊肩窄腰，眼珠竟是綠幽幽的，愈顯眼神凶狠陰沉，緩緩逼近，酷似覓食的狼。

「赤力圖？你怎會找到我的？」

此人正是沙陀王子赤力圖，他率兵侵略中原，所陷之處焚殺殆盡，婦女難逃蹂躪。

「你送銀票給盤弓的母親，暴露了你的行蹤。」

「你們對他母親怎樣了！」

「無依無靠瞎老婦，活著也是淒涼，不如早早安歇。」

習一刀怒極之際，赤力圖已開始繞著習一刀轉。這是塞外野狼的技法，牠們會繞著獵物轉，尋找最佳的攻擊時機。

「嘖嘖，全身都是破綻，今次不是裝出來的吧。」

赤力圖突然在習一刀與車子之間停下，道：「你似乎很著緊這車子，是甚麼來的呀？」說著走向車子。

習一刀大急，走向赤力圖。不料走到剛才赤力圖站立處，雙腳突然一緊，已被赤力圖埋下的圈套綁住，幾乎跌倒。

「赤力圖，你不該殺我。」習一刀心感無助之際，突然說道：「我跟你父本無仇怨，我殺他是為公。」習一刀明知希望渺茫，仍欲嘗試說服赤力圖：「如今我已離開唐營。若非為國事，你不應殺我。」

「父仇豈能不報，」赤力圖說道：「況且殺你太容易了，反正都只是殺隻漢狗。」話未説完，衝前拔刀就劈，快疾無倫，難怪他在塞外罕逢敵手。

習一刀心下大急，赤力圖凶暴好色，師妹花容月貌，落入此人手中不堪設想。只是自己手無力，腳不能動。

他已無力保護自己，只是隻被牢牢綁住，待宰的羊。

「師妹！」習一刀心下叫得一聲，刀鋒已自他身軀掠過，習一刀的上半身便告消失。卻沒有血花。

原來習一刀化作風中衰草，隨風吹扭腰伏倒，刀堪堪在他身上擦過。

雖未能一招殺敵，赤力圖喜見習一刀此時姿勢，已難以活動，脖子也正好伸出來，恰似刑場上待斬的囚徒。赤力圖運刀就要行刑。

卻突然習一刀平滑地、快速地從赤力圖身下溜過。奇怪，他設下的圈套明明有勾抓住地面的。

他欲回身看，卻只有腰以上能動。

身後習一刀仍在原地，留在原地的還有自己的下半身！「怎會如此，明明自己已經勝了。」

習一刀剛才腰間的刀，此時仍在半空裡旋轉，削得飄下的雪花粉碎；刀在雪面上閃爍著光芒，如白色的蝴蝶。

他這才明白，原來剛才習一刀快速地扭動腰肢，利用身軀急速的旋轉，施以巧勁，將刀拋飛出去。這惟一的機會，幾乎不可能的一招，便將他赤力圖腰斬了。

拔刀，何須用手。

「好一刀。」赤力圖不禁脫口讚道。讚罷，以刀點地，手臂運勁，幾個起落，刀和半截身體箭般射向習一刀，貼地一斬，誓要斬斷習一刀被困的雙腳，要敵人終身殘廢。這一斬已了無牽掛，是故比剛才那刀更快，是赤力圖此生最快的一斬。「沒有人能斬我半身後，仍能安然無恙。」

此時旋轉著的刀剛好飛回。習一刀雙腳略為抬起，嚓的一聲，刀將繩索削開。習一刀順勢躍起，半空中扭腰、轉身、迴踢，流暢敏捷，猶如寒鴉在雪上翻飛。雞爪刀自靴尖彈出，左足撥開赤力圖的刀，右足刀噗地插入赤力圖眉心。赤力圖但見雙目間刀光一閃，眼前一黑，便去了地獄受應得的永刑。

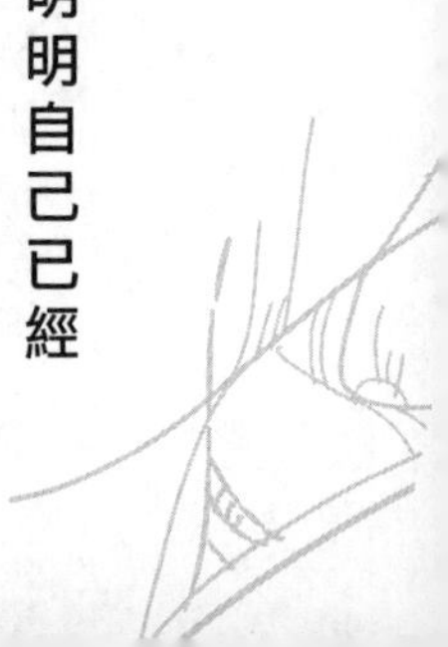

赤力圖不忿的眼神，突然詭異的笑了一下，才闔眼而死。此時習一刀背向車子。戰鬥結束，習一刀整個人虛脱倒地。電光火石之間，他用盡了平生膽色、技巧與精力。他能活著，全因為他很清楚自己不能死，他要保護師妹。

歇息了一會，他竭力站起，蹣跚地踱到車子旁。他揭開蓋布，看望雲英。只是揭開之後，布底下空空如也。他將雙眼用力閉了一下，再張開時，只見透光的活冰下，是車子的木板，穿過木板的隙縫，是地面的雜草。

雜草清晰可見，只是再也沒了師妹的芳蹤！

失了師妹，一切再無意義，他軟軟癱倒地上。

註1：活冰是種怪異的冰，能吸收寒氣，保持本身寒冷，故名為「活」。

冰凍美人

習一刀在山中找了三日三夜，不見師妹芳蹤。他披頭散髮，蓬頭垢面，迷糊間走到懸崖邊呆立。

是很久以前的事了，小師妹跟著他在山中四處轉，爬樹捉魚唱歌。只有小師妹明白他，欣賞他。如今再沒有師妹天天陪著他，天地再大，也徒然空蕩蕩，毫無樂趣。

他整個人向前傾，像沒有生命的木樁，漸漸傾斜，然後便向深淵，像石頭般飛墜。很快，世上便沒有習一刀這個人。

突然，一隻翠鳥飛來，左翅一抄，便將他捲住，右翼射出一道綠光向崖頂飛去。翠鳥，原來是位穿翠綠衣裳的女子；但人怎可以飛行呢？

原來女子施展輕功躍向習一刀，袖中飛出彩帶，捲住崖頂的樹幹，以巧勁一拉，便帶著習一刀，朝崖頂飛去。只因女子身法輕盈好看，看去便如翠鳥。

「靈芝，」這女子正是百里靈芝，習一刀倦懶地問道：「是你擄走了師妹？」

「不是擄走，是盜走，」靈芝又哭又氣地道：「你師妹早死了，死了死了死了。」

説完，氣呼呼地瞪著習一刀不語。習一刀卻恍如未聞，眼神仍是空洞洞的，死人一般。

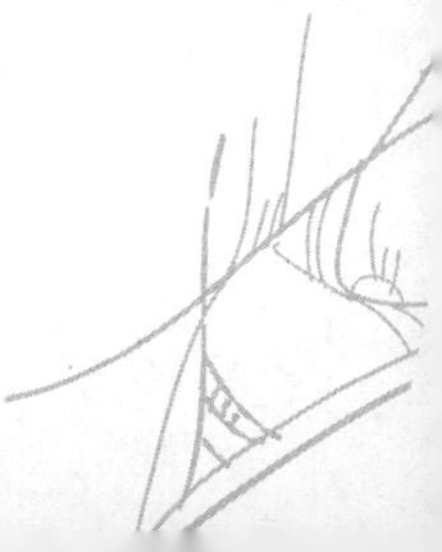

靈芝咬咬牙，恨聲道：「好，你既如此死心眼，我今夜將你師妹的屍身還你。」一轉身便走，曼妙的身影，瞬即消失於林中。

夜裡，習一刀期待著。草叢中突然傳出異聲，他轉頭看去，便聽得背後車子處一響。他立刻跑去看時，師妹金雲英已好端端地被置在車子中的活冰底下。

習一刀大喜，細看師妹別來無恙。這夜北風甚緊，習一刀復得師妹，也不理徹骨奇寒，整夜陪伴。

次日習一刀一面拉車，一面跟師妹描述林中景物如何美好。「沒有人可以分開我們了。我每天都陪著妳說故事給妳聽。」談著談著，習一刀心情甚是輕快。到了夜晚，習一刀將車子泊好，掀開罩布看望師妹。

怎麼師妹的臉頰豐腴了少許？

習一刀端詳許久，突然，他整個人顫抖起來，他明白了。

師妹的臉頰沒有變，是冰上出現了些微的水氣，透過水氣，臉頰看起來便似是豐腴了。

哪來的水氣？

那是呼出來的水氣！水氣極少，呼吸之人氣息已弱。

習一刀立刻將「師妹」從活冰底下拉出來，往臉上一抹，將那易容抹走。

立即便露出另一張臉孔。果然是靈芝！俏面如雪，已無血色。人像熟睡，雙眉卻聳蹙著，有嗔怨之意。

活冰之冷，能保肉體千秋不壞。靈芝在寒冬之中，躺於活冰底下過了一夜，若不立刻施救，只怕血液也快凝成冰了。

習一刀一摸懷中，大叫苦也。火石不見了，也不知是幾時掉失，不能點火取暖。

此時斗大的白雪紛亂地飛，習一刀脫下自己的斗蓬，遮蓋靈芝。他將雙手抵住靈芝後背，將內力灌入；卻毫無起色，靈芝心脈愈來愈弱。「靈芝要死了，我害死靈芝了！」

他盤膝而坐，不再讓靈芝坐在雪上，而是坐到自己腿上。手從靈芝衣縫中伸入，一抵胸口，一抵丹田。肌膚相觸，直接將內力源源輸入。靈芝微微一震，輕輕地「嚶」了一聲，身體漸漸發暖。

只是暖了一下子又止住，任習一刀如何運功，靈芝的身體又不肯暖上去了。

只聽得靈芝微弱的聲音：「習大哥……師妹背心……穿了個洞……很不舒服的，你……你讓師妹安息……別驚擾死者，好嗎……？」

剎那間，跟師妹共度的那段遙遠而快樂的時光，重現眼前心間，他不禁默然。

他將工作內容告訴師妹時，師妹總是專心聆聽。工作遇疑惑時，師妹陪他一起皺眉。

解開謎團，或因此找到兇手時，師妹拍手叫好。

他忘不了和師妹在山中爬樹，捉魚，作新歌詞來唱……師妹純潔的笑靨比水還清，師妹比花美，比陽光更活潑。

就在這默然之際，靈芝的身軀更是冷了下去。

習一刀在心中暗嘆了一口氣。想起這幾年，項大哥、玄女、靈芝、林之炎、鳳蝶兒、張仁、柴婆婆……以至路上遇到趕驢車的老伯伯，誰不是努力地生活，去解決每天的難題。或許靈芝是對的，過去的無論多美好，終究已是過去了。於是，他微微點頭。

隨著這一點頭，靈芝的身子便漸漸暖了，氣息也均勻起來；美麗的嘴角微微掀起，露出笑意。

一刀的存在

議事堂上，項乙和余建余兩派的人，激烈地爭辯著。言詞射出如強弩利刃。根本就是流血的前奏。

習一刀卻無聊地坐在一旁，赤著腳，沒帶刀，連腰帶也沒繫。

沒有人有暇理會他，他閒坐椅上就像個坐墊。

習一刀追隨項乙，在蘇揚等四十州大半個江南，成立安揚政權，人民安居樂業。項乙創造了亂世中的奇蹟。

余建余助項乙平定周邊山賊。誰知他立功之後，聲勢增長，便要奪項乙之權。

此刻余建余再次指斥，項乙只求偏安。他要項乙讓位，他好領兵統一中國，徹底回復太平。雙方正力圖爭取中立派的擁護。

此時習一刀的妻子百里靈芝霍地站起來發話。習一刀更是將舌頭縮回肚內了。他忘不了有次到市集，靈芝三句話已打動了老闆願意削價。習一刀想幫口，誰知只講了一句，

老闆聽了就不肯削價了。靈芝又補一句，老闆就笑呵呵的肯削價。他也被靈芝取笑了半天。

如今正如他所預料，靈芝柔軟的櫻唇開合之間，吐出的言詞如千軍萬馬。余建余方才說得大家動容的話，霎時被衝散粉碎。

余建余也不示弱，滔滔不絕地回應。習一刀聽得訝然：「原來竟可以這樣辯駁的嗎!?真不愧是宣宗朝的狀元爺！」

只是，余建余接著提出一大堆數據、理論、未來計劃，再夾雜幾句古人云詩曰，習一刀真是愈聽愈暈頭轉向，完全跟不上。

他遊目四顧，見到身邊的壁畫上，一隻坦露胸腹的貓間臥著，倒很像自己，幾乎忍不住笑了出來。

他感到空氣異常的流動，於是偷偷往外瞧。一點接一點的火光，像條蠕動的蛇，正是余建余的兵馬往城西集結。城東一堆火光，項乙的人馬早已會合。

習一刀心裡乾著急。

靈芝剛駁斥完余建余的論調，宰輔文仲非捧出一疊書函，是余建余勾結外族，賣國求榮的證據。

文仲非還指著余建余腰間，道：「你這塊藍田玉，就是沙陀寶物，價值連城。你從何處得來？」

余建余又驚又怒，道：「這是靈芝送我的。」

靈芝柳眉一蹙，怒罵：「胡說，我會送禮給你這漢奸？你敢毀我清譽！」

項乙暴喝：「引外族入侵，置百姓於不顧，拿下了！」

習一刀立刻發動。

余建余跟前十八侍衛，刀劍齊出，劈殺削刺。朝堂間立時寒光亂閃，如浪如網，將習一刀包裹其中。

習一刀跟盤弓決鬥受傷，內力至今未復。敵方忌憚他靴尖雞爪刀和緞帶飛刀厲害，早就要他赤足免腰帶才肯談判。

他好似砧板上一條待宰的魚。

這條魚卻朝刀光直衝而去。

刀劍雖密，鋒刃間總有隙縫，習一刀看得奇準，遊刃於其間，向前鑽去，簡直好似魚游水中。

一片叮噹亂響，眾兵器反而被他帶動，交擊互割，纏在一起。

余建余座前兩大高手，仙鶴神鷹，見他突然出現眼前，立刻揮刀斬劈。出刀之快，豈是十八侍衛所能比擬。白光閃亮，颼、颼兩響，習一刀背部兩道交叉血痕，血珠飛濺半空。

兩大高手卻是大驚，因為習一刀已然突破他們的攔截，此時背向他們，面對余建余。二人應變極快，馬上迴身飛斬。

刀過處，將人斬成三段。

只是，死者腳穿著鞋，中間腰佩玉帶，頭戴金冠，目含恨怒，卻是余建余。

原來習一刀越過攔截，立刻踢中余建余膝關節環跳穴，令他站立不穩，同時抓住他的腰帶，移形換位，電光火石之間將他送到鶴鷹的刀口。

余建余一死，項乙立刻宣佈不追究其餘黨人，且文武百官都加月餉。欲離開安揚的，可以自便。欲建武功的，則組織平定山賊，剿滅附近暴虐的軍閥，並出海誅倭寇。

蘇揚四十州迅即回復安定繁榮。

習一刀偕靈芝逛市集，總是聽到民眾歌頌項乙，又讚美麗聰慧的靈芝，在此次平亂中立下大功。靈芝到處，店家總是樂呵呵地要給他們優厚折扣。

雖然沒有人提習一刀；但習一刀知道，再有事情發生的話，他還是會助項乙的。

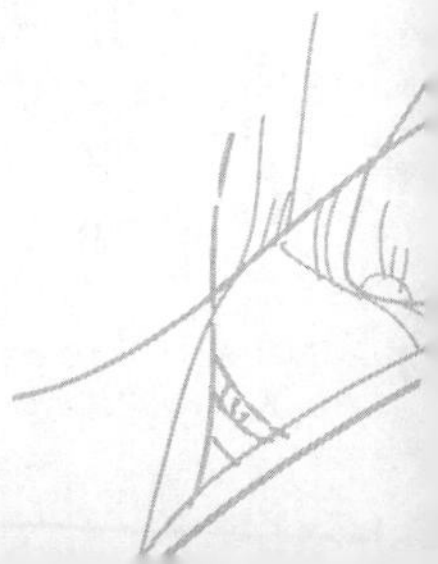

三人

滿園春風吹，繁花在搖曳，真是千嬌百媚。誰能想像此園也有冬日的凋零。若人世間能永遠如眼前般美好，那會是多麼理想啊。

習一刀又一次轉過臉去，想將剛想到的對靈芝說。這才想起那是不可能的了。他又忘了，靈芝已不在身旁，永遠不在了。

眼前的春花模糊起來，淚已盈滿眼眶。

成親後他總以靈芝為先，留意著靈芝喜歡甚麼，也常一起去遊玩。可幸他們空閒的時間多著。靈芝雖是輔助安揚政權項乙的主力；但除了重要的朝會外，多數時候也是待在家中。項乙在國事上有疑問，便差人來問詢靈芝，而靈芝搖著摺扇，喝一口武夷水仙，徐徐輕啟朱唇，幾句話便將解決之法告訴來使。習一刀在旁，總在心中讚嘆：「啊，原來就這麼簡單，怎麼沒人想得到呢?!」

不過，每逢見到靈芝俏麗的大眼睛，滴溜溜地在眼眶打轉，習一刀總是心驚膽顫。有次他在筵席上跟江南第一歌姬巴山女對笑了三次，回頭正好看見靈芝的大眼睛在轉。

三日後，全國人便都聽聞，巴山女向習一刀透露了擇偶的條件。結果幾乎全國的男子都來拜會習一刀，害得他要跑入深山去躲了個多月。

他們都向對方説過，不希望比對方早死，免得對方獨留世上。可是到了靈芝最後的日子，習一刀還是心如刀割。

他每一刻都陪伴著妻子。

病榻上的靈芝突然沉默了好一會，然後向習一刀説道：「這些年來，你都記掛著你師妹吧。」

習一刀愕然：「怎會，沒有啊。」

「每年二月二，九月九你總是會呆呆看天。那是你師妹的生辰和死忌。二月十四你會哼首古怪的歌，三月十八正午拍大腿傻笑，六月五要吃三隻糉子，十一月二十黎明總要站在樹下發愣。那些是甚麼日子我就不知道了。」

習一刀頓時呆若木雞，好久才説道：「啊，想起來確是如此！二月十四是我和師妹第一次上山，還作了歌。三月十……。」

「得了，你不用説了。」

「原來我這樣做了嗎？我沒騙妳……我自己也沒留意呢。」

「嘻嘻，看你那麼緊張。我知道你從來沒有騙過我。」然後幽幽地嘆了口氣：「原來你沒有故意這樣做……不用故意做的呀。」

靈芝緩緩地閉起眼睛，習一刀看著那長長的睫毛旁的淚滴，頓覺心頭絞痛：「我真該死，令妳傷心了。你見到我這樣混帳，怎不罵我啊。」

靈芝倦極懶得睜開眼睛，卻是「吱噗」一笑：「傻瓜，這會令你改變，我為甚麼要改變你啊。再說，我喜歡的是多情的習一刀啊！」

靈芝睡著了。一摸脈象卻反常地有力。習一刀心恐這是迴光返照，凝視著靈芝，不敢一刻閉目。執著靈芝的手也不肯放開。

有一剎，他見到靈芝眼皮底下，眼珠好像滴溜溜的打了個轉。

半夜，靈芝突然緊緊的捏了習一刀的手一下，睜開眼來。習一刀見靈芝面頰潮紅，猶如桃花，心感不祥，忙俯身貼近靈芝。

但聽得靈芝道：「一刀，你還記得揚州小河邊的木屋嗎？」

習一刀心頭大震。這件事他時常叫自己忘記，結果真的幾乎忘記了：他心愛的師妹金雲英，被其夫殺死。習一刀利用身為驗屍人之便，偷偷將師妹的屍身收藏在小木屋中相伴。靈芝雖然發現了，卻沒有離棄他，反而想盡方法令習一刀悔悟，讓師妹入土為安。

此際，靈芝為甚麼舊事重提？

卻聽得靈芝的聲音竟是十分清朗：「一刀，我有一事求你，你一定要答應我。」

「妳說吧，我一定答應。」

「他日，一定要讓你師妹、你、我三人合葬一穴。」

「甚麼?!」

「聽你以前談起過，其實我也很喜歡你師妹的。」

「不過我師妹看起來雖像個小女孩，其實有點刁蠻任性。」

「你放心。滿朝文武，舉國上下，我不是也管得他們融洽和樂麼。」說到這兒，靈芝突感生命正從身體流走，猛然抓緊習一刀的手，惶急地道：「一刀，答應我答應我……」

「我答應妳，靈芝，我答應妳。」

至此，靈芝的手鬆了。習一刀感到靈芝的脈搏，如長歌到盡頭，婉轉漸隱，又似樂曲收束時的亂，混雜合奏；鼓聲沉沉一響，樂音便如秋風徘徊詠嘆，低吟著，愈吟愈弱。最後，無聲無息間，弦斷曲終。

習一刀嚎啕大哭，聲震屋瓦。子女侍婢皆低頭垂淚。

一刀難斷恨無常，靈芝萎折奈何傷。

曾經，在山上，在小河邊遊玩時，他偶然發覺，靈芝的摺扇停住了。細看，靈芝雖在笑；但笑容竟是如冰凝結沒有變化。片刻之後，靈芝卻又回復活潑之態。習一刀當時不解，現在有點明白了。

他時刻陪伴靈芝，給靈芝最好的，要讓靈芝笑。卻原來，他沒有將靈芝放在內心最深深處，因為那兒，被師妹佔住了。靈芝知道，而自己竟然不知道。

三人同穴，看似是靈芝提出，其實是靈芝到了死那一刻，仍是在顧念著他。他好後悔，為甚麼從前不能讓靈芝進到心內，難道自己的心，竟比他日三人同眠的墓穴還窄小麼？

將來，三人會同穴；而從現在起，他要將靈芝永遠地、好好的安放在心中。他時刻追憶著靈芝的好；心中想的，盡是和靈芝一起，每個片段的音容笑貌。

從前和師妹的某些特別日子，自自然然地便忘了。

玄女的喜劇

玉京愈向四川的山林中行進，心情便愈輕快，彷彿身體也輕了，能飛起來。

時光研究院裡的勾心鬥角實在使人鬱悶；因此，當玉京找到新線索，發現了習一刀可能埋骨之處，便立刻請假來了。

之前宇宙的時空層，出現了絕無僅有的兩次扭曲，玉京便以玄女的身分，回到唐朝旅行。第二次，也是最後一次，由於玉京的大意，時光儀被盜，以致習一刀要冒生命危險，與盤弓決戰，以免歷史被改變。習一刀雖勝；但受了重傷。後來的詳細情形便不知怎樣。

習一刀與妻子百里靈芝和師妹金雲英三人同穴，資料顯示，是靈芝的主意。玉京與靈芝共處多日，心知其聰慧過人，這特別的安排必有深意。

這時，路上一名少婦追著一名官員，央道：「法庭就不能通融，讓我也成為他的正妻嗎？」

那官員道：「法律不容許，作妾也不行的。他已有正妻。還有，妳跟前夫根本沒辦離婚手續。」

「你是他好朋友，他現在對我很冷淡，連我們第一次見面的日子也忘了。你勸勸他多關心我啊。」

「你們的事，我介入是不合理的。再説，我也不懂感情的事。」

少婦憂憂愁愁地走了。

這少婦真是個有趣的活寶。

走了幾步，玉京猛然省起，少婦額角，好像有道小小的疤，聲音也很熟悉，在鳳舞樓聽過。那小官員木無表情，樣子竟是似石無心。

玉京回身去找時，卻早失了二人蹤影。

好凍，應該就是這兒。

好凍，是因為深土之中，有塊活冰，活冰能吸取周遭寒氣，故永遠成冰。

有活冰保存，此時若發掘，撥開黃土，豈不是會再見到習一刀嗎？一刀，久違了，千多年沒見了。

玉京呆呆地望著古墓寒冰。既來了，又對面不能相見。怎能驚擾三人安眠呢！然則，自己巴巴的趕來，究是為何？

也不知佇立了多時，忽然背後竹叢，傳來沙沙聲響。玉京轉身，便看見……

習一刀！

國字臉型，不俊不醜，稜角分明，目光沉穩。不高不矮，肩膀壯實有力，步伐穩定而靈動。不是習一刀是誰？

開口便想叫「一刀」；只是一對雪白葇荑，正挽在習一刀臂彎中。女子黛眉杏目，秋水流波，尖臉蛋，端巧的鼻子；美麗得難以形容。瞬間竹林竟似是明亮起來，正是靈芝。

兩邊皆是一愣。玉京櫻唇輕啟，「啊」地喊了一聲。

靈芝卻突然瞪眼望向玉京身後。「呀」地叫了出來。玉京趕忙轉頭看。

立刻，玉京跟一隻大老虎打了個照面。

「哎呀！」玉京轉身就逃。

這隻老虎原來是貪這兒涼快來歇歇的。這時見玉京跑，牠就追，牠追，玉京更是跑。跑了十來步，腳下一空，玉京就往陡坡下跌去。

「啊呀！！！」

卻沒有直墜下去，玉京發覺自己被一雙強而有力的手環抱著。陡坡幾近垂直似道懸崖，巉岩崎嶇，佈滿碎石。然而習一刀步法不住變動，始終踏著地面，身法敏若靈猿；衣袖飀飀，似鶴鳥迴翔。出乎意料地，玉京覺得十分平穩。

玉京但覺如夢似幻。當年自己誤失時光儀，為盤弓所得。盤弓利用時光儀控制了時

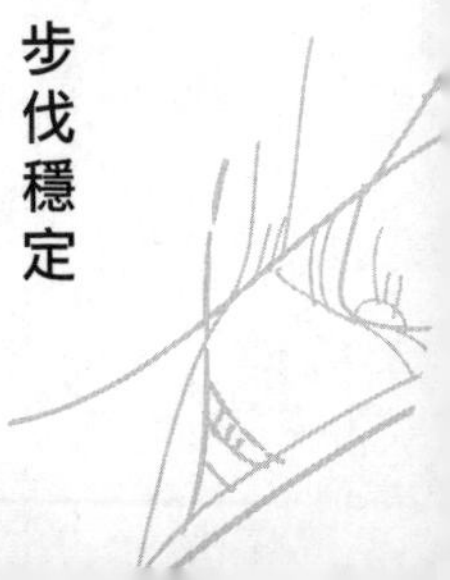

間的快慢，運刀的速度比習一刀快了數倍，令習一刀陷入險境。他卻沒有責怪之意，只淡淡而堅決地對自己說道：「我會跟盤弓決鬥。」那時自己聽著，沒來由地一陣心痛；而小屋內這句話，一直在玉京心中迴盪。如今，千多後，自己竟置身於此人懷中。

跟研究所那一張張有事推卸，事成爭功，趨炎諂媚的小人嘴臉相比，習一刀真是……怎樣說呢，有時覺得他是個傻瓜，一個可愛的傻瓜。這樣想著，臉便朝習一刀的胸膛貼過去……貼上去一定會很適舒、很安心。

卻恰好，此時一條綠色的布練自半空飛過，纏住樹梢。緊接著，靈芝抓住布練，如翠鳥般飛來，盈盈而立，望向這兒，玉京的臉便沒有伏下去。

老虎追來，習一刀放好玉京，踏前去朝牠一挺胸，牠立時止步。然後，習一刀拔出一把柴刀，手腕翻飛。玉京看著，但覺柴刀像是有了生命，在半空劃了幾下，刀氣竟是十分驚人，似已將竹林，以至老虎，割成數段。然後他猝然收刀。老虎畏畏縮縮地退了幾步。

習一刀鼻子「哼」了一聲，老虎便垂低頭，尾巴夾在腿間。

習一刀教訓小孩般叱道：「回山上去，不准再下來。」老虎便戰兢兢地，轉身，走了。

他這才轉過身來，關切地問：「怎樣，嚇著了吧。」

連嗓音都是一樣。玉京茫茫然，不禁喃喃地喚了一聲：「習一刀。」

「習一刀」聽了，愕然又疑惑地問道：「小姐怎會知道我這位祖先的名字？」

玉京這才魂魄歸位，醒覺眼前這位根本不可能是習一刀。胡亂地說道：「好像聽人説過。你也姓習？這位是你的……？」

「我叫習小二，這位是是我妹妹。習四月。」

這簡單的一句見面介紹的話，玉京聽著，卻如聞悅耳的天籟，渾身舒泰。

「這麼美麗的姑娘，我還以為是你的女朋友呢。」玉京微笑。

四月道：「嗤，這獃子，連村裡最醜的也看他不上眼呢。」

是呢，看來很戇直的樣子呢。這幾天不妨好好的觀察他。玉京感到，小二的氣質像極了習一刀。

突然，玉京發現四月正在偷看自己，連忙收攝心神，不讓感情流露，暗中吐吐舌頭：「這丫頭鬼靈精的，真有靈芝的遺傳。」

玉京扭傷了腳踝，便由兩兄妹扶著。到了湖邊，路窄，便單由小二攙扶。四月在後面唱著山歌；嗓子很美，有揚州歌女的縵妙，又像鳥囀清溪般清新自然。嗓音也是和靈芝相同，感覺背後就是靈芝在唱歌。

「江石大牛石，魚兒喙牛腳，皇朝都改盡，牛兒不退卻……」這時習一刀的歌聲響起，唱的仍是千多年前他和師妹合作，那古怪的歌。

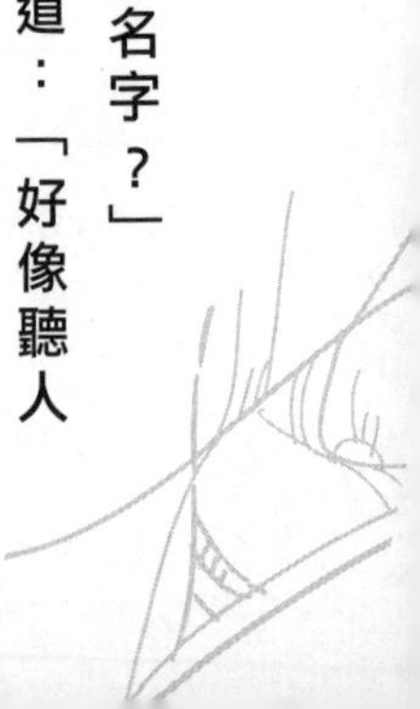

江山不變，仍是一樣風景。玉京感到，又到了唐朝，自己回復了玄女的身分；習一刀和靈芝就在身旁唱歌。

習一刀就在身邊！玉京心頭突突地跳。彷彿重回剛才擁抱那一刻……那一定算是一次擁抱。

他倆一起在半空旋轉、旋轉；樹林和山花也在轉，圍住他們二人；如夢，如舞。有點迷醉，有點甜蜜。

慈惠傾流，不消退的歡騰

江湖能讓人快意恩仇。習一刀武功天下第一，推理能力也極高。然而，快刀就能斬斷一切嗎？

每次決鬥，他都讓對手永遠躺下。貪官遇到他，就是死路一條。然而，他的刀不歇息地揮舞，當時的中國，卻仍是戰禍頻仍，人民生活艱苦。說到他自身，看著心愛的師妹另嫁他人，復親睹師妹為其夫所殺。武功再高，也挽不回已發生的事。因為武功好，便有責任去應戰，卻落得打一次，傷一次。決鬥盤弓之後，雙手不能正常運勁，比老伯還弱。如此說來，本領再高，也猶如刀斬蛛網，斷一條絲，變作兩條，愈理愈亂。

他痛苦嗎？不錯，他嗟嘆不能回復大同小康，全國豐衣足食的世界。不過，每當他看到百姓因為他和夥伴的努力，生活有改善沒惡化，能吃得上飯，他心中自有一種歡喜，悠悠不絕。那絕不同於物質刺激所帶來的短暫快樂。

就算老來仍未竟全功，那喜樂仍在心中，如雪下的草原，雲層背後的太陽。你看去以為沒有，其實是存在的。這心靈的智慧，令遠在唐朝的晴天，歡笑喜樂充盈！

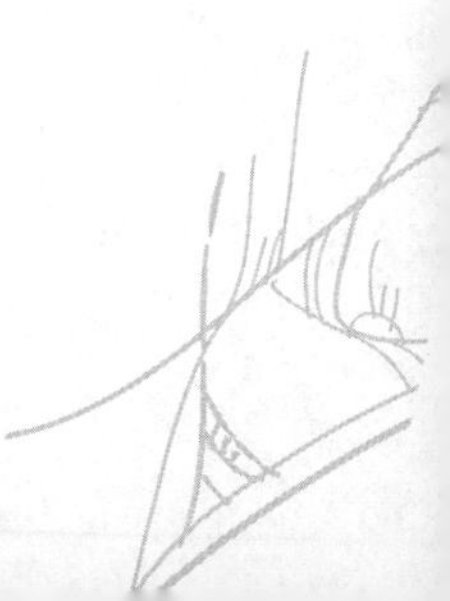

一篇寫在唐朝的政論

習一刀灑血流汗，多番幾乎喪命，付出最多。然而細心一看，所有榮譽功績全歸項乙。項乙打著「為人民謀幸福」的旗幟，只做了幾件事：見人捉到大魚掘到大薯，他高興地笑；遣走想發戰爭財的兵痞；靈芝被強大的敵兵所擄，與習一刀一起往救。這便令習一刀死心塌地追隨他。即使項乙獲益最大，成了安揚政權之主，管轄揚、蘇等四十餘州；然而習一刀十分樂意，只因項乙治下，的確讓人民吃得飽，穿得暖，住得好。靈芝嫁雞隨雞，為使愛人高興，也助項乙。林之炎、銀舫、石無心、呂多多、鳳蝶兒、文仲非等人，本來就圍繞著習一刀活動，也因習而助項。項乙本身固然也有才能和領袖魅力；但很大程度上，文治經濟靠百里靈芝，武功靠習一刀，掌大半個江南，稱王稱帝。

不過靈芝巧妙地，阻止了他野心的擴張，避免更多的戰爭，保持和平。終其一生，項乙未能完成其統一夢，是他終身鬱在心中的結。我是擁靈芝派。中國因文化深厚，凝聚力強，久分必然會合，無謂妄動干戈。安揚政權安定繁榮，讓當時全國約四份一人口，即二千多萬人受惠。

任何回應，都可以傳來我的電郵：springsunbird2017@gmail.com 或 onesword999@yahoo.com

武俠世界

一刀難斷

作　　者：春日鳥
責任編輯：黎漢傑
校　　對：阮曉瀅
封面設計：Gin
設計排版：Jenny
法律顧問：陳煦堂 律師

出　　版：初文出版社有限公司
電郵：manuscriptpublish@gmail.com

印　　刷：陽光印刷製本廠

發　　行：香港聯合書刊物流有限公司
香港新界荃灣德士古道 220-248 號
荃灣工業中心 16 樓
電話：(852) 2150-2100　傳真：(852) 2407-3062

臺灣總經銷：貿騰發賣股份有限公司
電話：886-2-82275988　傳真：886-2-82275989
網址：www.namode.com

新加坡總經銷：新文潮出版社私人有限公司
地址：71 Geylang Lorong 23, WPS618 (Level 6), Singapore 388386
電話：(6)8896 1946　電郵：contact@trendlitstore.com

版　　次：2022 年 6 月初版
國際書號：978-988-76254-1-4
定　　價：港幣 118 元　新臺幣 340 元

Published and printed in Hong Kong

香港印刷及出版

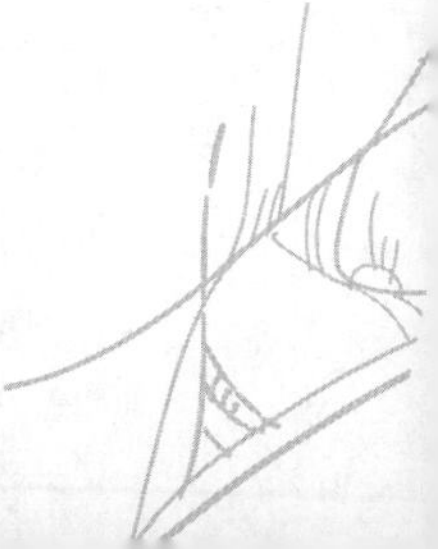